你的样子

讲述雷锋

于清丽 / 著

Telling
a story about
Lei Feng

辽宁人民出版社

图书在版编目（CIP）数据

你的样子：讲述雷锋 / 于清丽著 . —沈阳：辽宁人
民出版社，2019.4（2019.6重印）
ISBN 978-7-205-09579-6

Ⅰ . ①你… Ⅱ . ①于… Ⅲ . ①纪实文学—中国—当
代 Ⅳ . ①I125

中国版本图书馆CIP数据核字（2019）第069338号

执行策划人：郭明航　王　松

出版发行：辽宁人民出版社
　　　　　地址：沈阳市和平区十一纬路25号　邮编：110003
　　　　　电话：024-23284321（邮　购）　024-23284324（发行部）
　　　　　传真：024-23284191（发行部）　024-23284304（办公室）
　　　　　http://www.lnpph.com.cn
印　　刷：辽宁新华印务有限公司
幅面尺寸：160mm×230mm
印　　张：17.5
字　　数：245千字
出版时间：2019年4月第1版
印刷时间：2019年6月第2次印刷
责任编辑：阎伟萍
装帧设计：留白文化
责任校对：耿　珺
书　　号：ISBN 978-7-205-09579-6

定　　价：48.00元

写在前面的话

这是我积淀了 17 年终于喷薄而出的全景映象。

在我所描述的时间里，所出现的人物群像面色凝重。他们与一个人曾深深浅浅地撞了个满怀，或爱或不爱或擦肩而过或用力拥抱，他们用自己不能重复的人生，讲述着他们所认识的那位年轻人。

我听着他们的讲述，握着他们苍老的手，望着他们依然汹涌的泪水，无言。年轻人的名字我们耳熟能详，是我们熟记了的伟大名字：雷锋。

但是，在这个闪光的名字后面，我们真的熟悉他、知道他吗？

认识他的人们给我讲述着，这是我在书本里影视里歌声里都不曾知道的雷锋。他依然是雷锋，但在这里，我望见了一个可爱可敬的普通人。

他的笑容他的泪水，与今天的我们是一样的。我在找寻他，无疑我在找寻重生与希望。这是纯真生命曾经存在的见证之旅。

这是不能说谎的历史。

我坚信我遇到了那位士兵。

年轻的士兵，现在他就站在我的面前，我在努力辨认着他。

是你吗？你从哪里来？你的力量、你的勇气还与当年一样吗？

我在仔细地辨认着，他所有的不舍与挣扎、苦痛与酸涩、自责与愤怒、疑惑与蜕变都包含在其中。他是我们记忆中最难以逃避的心灵之殇。

我们被污染的灵魂正在被唤醒。我以诚恳与耐性记录了他的泪痕，也记录了人性的欲望，同时也发现了我们被救赎的可能。透过对死亡、别离、绝望与生存的解析之后，我们要获知的是真相。

我讲述的目的，是想让人们知道，在一个人的成长道路上究竟怎样的事物才能称之为美好，这些美好究竟是什么构造起来的。

而失去的又是怎样失去的。

我们需要记忆，应该让那段真实的历史代代传颂。

这个讲述是给对生命失望的人，也是给仍对生命怀抱希望的人。

我们都有太多的过去，我们必须给自己一个未来。

这就是为什么我们必须了解真相，不能坠入一个失真的世界。

2019年春天的熹微曙光笼罩大地。

我低声对自己说，我要对这个时间负责。

人们可能想不起他微笑的样子，我在这里将他的微笑呈现给大家，让他的微笑化作猎猎大旗，在我们的头顶迎风飘扬。

目录

第一章

暗 夜

他只在这世上存活了22年　但他的22年已经
超越了我们的生命范畴　他真的做到了永生

我讲述的这个话题是回忆之水。

这是一个倒叙的无剧烈情节更与风花雪月无关的一个人的故事。

回忆他的目的是什么呢？是他的美好稀少还是他遗留在时间场地那一缕飘有余香的水印？直到今天，仍然有数不清的作者不厌其烦前赴后继地为他出着书或图片集。他只在这世上存活了22年，按照人正常的寿命他这个年纪的逝去应该算是早逝。但他的22年已经超越了我们的生命范畴。

他真的做到了永生。

他死去，却依然活着。

他的影响是巨大的，这种影响一直延续到今天。

我在他死去若干年后出生，在学雷锋歌声中长大。

给我的最初记忆是他那顶硕大的棉军帽，我之所以梦想当兵就是源于那威武的帽子和钢枪，以为要成为他那样的人那样的装备缺一不可。

看雷锋电影不知道是扮演的角色，以为那是真的雷锋。

从人物出场开始哭，一直哭到结束。

雷锋在那个时间，一直固执地漂浮在我少年想象的云端上。

2002年，电视台要办台纪念雷锋逝世40周年的大型综艺晚会，需要10分钟纪录片作为晚会开场，任务砸中了我，要知道那会儿我还是个无名小记者，去湖南，这惊喜让我张大了嘴巴，下巴几乎脱臼。

当晚，一夜无眠。

第一次听见雷锋的声音，是在10年前。我的心脏我的手我的身体都在树叶般地剧烈抖动。这是他的声音啊！都说湖南话难听懂，可是我听得很明白，我将耳机死死地扣在耳朵上，他便如在我耳边耳语一般。

我叫雷锋。

今天我要讲的是，我在两个不同的社会里过着两种不同生活的对比。

这个人，借助这条隧道，倏地回到人间。

在某种时刻，声音是讲述故事的主要形式，从古到今，这种讲故事的声音深入人心，此时我太需要重新使用这种形式，我要让这个声音变成纹理碎片般的快速图像和思维方式，通过这些破碎的画面，找到我要知道的过去。他快速地讲述着，他独一无二的声音还在继续。

湖南望城，位于荆楚腹地。

自隋唐时期起辖属长沙，距长沙市18公里，距韶山冲不过百多公里。1940年，望城县安庆乡简家塘村，一户雷姓农民的第二个儿子出生。

这一年为农历庚辰年，这个孩子的乳名为庚伢子。伢子是湖南对男孩儿的称呼，叔公给他取名雷正兴，这个名字跟随他到18岁。

简家塘的清晨，我走在去这个孩子家的路上。

虽说是二月，但在南方两边竹林依然是苍翠的，它们直指碧蓝的天空。如果时间正好是春天，你会看见大片大片的竹林挣脱绿色的包围，在生机盎然的有稻田陪衬的土地上破土而出，那条很寻常的土路没有任何标志，路的尽头是这个孩子的故居，这是那个孩子小时天天要走的路，平日这路是寂寞的，但一进入三月就不再是乡村小路，而是喧嚣至极的中国最重要的宣传大动脉。

纪念馆的馆长在大雪中站在大门处迎接我："到了，这就是雷锋同志的家。"他在风雪中打开大门的锁，那把黑色的开启时间隧道的锁。

雷锋的家，这就是雷锋的家。

我捂着激烈跳着的胸口推开了那扇大门。

那是一扇陈旧的大门。门里，1940 年；门外，2002 年。

雷家的房子并不是他们自己的。

雷家是真正的房无一间地无一垄。

他们住的草房原本是地主唐四滚子的庄屋。

滚子不是地主的名字，在湖南当地人们将胖的人叫滚子，雷家祖辈佃种唐家的田，因而雷家人就住在唐家庄屋内。

庄屋原有房屋 12 间，土砖茅屋，三面环山，西面为塘。我要讲述的这个孩子在这个茅屋里住了 7 年，而不是资料上说的住了 16 年。现在雷锋的家，是艺术化的复原，房屋修饰之美与伊甸园很是相像。而真正的雷家茅草屋破烂不堪，冬天不避寒冷，夏天蚊虫乱飞，哪里是我们此时见到的这般优雅整洁的屋子，年轻人在看了这个故居后，不仅未感受到雷锋有过的痛苦，甚至会轻松地说，这房子不错啊。

在这个房子里生活日子会坏到哪儿去呢？这个感受，我也有。

而事实上，雷锋的家早在 1947 年就不存在了。

1947 年，雷锋成为孤儿后就离开了这座破旧的茅草房，1949 年后乡村政府简单修修又把房子分配给了雷锋，但雷锋读书时一直住在远亲家中，工作后也没在这里住过，其他几间房的雷家人也陆续搬走了，1958 年雷锋去了东北，房子年久失修，于是被堂叔拆了。

1968 年为配合展览进行了恢复。

在近50年的时间里，这个房子经历几次大规模的装修创造及想象之后，就有了我们今天看到的雷锋故居。

雷锋的爷爷雷新庭，带着孙儿们住在兼做灶间的大屋铺着稻草的地炕上，中间的小屋子是雷锋父母卧室，母亲张圆满就在这里悬梁自尽。

张圆满，望城县一个穷铁匠的女儿。

我是那么喜欢她的名字，圆满，吉祥又可爱。

然而她的一生并不像她的名字那样美好，至少，一点儿都不圆满。

全靠打铁为生的父母给她起这个名字，并没想到复杂的希冀。

筋疲力尽地为了半饥半饱日子挣扎的父母，已没有力气为这个女娃未来做诗意的祝福，那会儿她前面已经有7个兄弟姐妹，女孩儿老八来到世上，重男轻女的父母很不高兴，之所以起名叫圆满，意思是但愿以后不要再生了，家已经被孩子填满了。

这个不被父母喜欢的孩子一出生就注定了苦难。

出生后没几日，父母就将圆满和她的姐姐送到长沙的一家育婴堂。

唯一的亮点，圆满幸运地被育婴堂女用人抱养，抱养的原因是这个女孩子长得美丽，还因为抱养她会每月获得育婴堂给的抚养钱，这些钱可换取油盐。就这样，圆满从育婴堂被领回了家。

没有文字记载张圆满被抱养的经历。

在别人屋檐下的滋味一定不会和在父母羽翼下的感受一样，她一定也是小心翼翼地长大成人，并且她一定没想到她的儿子也会步她的后尘。

圆满长到6岁，抱养她的那个人自己有了孩子。

家里吃饭的嘴多了就只能舍弃她，据说收养她的那个人不忍心再把圆满送回育婴堂受罪，最后想了个两全办法，将圆满送到乡下成为雷家的童养媳。不不，不是送，生于1883年膝下有一儿两女的雷新庭——也就是雷锋的爷爷在1916年用几担谷子把6岁的张圆满领回家做了童养媳，在圆满跨进雷家大门时，雷新庭又将自己的两个女儿分别送给了别人家做童养媳。

　　这里我要赘言几句雷锋的祖父雷新庭。
　　不然我们将会对在1940年出生的雷锋的秉性形成有些许的困惑。

　　雷新庭，今天回望这个美好之源头我不得不反复咀嚼这个名字。
　　这是位智商很高的农民，自己在幼年的时候就百般努力寻找机会上了一年的私塾，再加上他坚韧的自学能力和极高的悟性，最终他在乡下获得了"知书达理"的美誉。
　　见过雷新庭的人这样描述他：高高的身材，白净的皮肤，双目有神且举止大方。他读过《三字经》《百家姓》以及《治家良言》等书，言语之间不乏书卷之气。这位被传统文化熏陶过的忠厚之人正直善良，他的人生信条是：不以恶小而为之，不以善小而不为。他教育下辈人尊敬长者，自己又十分爱护少小婴幼，在那个时间那个环境，雷新庭无论是做小的还是做老的都堪称模范。他具有超凡的忍耐力，充满时来运转的希望，坚信依靠勤劳与节俭可以使自己的家庭发达起来。
　　基于这种棋弈风格的人生设计，他为自己不满10岁的独子雷明亮换来了6岁的小女孩儿做童养媳，他尽心尽力甚至是踌躇满志地将心血和汗水注入山坳的水田里，打出的粮食一半交给唐家一半吃穿用度。

　　圆满相当于6岁就在这样沉重的交换中嫁到了雷家。
　　但后来看起来这似乎是件圆满的好事。
　　女孩儿学会了织布做衣，出落成既能干又漂亮的大姑娘，十几岁后圆满开始操持一家人的生活。据说她和丈夫雷明亮的感情很好，她凭着自己一手漂亮的针线活为人家绣花做衣织布，有时还提着篮子做点小生意，生活虽贫寒但还算平安。雷明亮是家里的长子。
　　长即第一，圆满就被人称为"雷一婶"，渐渐她的名字被人淡忘，她为雷家生育3个儿子，雷锋排行老二。后来人们回忆雷一婶时，都说她心灵手巧，绝对是个贤惠刚强又美丽的女人。

雷锋的邻居加同学谢迪安这样描述：

在我印象中，雷一婶非常好看。

那时虽说年龄已有三十五六了，但她看上去也就不到三十的样子。

瓜子脸，挺直鼻梁，小巧的嘴，一双丹凤眼时时地垂着，好像生怕惹了是非。我母亲后来也多次跟我说，雷一婶真是百里挑一的清秀女人。

家乡的人们也都这样说，雷锋和他的妈妈相貌相似。

这个孩子，拥有和他母亲一样好看的笑颜。

我在当地纪念馆看到了张圆满的雕像，更加确定了这一点。

那双忧伤的眼睛里还有种异样的光芒，这种光芒在善良的人眼中都会看到。雷锋不仅长得极像母亲，很多优良品质更像他的母亲。

这个时候雷家的生活还算可以，家人的脸上还有笑容，儿时这个孩子和天下小孩儿一样优点和毛病都具备，活泼淘气爱玩，因为他是孩子，没有人生下来就是伟人。

雷明亮一生很是坎坷，他是父亲雷新庭的掌上明珠。

他很高，体格健壮，从小就是个守规矩、孝敬父母、对人有礼貌的好孩子，因家贫没有读书，是雷新庭用自学的文化教儿子脱离了文盲，常用字、简易的算术和记账基本上记会于心，令人赞美的是勤快爱劳动，家里佃种的地被父子俩耕作得很精细，因此收成也常比别人家要好。

在他的人生里最引以为傲的是1926年他参加过农民运动。

在农民协会当过自卫队长。大革命失败后，雷明亮到长沙市仁和福油盐号做事9年，这期间的努力让雷家有了几年难得的衣食无忧的温饱生活。也正是因为聪慧过人，雷明亮在仁和福油盐号当了一段苦力，也就是挑夫伙计,但很快便成了站柜台的先生,那段时间应该是雷家最风光的好日子。

据亲属回忆,年轻的雷明亮穿上了时兴的长衫,脚穿皮鞋洋袜,他美貌的妻子也穿上长旗袍,长子雷正德也里外都是新衣。

可惜这只是昙花一现的繁荣,很快这泡沫般的幸福在长沙冲天大火的覆盆之冤中惨遭劫难而迅速消失得无影无踪。文夕大火是历史上湘人刻骨铭心的痛与恨,因内忧外患造成的大火使秦汉古城长沙化为一片废墟,成千上万的民众和家庭惨遭其殃,雷明亮的厄运就此开始。

这也是日后他的儿子们包括雷锋及全家陷入苦难深渊的重大根源。

大火那天,仁和福油盐号老板让他去湘江边码头照看货物。

在那里雷明亮被一群士兵强拉去当挑夫。

雷明亮不从便被打成重伤,老板立刻将他辞退,雷明亮因此失业回家养伤,但他已经严重伤及五脏六腑,吐血不止。为给丈夫治病,圆满卖掉家里的粮食衣物,买来各种中药西药,又去庙里磕头烧香,一年后雷明亮伤势才有所好转,但健康大受损伤,和此前的他判若两人。

这个时候的雷家已经家底耗尽。

饥寒交迫与精神疾苦的深重摧残使不到50岁的雷新庭步履蹒跚如风中残烛,此时,小孙子雷正兴出生,雷新庭欢喜至极,一身病痛似乎也减轻许多,屋里屋外抱着孩子嬉笑不停。正兴满一岁时雷新庭让圆满把家里的一只母鸡杀了,也算体面地为庚伢子过了周岁。

雷张氏,雷锋的婶婶。

她在1991年时应该是雷氏家族最年长的,她在那年这样回忆道:

雷明亮吃得不好,加上劳累过度,不到一年伤病再次发作。他不思茶饭,连走路都提不起脚,晚上躺在床上浑身痛得无法入睡。他又回到家中继续佃种地主唐四滚子家的田，家里除了破床、破柜和破桌外什么都没有，三个孩子围着妈妈转，肚子饿了要吃的，没有就哭，哥哥领着弟弟到山上摘野果子吃。

雷锋在他1961年的讲话录音里也做了这样的描述：

我们住的一间破草房子，屋顶露着天，后墙倒塌。要是天下雨，外面下大的屋里就下小的，我妈怕雨淋湿了我，拿着破脸盆罩在我的头上，又怕冻着我，拿破烂麻袋系在我的背上，冬天冻得没法，只好拿稻草堵住风雪，冷得实在不行了，全家人紧紧地挤在一起，又拿几捆稻草盖上。

2002年时我看到床上挂着的是破败的纱帐，而现在在网上看到的还是那张旧床，但蚊帐已经崭新，那种崭新让人有种不确定感。

我凝神盯着那张床，眼前喧嚣的人流哗地消失，只剩下一片茫茫雪地。

那天大概是因为下雪，一个游人也没有。

我和摄像在阴暗的屋子里穿梭。

天色阴沉，四周寂静无声，大片大片雪花在雷家窗棂前滑落，沉沉落在院子里并不融化。屋里的物件，所有的一切都分泌着坚硬冷凝严峻凌厉，那是一种肃穆的苦难色泽，圆满和她的丈夫在这里成亲生子，又在这里结束了他们的生命。

雷锋的声音还在继续：

终年辛勤劳动，全家五口有米不够半年吃。

到了荒年腊月还看不到一粒米下锅。我哥哥带我出去要饭，看见富人就央求给点吃的，要是碰到有钱人做喜事就讨点剩饭剩菜吃，看到桌上的饭菜也用手扫了起来，装在要饭破布兜里留着下顿吃。

要是离家近一点就送回去，给小弟弟吃。

1945年，这一年雷家又添了个男丁，这个孩子真是生不逢时。

这个时候的雷家已是吃了上顿不知下顿在哪里的光景了。

雷锋讲到了这一年的家境。

我妈妈怕养不活我那小弟弟，想把他卖给有钱人家。我爸爸心如刀割坚决不让，他眼泪汪汪说全家死也要死在一起，不能把他卖了，只好把睡的床铺抬出去卖了，大家在地上砌几块砖取下房门板搭着睡觉。

雷家人就在昏暗的墙角吃饭，为了能看清楚因而将饭桌挪到了炉灶附近。冬天再次来临，风在呼啸，屋里更是冷彻骨髓。

雷张氏，雷锋的婶婶，继续介绍雷家的不幸：

1944年，日本人占据湖南长沙。

住在长宁公路两边的人都逃到了离公路比较远的山冲里躲起来。

一天下午，雷明亮从山冲里出来想到家里看看，未料遇上了两个日本兵，被抓住做了挑夫，当时他奋起反抗遭到毒打，这样旧伤未愈又添新伤，他回家后便卧床不起，吐血越来越严重，1945年春雷明亮死了。

家里没钱买棺材，圆满急得没法子，只好从几亩赖以活命的佃田上打主意，托人转佃出去凑了点钱买口棺材，草草埋葬了丈夫。

圆满自己一个人拖着三个未成年的孩子。

仅仅几年的时间，简家塘雷家那曾一度颇风光令人羡慕的一家，转眼之间家破人亡，孤儿寡母缺吃少穿甚至开始了乞讨维持活着。

雷锋的哥哥雷正德，乳名再伢子。

父母给他起名再伢子意思是希望他能再有个弟弟。

他出生时恰逢雷家唯一的一段温饱日子，正德模样像母亲一样秀美，天资极其聪颖，爷爷教他识字写字一教就会。那时常有人在雷新庭面前竖大拇指，说再伢子日后定是个有出息的好后生。父母及爷爷雷新庭极宠这个孩子，正德并没有因大人溺爱而骄横，他非常聪明懂事。这一点雷锋和哥哥极其相像。

雷正德，这个可怜的孩子在人间只存活了11年。

若不是因为弟弟的缘故，他的名字恐怕早已和他的尸骨一同消失在山上的荒冢里不知去向了，这里我将他的名字郑重地写出来是因为他极度懂事刚强，他过早地将家庭的重担扛到自己的肩上，也是这个缘故过早离开了人世。尽管在很长一段时间内他是雷家唯一的孩子，但营养还是跟不上。正德很是瘦弱，有了弟弟那年，这个瘦削寡言的孩子就开始放牛砍柴割草，屋里屋外忙碌，帮父母分担繁重的家务。

他10岁那年，父亲离世。

那一刻，长子正德就不再是孩子了，他成了这个家庭的顶梁柱。

这个时候的家已不单单是吃了上顿没下顿的问题，而是四个人已在即将饿死的边缘，母亲早出晚归不停地劳碌，她更加憔悴单薄，似乎风一吹来就要倒下。

那天，这个不再是孩子的正德说："妈妈，你帮我去找点事做吧，我能做，我都10岁了。"此时，是1945年初冬。

这个时候全家已经几天没揭开锅了。

圆满想，与其让几个孩子在家挨饿受冻而死，不如让大儿子到外面谋生，兴许每月还能赚几个钱帮家里一把。她想了几天，最后托人把大儿子送到400多里之外的津市，到一个远房亲戚开的新胜机械厂做童工。

她这样决定是源于那里是雷家的亲戚在当工厂的老板，这一点让她很是欣慰，不然她不会让她瘦弱的孩子去那么远的地方。母亲想，不管怎样那里的老板也是亲戚，一个多少有血缘关系的亲戚绝不会对一个没爹的孩子不好。女人圆满，母亲圆满，好强又温良的圆满，她把一切想得太圆满了，她不晓得，她的大儿子正德要去的地方是人间地狱。

在村口，正德对送他的弟弟说："乖，等哥哥回来给你买糖。"

雷锋这时的名字叫正兴，正兴仰着小脸问："糖很甜吗？"

"很甜，也很贵。"

"那你还是先给妈买件衣服吧！"

兄弟俩的对话都超出了他们的年龄。

10岁的正德上路了。

那时交通不便，400多里路全靠两条腿，少年正德走了好几天才到达津市。工厂都是破烂不堪的老掉牙的设备。

正德拿的是童工工资，干的却是大人的活。

老板要求他每天和大人一样干十几个小时的活，这对一个10岁的瘦弱孩子来说太残酷了，那孩子直喘粗气累得直哭，还得是偷偷地哭，不然被老板看见了还要挨打。孩子一天天坚持着，他要挣钱给妈妈，他要帮妈妈把日子过下去。两个弟弟还要吃饭，他不忍心看着妈妈为每日的吃食面壁掉泪。正德一天天瘦下去，直瘦成皮包骨，有经验的师傅告诉他大概是得了痨病。痨病就是今天的肺结核，正德点头，但不能去看病。

他还得继续干活。他整日干咳不止，咳得胸腔疼痛。

即便这样，那孩子还是咬牙坚持着干活。

最后的那些天，孩子累得昏昏沉沉，神情恍惚，终于倒在机器上，手和胳膊被机器轧伤，血淌了一地，那孩子疼得大哭，他喊出了一直想喊的话：

"妈妈，我要回家！"这个10岁的孩子，终于喊出"妈妈"一词。

后来的资料上这样写道：

狠心的资本家觉得再也不能从他身上榨出一滴油了，就把他解雇了。小正德拖着伤残的身体，沿路乞讨七天七夜才回到家。

一个受了伤又患有肺结核的孩子，这七天七夜是怎么走的，没有人关注这些，这一切已经过去，正德已经死去。

57年来没有人关注这些，似乎雷锋在忆苦思甜报告会上也没有更多地讲述这些，然而我看见了，我看见了路上朝着一无所有的家的方向跟跄行走的正德。此时就是爬，也要爬到妈妈的身边，家里只要有妈妈，这对孩子正德就够了，他就是死，也要死在妈妈身边。

5岁的雷锋看到日夜想念的哥哥回来了，他欢喜地大叫："哥哥，你回来了!"雷锋以为哥哥带好吃的回来了，一旁的圆满怔住了，大儿子手和胳膊用一块破布包扎着，满脸满身的污垢，枯瘦如柴，木头人一般，只有眼珠转一下才知是活人，圆满抱住儿子正德哭成一团。

接下来的日子便是悲哀连着悲哀。

大儿子的伤口在无法控制地恶化，而且生着蛆，家里那时是靠乞讨过日子，哪里有钱给孩子治伤病啊!圆满只能天天求神拜佛烧香磕头求助神灵保佑，然而神灵并不显灵，1946年的初冬，正德死去。

圆满痛失长子，哭得呼天抢地。现在她已经没有什么地可转佃了，失魂落魄的圆满只能东补西凑弄几块木板钉了个木匣子把儿子埋葬了。

都说祸不单行，不到两岁的小儿子病饿交加死在圆满的怀里。

圆满给小儿子起名叫金满，希望这第三个孩子能给这个绝望的穷家带来金玉满堂。但现实却桩桩事与愿违，金满连奶水都吃不到。

多年后雷锋还记得他那可怜的小弟弟模样。

干瘦如柴，哭声嘶哑，小小的脸颊瘪了下去。额头布满像老太婆似的褐色皱纹，没有血色，像只病猫懒得动弹。那个极度缺乏营养的孩子快两岁了，不仅站立不起，连坐都坐不住，细长的脖子已经挑不起他那颗脑袋。1946年冬天，小金满高烧不退，再加上腹泻，没钱治病又没奶可吃，没过几天便死在了母亲怀里。此时，正德刚刚死去几个月。

小儿子死的那天，母亲圆满没有泪水。

圆满，圆满，你为何没有泪水?

母亲离世的那天　是中秋节　雷锋一次次地讲到这一天
这一天　也是雷锋最悲伤的日子

在我少年的教育概念里，旧社会是那样万恶那样恐惧。

我甚至认为旧社会的天空从没有晴朗过，一年四季永远是阴天，并且一直是狂风暴雨，人们永远都是水深火热，这个水深火热被我理解成整天站在齐腰深的着火的水里。那时的我，在获得这样的诠释之后，很长时间暗自庆幸没有生在那个时间里。

而事实上，那个时间场地的天空与我们此时的天空是一样的。

它也湛蓝，也阳光明媚。

只是，来自人间的温暖不一样。

圆满，你的两个儿子本来是应该活下去的。

你和你的两个儿子应该会熬过这艰难的冬天的。

因为你们都是善良的人。如果这两个儿子活下来也许会和你第二个儿子一样，在某个时刻成为你的骄傲，因为他们骨子里潜在的天性与品质是这样像你。这个时候，哪怕你能获得来自人间的一丝温热也不会抛下你最后的孩子，走上冰冷的不归路，你会好好地活到年老，即便这最后的儿子也离开了你，政府也会好好地侍奉你颐养天年到终老，你会幸福地看到你的儿子对这个国家的巨大影响，你会觉得即便你一个人活在世上也是如此幸福。可是现在，你活在岌岌可危的无望的1947年的悬崖边上，你知道应该活着，因为你身边还有一个孩子，这是雷家最后的根了。

你必须把他抚养成人。

是的，为了活，张圆满已经尽了最大的努力。

她把雷锋寄养在叔祖母家，独自去了长沙一家旅馆做女工。这时她的身体已经很不好，承受不了繁重的体力劳动，没多久她又回到家中，带着儿子出去讨饭。圆满依然是那个自尊心极强的女人，她破衣烂衫，但洗得干净，头发纹丝不乱，她牵着儿子的小手走过自家的破屋，走过众人毫无表情的视线，走过熟悉的村落，他们娘儿俩到远远的村子去讨饭。

她从不叫村里的人看见她母子俩在讨饭。

这一年，是1947年的夏天，唐四滚子的女儿要出嫁。

唐四滚子知道圆满手艺好就找到她，要她去做嫁妆抵还欠债，并答应中秋节给她一斗米。圆满看看饥饿的儿子，答应了，她每日白天夜里飞针走线，还要洗衣浆衫。在唐地主家一做就是两个多月，她已经筋疲力尽疲惫不堪。可是，唐四滚子儿子唐七恶少却不肯放过貌美的她。

圆满在临死之前回到自家的破烂茅草屋里住了三夜。

在回家的三天三夜她不吃不喝啼哭不止。

悲痛的程度甚至超过了丧夫丧子。

这是雷锋1960年11月5日在沈阳师范学院的讲话提纲。

雷锋后来的很多文献中关于母亲的一些话已经去掉，在重新找寻真实历史的今天，我意外地在2012年新版《雷锋全集》里找回了这段描述。

可恨的唐地主，逼迫我妈到他家做女工，我也跟着去。

我妈给他家喂奶带小孩子，给小孩洗屎洗尿，给少奶奶倒马桶，我给他家扫地抹桌凳，后来妈妈被唐七少爷强奸，怀孕被赶了出来。

可恨的地主还到处说我妈是破鞋，不要她做女工了。

我妈被逼得上天无路入地无门，在1947年8月中旬的一天晚上上吊自杀。

"破鞋"这个词语，一定是雷锋听到了多次。

一个7岁的小孩子是不可能编造出这样恶毒的词语的。

最终，杀死母亲的也是这置她于死地的漫天谣言。

母亲的死的确是被逼迫的，圆满不得不死，因为在那次被羞辱之后她惊愕地发现自己怀孕了，她的确无脸面在这个村子在这个世间活下去了，除了自杀她没有退路可走，除非那时有人肯娶圆满。在那时大名鼎鼎的阮玲玉都惧怕可畏的人言，何况圆满这样的乡下纤弱寡妇？

在那个时间，寡妇有孕是件无颜见人的丑事。

舆论是不肯放过她的，雷一嫂只得撇下唯一的儿子庚伢子撒手而去。

她的六婶惊惶得知她不想再活下去了的想法，苦劝她恶人必有恶报，不能丢下7岁的庚伢子，但圆满终究是圆满，她是宁为玉碎不为瓦全的美玉。她执意选择了那一天，中秋，这一天晚上的满月最明亮最皎洁。

就像她的名字一样，圆圆满满。

那个下午，阳光极好。圆满的神态很平静，雷锋坐在她脚下，母子二人相互望着。圆满开始给他洗脸："瞧你，怎么搞的，头发都是土啊！"

洗完，母亲就坐在床边不再说话。

多少年后雷锋想起母亲，只剩下这个画面。

母亲挺直腰杆坐着，无言。

55年后的我，只能站在时间场地的边缘望着这一切。

无能为力，只能望着。我能做的，就是将这一切告诉场地外面的人们，雷锋母亲离世的那天，是中秋节，雷锋一次次讲到这一天，这一天，也是雷锋最悲伤的日子。在他活着的时候最难过的就是这一天。

雷明义，雷锋的堂叔，在1991年5月这样说：

中秋节的前夜，有钱有势的人家正热热闹闹准备过中秋节。雷锋母亲坐在窗前望着窗外月亮发呆，她把小雷锋紧紧搂在怀里说，孩子，你还这么小，要是没有了妈妈你可怎么活啊？雷锋说，妈妈你不要哭，长大了我来养活你，我永远不离开你。妈妈听了雷锋这番话眼泪落在孩子的脸上，她给孩子洗干净手和脸，对孩子说，你要记住亲人都是怎么死的，长大了可要为亲人报仇啊！之后，他妈妈又把身上一件夹衣脱下来给孩子穿上。她说穿上这件衣服，少挨些蚊子咬。

这个孩子，哪里知道这就是母子的生离死别啊，他还在端详着母亲这件半旧的衣服，孩子满脸的欣喜，他和母亲一样，对衣服有着说不出的喜爱。圆满说："你今晚到叔娭毑家去睡吧，妈妈出去有点事，明天就回来。""娭毑"是当地人对祖母的称呼，叔娭毑是雷锋的六叔祖母。

雷锋是个非常听话的孩子，他去了六叔祖母的家。

雷锋的回忆也是这样的。

那天晚上她泪汪汪地对我说，苦命的孩子，妈妈不能和你在一起了。靠天保佑，你要自长成人。她脱下自己的一件衣服披在我的身上，叫我到六叔奶奶家去睡，我走后，她就上吊了。

我在雷锋的家里，在他们家唯一的卧房里看到了那根夺命绳子。

房间的房梁上，悬挂着一根吊绳，地中间，雷锋母亲上吊的凳子还倒在地下。那把凳子如同刺眼的钉子，可能它直至腐烂都不会被扶起来。

那天是中秋节。

中秋之夜，住在简家塘的四户人家一起在院子里赏月。

迪安的父亲把从外面带回来的零食分发给大家吃，夜深了，众人进屋睡觉。雷一婶拉着庚伢子进了六叔奶奶家，低声请求六叔奶奶让庚伢子今晚在她家睡，说要回娘家去一下。六叔奶奶想问个究竟，但雷一婶转身走了。

现在，讨论雷一婶到底是托孤还是没打招呼就走绝路，都是没有意义的事情。问题是，只有37岁的张圆满被什么驱使着一定要这样做？

她在下这个决心的时候，经受了怎样的心理折磨？

据知情人回忆，那天晚上村里的刘家祠堂正在演皮影戏《三官吊孝》，雷锋正在那里看戏，人多天暗，小孩子雷锋混在人群中不见踪影，人们正沉浸在皮影戏的欢乐中，没人注意张圆满的样子。但还是有人注意到她了，她站在那里，眼神凄凄地四下张望。

后来的人们推测，在即将死别的时刻她在寻找自己的孩子，她想再最后看一眼她可怜的孩子，她一定知道她死后这个孩子就是没妈的孤儿，她那会儿心里定有断肠的苦痛。没人知道她到底望见还是没望见庚伢子，只知道她从戏场出来就去找了她的六婶——就是后来收养雷锋的慈祥的六叔奶奶。她悲苦地跟六婶说她晚上要串个门，要老人家好好照顾庚伢子。

2002年，我在简家塘见到了雷锋的堂弟雷正球。

他和雷锋是那么相像，雷锋若还活着，年老时一定是这个样子。

我们的谈话就从敞着门的堂屋开始。

雷锋的妈妈去世的那个晚上，雷锋就和我挤在一张床上睡的觉。他的六叔奶奶就是我的亲奶奶，小时候我们一起掏鸟窝，那时他妈妈还活着，雷锋那会儿很淘的，小孩子满脑子里装的是花草虫鱼嬉戏打闹的事情，还不知道人间的愁和苦。

那个清晨，雷锋早早醒来，等天大亮些他要回家去找母亲。

他还不知道，再过一会儿，他就要被宣告成为孤儿。

孤儿意味着什么，孩子并不知晓，那孩子端坐在六叔奶奶家门槛上，笑眯眯地看着地上小鸡斗架，他太瘦小，7岁的他，看上去只有四五岁的样子。在这个悲伤的清晨之前，他还身在残酷的圈外，生命还未被套上沉重的鞍子。但，清晨到了，彻底将他打入地狱的清晨到了。

他推开了门，看到了一生都不能忘却的画面。

雷明义，雷锋的堂叔，是发现这个悲剧的第二人。

第二天一清早，庚伢子跑回家看妈妈回来没有。门闩得紧紧的，庚伢子怎么也弄不开，他急忙跑去喊我，我到他家使劲把门撞开，只见他妈妈已吊死在房梁上了，庚伢子扑上去拼命哭喊着，妈妈！妈妈！

天刚亮，同一个院子的邻居谢迪安被哭声惊醒，是庚伢子在号啕大哭。

我跑过去一看，是他母亲突然撒手而去。庚伢子哭天抢地，他紧紧抱着妈妈的双腿。他一直在喊，妈妈，你是怎么啦？你到底怎么啦？

该怎样描述那一刻这个叫庚伢子的孩子的心情呢？谢迪安说，那个场面至今难以忘怀。妈妈上吊，雷锋跪倒在门口迟迟不肯起身。

即便不到7岁，这孩子在情感上也已经明白母亲的存在对他意味着什么，而现在，这巨大灾难使他遭遇了最后猛烈的袭击，他的心，碎掉了。

震惊，惧悚，晕眩，措手不及，犹如水银泻了一地。

最亲近者的死，总是让活着的人震惊。

庚伢子的哭声如利刃割着亲邻们的心肠，人群爆发了悲恸的合哭。众人筹了些钱物买了口薄板棺材，将圆满埋在雷明亮的墓旁，算是体面地安葬了这位苦命的贤妻良母。

2012年，她的堂弟雷明义的儿子雷正球率亲族为其立墓碑。2018年，雷明亮和张圆满的墓地被动迁。这个时候，雷氏夫妇的尸骨已被时间冲刷得只剩骨头渣子，和泥土一起放置在两个坛子里，他们青梅竹马的歌声笑声还有无穷尽的泪水也一同被封存起来。

母亲的死，让这个孩子一夜间长大。这曾窄陋的屋檐一下子空空荡荡，屋子里转着的亲人们，只剩下了他自己，从此，这个孩子注定就要将欲哭无泪的悲愤、强扮的坚韧、硬要给别人看的颤巍巍的决心，都嵌到他独自行走的泥泞路上。

雷正球这样说：

他妈妈死了以后，雷锋几乎每天都哭上一场。后来他再跟我们说话，说的话都是一些大人才能听懂的话。

他也不可能总在哭，我们还会像以前那样去掏鸟窝。我胆小不敢上树，在下面给他望风，防止大鸟突然飞回来，七八米高的树雷锋不到两分钟就能爬到树顶，一掏就能掏出四五个鸟蛋。当时我想不明白，别人掏鸟窝喜欢鸟蛋和小鸟一起掏出来，雷锋为何只掏鸟蛋却从来不抓小鸟。后来我明白了，是波折的经历让他变得心善。

在中国，雷锋纪念馆有若干个，每个纪念馆里都有雷锋小时候的一些生活物品。这怎么可能？

雷锋父母不会富裕到给他留下那么多物品供人们瞻仰，可人们还是虔诚地观望，包括我，张圆满真正给雷锋留下的只有两样东西：一床黑色的烂棉被，一只竹篮。还有一样，是烧火用的火叉，已经让雷锋的姑妈不小心烧掉了。这三样东西是张圆满悬梁自尽前三天送去给雷锋姑妈的，算是雷锋家里最值钱的三样物件了。

我不知道母亲圆满留下的那三样物件是不是还存在。

它们，是张圆满在这世界上存在过并停留了37年的唯一痕迹。

雷锋的温和而又与世无争的母亲，给予他的人生影响是巨大的。

他的贤良温厚的母亲在他幼年时就给他留下极深的印象。

她在雷新庭那里无疑获得了更多的教诲，毕竟她6岁就到了雷家。在那位亲切的如生父一样慈祥的长者那里，她内心的美、巧思与慧心得以更大的滋养，无疑，她潜移默化地赋予了雷锋一种血脉秉承。

这就是后来人们说的，雷锋无论从相貌还是到内心品质都像他的妈妈。

在艰难贫瘠的日常生活中，母亲一定给这个孩子灌输了这样的做人概念，为人要义气，待人要厚道，对父母要孝顺，遇事要坚强勇敢。如果张圆满还活着，你若问她为何这样，她一定也说不出答案。

在她看来，这些做人方式就是非常实在的日常行为准则，是一种根植于她的人性中的善良，这和读没读过书、读多少书无关，这是深存于骨髓中的教养，是世代相传的中国民间美德的传袭，我在雷新庭、张圆满的身上看到了这种传袭，正是这种传统美德在他们身上的存在，才最终促使她选择死，因为，她要有尊严地活。

张圆满，无声地活，无声地死。

她在世上活过的痕迹，时间的风雨轻易地就将它冲刷掉了。

她只是这星球上人群中的一个，消失得无影无踪。

现在，雷家只剩下雷锋自己了，只剩下6岁零9个月的他迎风而立了。

妈妈死了，小小的人就成了一个没用的物品，他还是个幼小的孩子，像青草一样嫩绿的年龄，他还没有进入正式的生存竞争和搏杀序列。

但这个时候，他必须学会在最恶劣的环境里活着。

最初的一段时间，小庚伢子的身影在哪家门口出现，哪家就叫他："庚伢子，来吃口饭吧！"庚伢子胆怯地靠拢桌子，往嘴里扒着饭，眼泪扑簌簌地往下掉，每次见到他，乡里的老人都要抱着他哭一场。

接下来，雷锋被六叔奶奶收养。

六叔奶奶家的日子也过得紧紧巴巴，常常吃了上顿没下顿。

六叔奶奶家还有叔叔婶婶，叔婶还有一堆孩子要养，他的存在的确是给六叔奶奶一家添了很大的生活压力，在那种自己日子也紧巴的时间里，有几人会以宽厚的心态来帮助他人，即便他是自己最亲的亲人的孩子！

活在别人的屋檐下，那种苦痛，不是父母双全的人能够体味到的。庚伢子吃住在六叔奶奶家里，这是个人口众多的大家庭，僧多粥少，吃饭时这个小孩子怯生生眼巴巴在一旁待着不敢主动动碗筷。这一幕深深刺痛了六叔奶奶。每次吃饭她都先给孩子打一份饭菜，懂事的孩子却总是要偷偷分给弟弟妹妹，说自己吃不了，其实他并没吃饱。这样的事多少次让六叔奶奶发现，老太太忍不住潸然泪下。他经常吃不饱饭，不是他不饿而是他不好意思吃。雷锋个子小，活在饥饿中的孩子，你要他如何长高？

雷锋在后来的忆苦思甜报告会上展示他手上的刀痕，除了一条是地主婆砍的，其他两条是他在砍柴时自己不小心砍伤的。

雷锋手上的伤，是1949年的夏天砍伤的。

这个时候，望城已经解放。但雷锋还是那个不能吃饱也不敢吃饱的孤儿，他还是每天砍柴，做着他应该做的事情，不然每天的饭会吃得很不舒服，尽管他吃饭时只是低头吃碗里的饭，而不伸手夹桌上的菜，他必须劳动，尽管他还是小小的孩童。那么弱小的人，他还挥不动那么沉的砍刀，他怎么会砍不到自己的手？

雷锋在他后来的自传体小说《一个孤儿》中做了最详细的描写。

这是雷锋唯一的纪实小说。

说是小说，事实上它只是把雷锋的名字换成小毛的记叙文。雷锋原本想写上10章，但不知什么原因他写了一章就止笔了。

过了一年，他就到姓唐的大地主家去放牛。

小毛不想去，但没办法只好去了。

而后来，雷锋在部队的忆苦思甜则是放猪。在这里，牛变成了猪，我想，应该是唐地主家有牛又有猪。

雷锋的讲述让后来的我困惑，雷锋不是被六叔奶奶收养了吗，怎么又放牛放猪呢？雷锋是得到了收养，但他不能总是待在屋里吃闲饭，就是砍柴也是不够的，只好去了唐地主家放牛放猪，人也就住在唐地主家的长工住的屋里了。我们还是继续听雷锋以小毛的口气回忆那段时间。

太阳出来三丈多高了。小毛看见唐地主的崽吃过了早饭，穿上了缎子衣服背着书包到学校去读书。小毛坐在草地上想着，他为什么这样好呢？有饭吃有衣穿有书读，而且还不做一点事，还要别人伺候，而我这样一天到晚地干活还吃不饱穿不暖，还经常挨打受骂，将来，我是不是也能有吃有穿有书读呢？

这个孩子，似乎生来就是要思考人生问题的。即便是在那样恶劣的环境里，那个饥肠辘辘破衣烂衫的孩子，坐在湿冷的草地上，还在苦苦地想着这样的问题：为什么这个人家的孩子可以这样，而我就不可以这样呢？这个问题看上去很简单，但确实是世界上最难以回答的问题。

在这样饥寒交迫的时候，一个成人恐怕也很少会去想这样的问题。

而这个思维却出现在一个8岁放牛孩子的脑海里，你会理解我为何如此震惊。是的，这不是一个孩子该思考的哲学问题，而他，这个叫雷正兴的衣衫褴褛的孩子，牛在他身边吃着草，成群的蚊蝇在他乱草似的头上飞来旋去，这个没有爹娘的孩子，仰着因饥饿而营养不良的菜色的脸，在苦苦地想着。这一切，究竟是因为什么呢？

牛吃饱了，太阳也升起好高了，雷锋饥饿的肚子叫个不停。

他牵牛回去，可回去之后，又有什么在等待他呢？

会有一顿饭在等着吗？

雷锋在《一个孤儿》里继续讲述：

牛吃饱了，小毛牵牛回去，唐地主鼓起眼睛望着他。称了四两米，叫小毛用烧茶的罐子煮着吃一天。小毛哀求说，唐老爷，四两米不够我吃一天，请老爷加上一点。罐子怎么能煮得饭呢，老爷，借一口小锅给我煮好吗？

即便是那样恶劣的生存环境，这个孩子还是保持着他与生俱来的文雅的说话方式，这应该和他的父母、和他的家庭说话习惯有关。后来的许多人，都这样评价雷锋：他说话特别和气，从不粗鲁。

所以我惊愕的是，即便是那样小小的孩子还能这样文雅地请求：请老爷加上一点米好吗？借一口小锅给我煮好吗？换任何一个人包括我都会愤怒的，饥饿，会让人不顾一切。即使换来的是更凶狠的毒打也会忍无可忍地大骂。但温和而有教养的孩子的请求，换来的又是什么呢？

我继续读着《一个孤儿》。

唐地主大声骂道，一粒米我也不给你加，你煮得就煮得，煮不得就算了。没奈何，小毛就这样半饥半饱地度日子。

这个时候，雷锋的讲述是呜咽的：

有一天是八月十五，天已经黑了，地主要我到六里外去打酒。

到酒店，店主已经睡觉了，喊门叫不开，我就哭起来，他们才开门。我一天没吃饭，在回来的路上走不动了跌了跤，把酒也洒了些。

回来时地主还坐在床上等酒吃呢，一进门就说我回来晚了，打了我几个耳光。又说酒不够问哪里去了，我说洒了点，他怪我把钱买糖吃了，一拳就打在我的鼻子上出血了，一脚又把我踢倒在地。我用小罐子煮了点野菜，煮好了正准备吃，被地主家的一只猫刮倒了。狗又跑来吃了我的野菜，我就打了狗，狗也咬了我，被地主婆看到了，她说打狗欺主要打死我，还骂道，这样的穷鬼打死十个少五双，死一个少一个，多亏毛奶奶说情才没有打死我。第二天地主把我赶出来，我在破庙里住了几天，只得吃野果山枣。

这个时候，已经是1949年的春天。

雷锋又一次离开六叔奶奶家出去讨饭。

他白天挨门挨户地讨饭，晚上就露宿在别人家的屋檐下。

讨饭，今天有谁还能体味到其中的滋味？小小的孩子赤着脚，拿着碗背着个黑布袋，一家一家地哀求着，凄楚的声音，饥饿的目光，黑得枯瘦如柴的小手，雷锋，你是怎么活下来的？

南方的夏天蚊蝇也多，遭到叮咬后雷锋身上起了红疙瘩，奇痒难忍，那孩子就用脏手使劲地抓，结果发炎红肿流血流脓，腰上凸起一个大包，烂了，走近他的人会闻到臭味，最后走路都直不起腰，疼得不能入睡。

我停止打字，站起来走到窗边，呆呆地望着。

那个黄昏，瘦骨嶙峋的孩子一个人躺在破庙里。

那个破庙，当年圆满一次次来过，她到这里来是为一家人求神护佑的。而现在，她的最后一个被折磨得人不像人鬼不像鬼的孩子在想，神在哪里？神为何不显灵啊？孩子泪流满面，"妈妈呀，你在天上能看见我吗？妈妈，你回来看看我啊，我疼啊！"

正兴伢子和他的哥哥正德一样，在奄奄一息的时刻终于大哭着呼喊着他们最想念的人，正德那会儿妈妈还在，他只要朝那个方向走，走到那个将塌的茅庐、那个不遮风雨的草屋，就能找到妈妈。

而现在，这个叫庚伢子的又到哪里去找这世间能给他温暖的母亲呢？悲凉无垠的暗色天空，一群乌鸦掠过，如同乌色的黑云掠过破庙的屋檐。它们在叫着，苦哇！苦哇！孩子不想就这么死在这破庙里。

他挣扎着用了全身的力气，好不容易才回到了六叔奶奶家门口。

那孩子敲着门："娭毑啊，我疼啊！"

六叔奶奶倚着门框看了好一会儿，才看清这个瘦得不成人样的孩子是雷正兴。老太太把孩子抱在怀里，眼泪噗噗地掉："伢子你瘦成这个样子啊！再莫去讨米了，喝粥多放一碗水，有叔娭毑在就不会把你饿死的。"

老太太掀开孩子的破衣服惊得大叫："这是背花疮啊！可了不得，搞不好要丢命的！"老太太找来补好的衣服，先给雷锋洗了澡，要雷锋蹲在她的膝边把烂脓彻底挤掉，请了邻居谢医生也就是谢迪安的父亲开了药方，买了两服煎药清理。老太太又颤巍巍到山上挖了10多种土药煮了外洗，每天洗4次，每次洗完就把外面的桐子树叶，用开水烫一下贴在伤口上。

一个多月后孩子慢慢好起来，背上的大洞也慢慢愈合了。

伤口愈合了，但疤痕留在了孩子身上。

在后来的日子，这个疤痕就成了万恶的旧社会的证据。

这番介绍，我是在雷锋牺牲60年后听到的。听到这段讲述的时候是

2012年的秋天。那天天空异常明亮，阳光明晃晃地洒了一地。我坐在乡下的树下摘着刚采的野菊花，野菊花的幽香，吸引来蜜蜂，一只只在我的头上盘旋。倏地，我听见院外传来孩子吆喝的声音。回头循声望去，一个瘦小的男童正手持树枝站在大门外厚雪里。

大门内，秋高气爽；大门外，暴雪肆扬。

那男童衣衫褴褛，赤着的脚已成褐色，满是冻疮。

一只牛走过，翘起尾巴，热腾腾的牛屎铺在雪上，男童迅疾跑去将脚踩进冒着热气的牛屎里，一脸的喜悦。我朝大门跑去，门外簌簌作响的梨树，并无他人，依然是艳阳的秋日。

我朝远处望去，大雪正渐渐远去，模糊的男童身影。

雷正兴——我高喊，没有回音。

时间掠过，没有声音。白桦树枝伸展，没有声音。

叶片从黄到绿，没有声音。

我站在门口不动，站在这时间的断崖上看着雷氏一家人的生生死死。那浮世繁华与寂寞，它们变化迁徙消逝，这无常的咏叹。

雷锋，这个孤苦的孩子的流浪生活在两年后也就是1949年秋天结束了。

1949年我的家乡解放了。

地下党员彭德茂乡长找到了我，我那时真不像样子了，头发很长，身上披了一个旧麻袋。他给我洗了澡，给我换衣服，过年还把我接到他家里做好菜给我吃。我好像做梦一样，心里非常感激彭乡长就跪在他面前。

他说孩子不要感谢我，是伟大的党和毛主席救了你。

你要感谢的是党和毛主席。

彭德茂乡长的出现，是雷锋苦难中开出的一朵微笑的花。

彭德茂，人称彭大炮，1949年前他在长沙到宁乡的一条老公路上拉黄包车，雷明亮在这条道上抬轿子，两家距离很近，他和雷锋的父亲也就是雷明亮的关系也很好，他在1949年长沙解放前秘密加入了中国共产党。湖南解放初期，他是农会主席。

雷锋儿时伙伴石天柱说：

彭大叔是雷锋家的穷邻居。彭大叔靠他的强筋壮骨给人家抬轿子挑担子，下苦力谋生。他又是个热心肠的人，好几次雷锋讨饭走迷了路没有按时回家，都是彭大叔去找回来的。

在很长的一段时间里，我一直在思考一个问题。

在张圆满去世后，7岁的雷锋独自流浪要饭的那么长时间里，彭德茂在哪里？为何他非要出现在解放后的1949年？他的出现很富有戏剧性，太像现在劣等蹩脚的电视剧，救人于苦海的超人总是在千钧一发之际闪亮出场。但，毕竟彭乡长出现了，再晚，也总比不出现的好。

后来的事实证明，这个共产党员是雷锋的第一位启蒙老师，在雷锋的成长道路上，他从未忘记这个共产党人给过他的帮助和教育。

这是雷锋在母亲离世后的一缕曙光。

是的，是黎明时分的一缕曙光，这曙光不光来自彭乡长的笑脸，还有新的衣服好吃的菜。这些，都代表了苦难世界的离去和幸福生活的来临；这些，让濒临死亡于悬崖边缘的苦孩子雷锋，感受到了活着的希望，这希望在那一年甚至应接不暇，连绵不断的惊喜化成暖流扑向这个讨饭的孩子。

很长的一段时间，雷锋受宠若惊，他不敢相信这是真的。

乡长彭德茂买给我新棉衣棉裤。他还把从地主家分得的一件小呢子外套送给我，把他儿子一双新棉鞋穿在我的脚上。

拉人力车的彭德茂一直将雷锋视为儿子，天生感情细腻的雷锋，从那时起就开始因感恩而激动，他急于想向一切他认识和不认识的人述说自己的幸福。雷锋对正在发生的一切充满着渴望。他对彭大叔说的"北方很多地方都解放了，共产党的军队很快就要打过长江了"这个惊人消息并不明白其中的含义，但他问了一个问题："是不是解放了坏人就不敢欺压好人啦？"彭大叔惊异地回答："庚伢子聪明，就是这个话！穷人当家作主的日子就要来了。"孩子就此记住了这个名词：共产党。

这年的8月，一支解放军队伍路过雷锋的家乡安庆乡。这支奇怪的队伍一住下来就向当地老乡问寒问暖，还帮助老乡挑水扫地，买柴买菜按价付钱，不拿群众的一针一线。雷锋找到部队的连长。

雷锋问："你是共产党的兵吗？""是啊，我们是共产党毛主席的解放军。""那你是怎么当的兵？""志愿当的呗！""我志愿行不行？""你还没有一支步枪高，就想当兵？"雷锋拉住连长的手说："叔叔，我要当兵。"

连长笑着问他："你为什么要当兵？""我要报仇啊！"

"你的年纪还小，你现在的任务是要好好学习做个好学生，等长大了再参军，保卫和建设咱们的中国。"连长好说歹说才把他劝走，临走时把自己的钢笔送给了他。

我不太相信最后的描写。

一个陌生的连长会把当时很稀少的笔送给一个近乎乞丐的孩子，何况还是一支钢笔，但在雷锋的讲述中这样的天使般的美好描绘是很多的，我不想在此纠结，这支队伍、这位连长，无疑给这个孩子播下了军人梦的种子。这一点是极其重要的，不然，你会很难理解这个孩子后来的行为。这是雷锋第一次有了当兵的愿望，这个愿望隐藏在他的心里，从未离去。

生活发生了巨变，即便是冬天来了他也不愁没有穿的，不再沿街乞讨。雷锋感到从未有过的幸福。他对堂兄说，他感觉太幸福了，从钻心的苦到透心的甜，他说他再也不哭了，从今往后他只会笑，开心地笑。他笑了，那明亮的笑容叫看见的人很难不用笑容去回应他。我翻看着雷锋最初幼年的照片。那是春天喜悦的表情，带着回春暖意，极像摇曳麦田一望无际生动无比的绿色，那蔓延至天际的绿色光芒已经开始显现。

雷锋在报告里继续讲述：

二年级时土改斗地主，我们乡里成立了儿童团，我参加了。

后来大家选我当团长。大人搞生产很忙，我们儿童团就去看管地主。斗争那个姓唐的地主时，我非常气愤，恨不得一口气吃掉他。仇和恨一齐涌到我的心头，母亲是在他家做女工时被害死的，我在他家放猪遭到了非人的折磨。

1950年的春天，土改开始了。

雷锋在这次运动中参加了他人生中最早的诉苦会。

他悲愤地痛诉了他的苦难家史，政府分给雷锋3.6亩地，还有他住的地主的佃户庄屋，以及一些生活用品，如床、蚊帐、锅、箱子等。我的思绪又远去了，我听见了1950年的庆祝土改的锣鼓声。

分享胜利果实那一天，贫雇农早早来到乡政府大院等着分东西。

胜利果实摆得满满一大院子，一整天院子里都是人声鼎沸，笑语喧哗。太阳照在扫得光光的场院，人们靠在墙根下，等着那让人兴奋的时刻。好多人都坐在地上数东西，摸摸被子又摸摸衣服，这都是他们这辈子从没盖过穿过的好东西。孩子们更高兴，在一堆堆的物件中跑来跑去，大人们也快活地吆喝着。我听见雷锋在问："彭叔叔，这是谁给我的东西啊？"

"没听台上县长说吗？是毛主席。"

"台上当中哪个是毛主席？我得当面谢谢他。"

彭德茂就笑："伢子啊，毛主席今儿个没来，等哪天他过来再说吧！"

县长站在凳子上，双手举起一幅像大声地喊："老少爷们儿父老乡亲，快看，这就是毛主席，给你们房子的、给你们地的、给你们棉被还有衣服的就是毛主席，大家快说，谢谢毛主席。"

众人齐声吼："谢谢毛主席。"

雷锋哭了起来："啊，这就是毛主席啊！"

1950年，彭德茂送雷锋去上学。

当年在望城县龙回塘小学的李杨益老师,是雷锋上小学一至三年级的班主任。他这样回忆雷锋上学的第一天:

1950年初秋的早晨,五彩缤纷的朝霞托出一轮鲜艳的旭日。

在碧绿的田野与青翠的小山包交界处的龙回塘小学热闹非凡,今天是学生开学报到的日子,我们正在张罗着,听到一个沙哑的招呼声,李老师辛苦了,报名的学生还真不少啊!抬头一看是彭德茂乡长。

哟,彭乡长,这么早送谁上学呀?

彭乡长身边站着个矮小男孩儿,穿着朴素洁净,圆圆脸庞上荡漾着喜悦的神色,他不停地东瞧瞧西看看,机灵活泼。彭乡长说这个雷庚伢子不到7岁就成了孤儿,是苦水里泡大的,我们研究了一下决定免费送他读书,这孩子就交给你们了。好,我忙答应,我看着他可爱的模样和他絮叨起来,你叫什么名字?雷正兴。我连忙拿起笔在报到册上写下他的名字。

你几岁啦?快10岁了,我想上学想读书。

我向他提出几个问题,他都回答得很好。

最后我说好,从今天起你就是学生了,希望你好好学习。

彭乡长摸着他的头说:"庚伢子,过去穷人家孩子进学堂是不可能的,现在你可要学好本领,将来为建设我们的祖国出力。"嗯,雷锋点着头,他在后来的报告里提到了这个时刻:

我第一次走进学校的时候,老师发了我两本书。

我看人家都交学费。我说老师啊我没有钱,我念不起书啊!老师就给我讲,孩子你不要多心,这是党和毛主席叫你念书一个钱不要。老师翻出毛主席像说,就是他老人家送你读书的,你永远不要忘记他老人家。

学校正式上课那天,雷锋第一个到了学校。

李杨益,雷锋的老师这样回忆:

老远就有礼貌地和我打招呼,李老师好。雷正兴,你这么早?雷锋说,老师,报到时彭叔叔和您对我讲的话,我回家后想了很久很久,毛主席是我的大救星，所以我今天特意早点来，想请您现在就教我写"毛主席万岁"。我见雷锋这么热爱毛主席连忙说好。

李老师用毛笔在纸上写上"毛主席万岁"。

接着，他把这五个字的笔画名称和执笔方法告诉雷锋，小孩子雷锋聚精会神地望着，跟着念着笔画的名称。他在后来的报告会上回忆道：

我第一次在笔记本上写了"毛主席万岁"五个大字。

我非常感谢党和毛主席，连睡觉做梦都想见到毛主席。

我问老师毛主席住在哪里啊，我想当面谢谢他。老师说毛主席住在很远的地方，他很忙。他就喜欢学习好的孩子，你好好学习，学习成绩好了就能见到他。

李老师这句鼓励的话让这个孩子认了真。

他要见到毛主席的愿望一直持续着。

1952年秋天，这时候的雷锋12岁了，他长高了许多，这个年龄正是小男孩儿最淘气的时候，但这个孩子却和同龄的孩子不一样，他说着别的孩子听不懂的大人话，那是什么样的大人话呢？

李杨益这样回忆：

那天是星期天，烈日炎炎。

雷锋头戴草帽，全身都被汗湿透了，突然来到我面前，我以为他家里出了什么事，刚要问，雷锋先说话了，老师，我们小孩儿要怎么才能为人民服务？我愣了一会儿说，为人民服务就是为老百姓做事，什么事都行，不分大事小事。恰好窗外传来哦叽哦叽的土车子声，雷锋说声"我知道了"就往外跑。那时我们学校就在黄花塘岭下，建在黄花塘粮仓的要道旁边。

我出去一看，雷锋正推着一辆农民送爱国粮的土车往岭上走，推上一车，又下来帮着推第二辆。就这样一辆一辆地帮着推，直至太阳落山。

第二天上课，他这样对我说，帮助推车子就是为人民服务。到现在我也不知道，那天他为什么会跑那么远的路来问我这个问题。

这个孩子，这个只有12岁的天使。

我只能说，他在此时，就已经缓缓地展开了隐藏在他身后的天使的羽翼。不管是夏还是冬，雷锋总是第一个到学校挑水把地洒湿，放学时扫地抹桌检查门窗后才回家，他不是一阵风几番雨，从开学到放假，天天如此。老师给他的评语是，天资聪颖，脑子灵活，勇敢诚实，做事果断。

也许是父母早亡，孩子毫无娇生惯养习气，雷锋是学校里穿的衣服补丁最多的孩子，也是最干净的孩子。那孩子把自己弄得天天这样忙碌，学校任何活动都落不下他，学习不受影响，还能帮他的婶婶干家务。

老师好生奇怪："你怎么还能写作业？我是说你干家务还有时间写作业吗？"那孩子笑笑，那笑容不像以往那么开心。

但那孩子还是笑呵呵地说：

就看自己的安排了。比如说中午突然来了几个客还带来了几头猪崽，人要开餐猪要吃潲。如果不早做准备，灶弯里无柴火烧不起来，锅里冷冰冰叔奶气冲冲，搞不好还要打人，所以只能全力以赴做好家务活，中午耽误的作业只好下午补。

生存的环境再恶劣，孩子也不在乎。

因为此时，在他心里已经有了活着的目标，那就是好好学习。

他在报告会上的录音里这样回答：

只有好好学习，将来才能更好地为人民服务，报答党的恩情。

我在三年级时参加了少先队，我是第一批入队的。大队发展了，大家选我当了队长，学校老师待我很好，买给我石板石笔书包，放假和过节带我到他家去玩，上课时他还手把手教我学写字。

这个时候，他就读的学校因为某种原因已经拆了。

这个孩子失学了，他又继续砍柴放牛，只不过他现在放的是婶婶家的牛，他一定边放牛边又思考问题，现在他思考的是他还有机会再继续读书吗。

那天他到10多里外的山上放牛，意外发现了山脚下的小学校。孩子喜出望外狂奔下山，他几乎是冲到上课的老师面前要求读书。老师先是惊愕，随后问明情况，自然是不同意的。孩子便转身撒腿跑去找彭叔叔，彭叔叔自然就跟着来了。谭礼老师这样回忆那天：

转学那天，领他去的是彭德茂乡长，他是来帮雷锋办理转学手续的。以后雷锋就要在这个学校读书，不同的是，上学来回路上要跑上20里。

我低头打量这个新来的孩子。已经是初冬了，孩子穿着一双用稻草编制的凉窝子。凉窝子是草鞋，冬天穿着暖和，当地人无钱做布鞋棉鞋穿而又要到外面干活就用稻草编成这样的鞋。

我的眼睛模糊了。这鞋，一般都是大人穿，小孩子不肯也不爱穿，因为穿穿脚就磨破了。雷锋，这个没有父母的孩子，没人给他做什么布鞋，他只能穿这个。谭礼老师还在端详着这个一心要读书的孩子。

他戴着顶破棉帽子，衣服很破旧，彭乡长介绍了他的苦难家史，学校便收下了他。我问他你能跑这么远的路吗？我能跑，他坚定地点了点头。我便把他领进教室，他个子不高，坐在教室的第一排。

谭礼老师是在1953年2月见到雷锋的，而不是雷锋说的10岁第一次上学遇到的，一定是谭礼老师对雷锋太好了，他便把所有老师对他的好都记在谭礼老师的头上了。

在没有了母亲后，雷锋曾在三个亲友家里寄居过。

初上学时，寄居在六叔祖父家里。因为雷锋吃闲饭，家里不愉快的事时有发生。六叔奶奶是位心地善良的老人，可怜同情这个没娘的孩子，遇事总护着他，不许家里人虐待孤儿。可这位心地极其善良的老人1954年突然病逝。接着老人两个儿子闹分家，谁都不肯收养雷锋。

做工的堂叔说他家孩子多，收养雷锋不好办。种田的堂叔说要他收养雷锋必须依他三条，不能再念书了，不能参加社会活动，必须从此下田干农活。六叔祖父很恼火，一气之下领着雷锋另起锅灶单独过日子，一老一小不会做饭，日子过得相当艰难。

雷锋还有个堂叔在长沙做工，那天他把雷锋领到自己家里说："你想念书，叔叔尽力帮你，放学回家多帮助你婶婶做些事就行了。"可是过罢春节，堂叔进城做工去了。雷锋在这个新家里，不论如何小心如何顺从如何干活，就是换不来这位堂婶的欢心。他每天要在上学的20里山路奔波不说，还要在黑漆漆的山路上拾柴，然后背回给婶婶，如果赶上这天学校开会或有活动回来更晚时，他没有精力再拾柴，那么当他空手进院时就能看到婶婶脸上难看的表情。

这一夜不知道雷锋是怎么过来的。

第二天早上，他起床发现书包不见了。

这个书包无疑是他活着的全部希望。他失魂落魄地床上床下屋里屋外地找，最后全家人问了个遍，谁都说没看见。眼看着上学时间到了，雷锋跑到外婆家哭诉这件蹊跷的事。那孩子呜呜大哭，他的哭就和妈妈死去那天的哭声一样凄厉。被雷锋称为外婆的人，就是当年抱养张圆满那位育婴堂的女用人。外婆落了泪："你赶快去上学别误了课，就对老师说今天忘带了书包，外婆一定帮你把书包找回来。"果然两节课还没上完另外一个堂叔把书包给他送到学校来了，外婆抹着泪告诉雷锋："为这事你堂叔和你堂婶吵得好凶，今后放学你可莫忘了打捆柴回来。"

孩子骤然意识到，他的学生生涯即将结束。

中学的门槛已难逾越，事实就是这样的。这一点雷锋在他的自传体小说中描述了一些，但描述得很含蓄。他是个只愿记得恩情的人，即便也有冷漠，他宁愿忘却。我在翻看着雷锋的自传体小说《一个孤儿》。

小毛的堂叔是一个老实勤劳的农民。

叔叔对小毛很关心，把小毛当作自己的崽看待。

可是小毛的婶婶呢？把小毛看成是眼中钉肉中刺，经常打骂小毛。而对自己的崽看得很重，小毛的婶婶好走人家不爱劳动，是个好吃懒做的人，经常在外面说小毛的不是。但附近的穷人都同情小毛。

在表述这些事实的时候，总会有东西在狠狠咬噬我的心脏，痛彻心扉。小毛，其实雷锋想要写的是小猫的猫。那种生长在别人屋檐下的忍辱负重的日子，的确是流浪猫的日子啊！一个孩子是怎样学会看着大人脸色艰难度日的啊！这一点是父母双全的孩子不能知道的。

雷锋的小学是由政府资助的，但他要读中学则是需要自费，至少住校吃饭是需要钱的，他的也很贫穷的亲属一直无能为力去帮助他。

他的确是个好学生，可谁知道他是在饥饿的状态下起早赶十几里的山路，也就是这漫长的无尽头的饥饿使得他在身体发育最高峰的时候没有得到最基本的营养供应，小小年纪得了胃病，营养不良，身高体重都不及同龄人标准。这样的身体状况一直伴随着他。

个子矮后来一次次成为他前进的障碍，并差点影响他的前程。

最终成为他生前身后无法躲避的著名的标志。

解放前解放后雷锋都处于饥饿中，一直到死，他也没放开肚子吃过什么。好日子也就是在望城县委那段日子，但很快，他去了北方。

在北方，没有大米，即使每人每月4斤细粮，他也让给他的老乡。

到了部队又赶上国家困难时期，在他牺牲的那一年，国家经济也才刚刚好一点，就是到了部队，年节分的月饼苹果什么的，他也都送给战友。就那么一次，他开会回来很饿去厨房拿了块锅巴，还让做饭战友数落了，对方好像忘了雷锋时常过来帮厨房洗菜做饭的好，事后雷锋还要回头给对方道歉。写到这儿，我的手在发抖。

此时，活在饥饿状态的孩子，一声不响，不抱怨，也无法抱怨。

他会找个角落，忍着饿把当天的作业做完。

甚至在第二天早上起来上学时，发现自己中午的饭盒依然是空空如也，他仍然会跟婶婶笑着说再见，他必须笑着，不然他将面临更大的冷脸和冷语。再累，他回到那个寄居屋檐下也要打起精神帮着烧饭洗衣收拾家的里里外外。谁让他没有了妈妈呀！圆满，你要是知道你的儿子是这样的活，你还会那样在乎你的自尊吗？还会那样痛快地离孩子而去吗？他不允许别人瞧不起自己，那他该如何在这种环境里活着，又该如何生出那样独一无二的笑容呢？

比较，是的，他在使用比较。

这种比较是致命的，甚至是彻底的，有了这些比较，后来的一切的一切，在他眼里都变成了不屑，在剔除这些不值一提的不屑之后，剩下的全是快乐。因此，对于后来在他人生场地发生的那些事情，他毫不在意也毫不理会。这天然形成的美好品质，无意中又变成无法复制的巨大力量，成为保护他的盔甲。

他抖掉身上的痛苦痕迹，依旧对一切保持着友爱。

那些雷锋小时候的事情不是作家们的杜撰，是事实，是存在过的事实。1950年春天，安庆乡土改没收地主财产，雷锋分到一个特别的胜利果实，一件白衬衣，那个夏天，雷锋上学时天天都穿这件白衬衣。

老师问："你的白衬衣不错，每天都这么干净，你有几件啊？"雷锋向老师解释："只有一件，上学时穿，放学回家洗干净就晾起来，然后放在枕头底下压着，第二天穿着去上学。"

后来也是学校要搞活动，为了能穿干净的白衬衫，晚上他架起火堆烤衣服，结果烤着烤着睡着了，白衬衫的袖子被火烧了两个洞，孩子心疼得落了泪，机灵的他把衣服长袖子剪掉，用针线缝了边口，衬衫变成短袖，这件白衬衫直到他去鞍钢时还带着。

转年的春天，龙回塘小学的校舍派作他用，雷锋又没有了学校。

乡政府又把这个孩子安排到上车庙小学，不久又转到向家冲小学。

那时候湖南老遭灾，农村收成也不好，家里的粮食都不够吃，更别说吃肉。小孩子每天要跑那么远的山路，肚子饿得不行。爱琢磨的雷锋发现一道不花钱的美味——烤青蛙，放学后雷锋领小伙伴到水塘逮青蛙，大家觉得不好吃，雷锋还是吃，他太饿了，在那个饥饿的童年，这是他最喜欢的美食。小学三年级时雷锋知道了青蛙是益虫，从此就不再抓青蛙。

这个孩子，又处在饥饿中了。

1951年，中国掀起抗美援朝的捐献活动。

有钱的出钱有力的出力，小学校也跟着行动起来。

老师刚一讲完抗美援朝的重大意义后，小孩子雷锋举手了："老师，这是叔叔给我的压岁钱，我不买糖果了，现在拿出来支援朝鲜，打倒美帝。"

这是他攒了两年的压岁钱。

他把压岁钱埋在墙角里很怕丢了，再饿他也不肯动这个钱，而现在因为国家的号召，这个总想着感恩的孩子天不亮就动手将钱挖出来，双手捧着，把它放到了老师的桌上。

我问雷正球："为什么他要这样？"

"他是习惯了，"雷正球低头想了想，坚定地重复着，"他习惯了这样，他习惯帮别人帮国家，那样他觉得快乐。"这句话在2002年听起来很冷峻，与那些我们司空见惯的高耸入云的豪言壮语实在是太不一样。

1954年，湖南望城县安庆乡。

春天的稻田里，到处都飘着愉快的歌声，互助组的人们边干活边唱歌。他们歌颂新社会，歌颂毛主席，歌颂他们正在过着的好日子。

这一年，对于雷锋是难忘的，在这一年的时间里发生了三件事。

六叔奶奶去世，要求当兵，参加考学。

六叔奶奶，一定是雷锋童年记忆里最美好的记忆，现在，这个世界上最后一位疼爱他的人也走了，这个孩子，沉默了很长很长的时间。

现在，他还不会做饭，他又该跟谁一起生活呢？

1954年8月，清水塘小学试点建立少先队，表现突出的雷锋成了当地的第一个少先队员。他脖子上戴上了红灿灿的红领巾，这让雷锋在同学当中显得非常特别，因为在偏僻的农村，还有很多儿童不知道红领巾是什么东西。这年，学校要成立腰鼓队，这可是件吸引人的新鲜事。腰鼓队的队员要求很高，雷锋个矮没被选上，他急了，一次次找谭礼老师。那孩子这样说："谭老师，我知道我矮，可我会慢慢长高的呀！"谭老师说："你能背出打腰鼓的点子吗？"他马上流利地背着："咚波，咚波咚咚波咚波。"

孩子如愿了，他是腰鼓队里最积极认真的。

小孩子背着一面大皮鼓，昂首阔步地走在队列中。

这年秋天，他以优异成绩考上了望城县荷叶坝完全小学五年级。

那时的望城，方圆几十里只有一所完全小学，像雷锋这种考上高小的人，就相当于乡里的知识分子了。那天阳光很好，五年级新生发榜，雷锋榜上有名，这次考试不是所有的孩子都考上的，几乎是一半落榜。

亲戚都来祝贺他，说雷家祖坟冒青烟了。

那天，无疑是雷锋悲喜交集的日子。

他跑到父母的墓前，跪在墓前哭着告诉父母，还有他那从未上过学的哥哥、那个人们都没记住名字的弟弟，告诉他们这个天大的好消息。

他知道爸妈九泉之下若是有灵，一定会高兴极了。

我想，那天除了考学的事情他还会告诉他们什么呢？

他会告诉他们在读书的路上他光着的脚板磨了多少个血泡吗？会告诉他们因为饥饿而得的胃病吗？会告诉他们他因为想念他们在暗夜里一次次

无声流下的眼泪吗？他不会的，他不会让他的父母哥哥弟弟在地下因为忧愁他而不得安息。他是那个永远报喜不报忧的孝顺孩子。

他只会对他们说，我现在很好，我活得太好了，有吃的穿的，对我好又让我活的新父母叫毛主席，你们也要感谢他啊！

这一定是那个孩子边哭边说的话。

在他发下的新书的第一页，是毛泽东在中华人民共和国成立初期的最早画像。14岁的孩子捧着看了又看。他在学校的第一篇周记里这样写道：

在旧社会，我家祖祖辈辈没有人进过学校的门，更没有上学读书的权利。今天我进高小读书了，多么的幸福啊，我要为毛主席争光，为雷家争气，克服一切困难，认真读书，长大了，做一个有出息的人。

那天我去了这个学校，现在，它已改名叫雷锋小学。

学校建筑已经翻修，墙皮上涂刷着赭红色。

从鸦雀无声的校园望过去，你不会相信，那么热烈浪漫的人是从这里走出去的。20世纪50年代，小学分为初小和高小，初小完成前四年学业，高小完成后两年学业，就是今天的五年级和六年级。

雷锋离开清水塘，上学就更远了，来回要走足足20里山路。

那时候的公路还比不上今天的乡村小道，行走起来极其艰难，但雷锋每天总是天不亮就起床，他这一辈子，从没有睡过懒觉。

我端详着1954年的雷锋。

他的生日是12月，这个时候他还不到14岁，个子没长高多少。天还未亮，这个没有母爱的孩子已经起床在摸黑穿着衣服。

他没有闹钟，也从不用人叫，他蹑手蹑脚地起床，摸黑走到厨房，尽量动作很轻地把冷饭用辣椒和盐炒过，他没有菜，之后小心把饭用竹篮子装好。这是这个孩子的中午饭，也是他一天的饭。

做完这一切，院子里打鸣的鸡还没有叫。

他出了门，发现外面正下着大雨，他哪里有什么雨具和雨鞋啊！

他想了想折了回去，再出来时他身上多披了件更破旧的衣服。

他在大雨中奔跑着，他在大雨中光着脚奔跑着，风也很大，吹得那孩子趔趔趄趄，甚至把孩子吹向另一个方向。

不不不。孩子说，我要去学校，我要去上学。

孩子的双手紧紧抱着书包和饭篮，他要求自己绝不能跌倒。

书包和饭是他此时最重要最需要的东西，这个时候你一定不能要他去选择——你不得已时要扔掉哪件？哪件都不能扔，你千万不要问对这个孩子来说最残忍的问题。这是他的命，他已经什么都没有了，他好不容易获得的读书的权利是绝对不能再失去了，这绝对是他的命。

所以你不可以再去问他这样的问题。

书包不能打湿，饭篮也不能撒，你只能看着他，看着他东倒西歪跌跌撞撞地跑到了学校，看着他进了教室被雨浇成落汤鸡，但脸上却是胜利的笑容。

我低头擦着泪，再看见他时，是冬天了。

冰冻路滑，这个没有娘的孩子啊，还在上学的路上。

他的脚上穿着一双烂布鞋，脚指头露在外面，为了不滑倒，他用草绳绑住脚和鞋底，身上穿的还是夏天的那几件单衣破裤，即便是这样，雷锋上学也从不迟到。班里的同学给他编过一个顺口溜：

小小雷正兴，家里贫又穷。赶路几十里，早到第一名。

学习他很好，活动他最行。大家学习他，争做好学生。

这段近乎打油诗的歌谣，在雷锋小学成了近乎校训的清晨开场白。

与雷锋相差70年时间间隔的小学生口齿伶俐齐声背诵这段歌谣。

1954年的冬天到了。

望城县委组织部干事、团县委书记黎国平被派到安庆乡协助征兵工作。黎国平在1993年这样回忆道：

那天晚上我们正在乡政府开会，就听门外有人喊彭乡长。

进来个十三四岁的小青年。彭乡长说这是小雷，还在小学读书，他是我们乡第一个报名参军的，我打量着眼前小青年，个头矮小但敦实，一双眼睛又明又亮，额头渗着汗珠，显然他是急急忙忙赶到这儿来的。

我说小雷你年纪太小。没等说第二句话雷锋就打断我，我从小就失去父母受尽地主的欺压，现在幸福生活来得不容易我要去保卫它，我要参军我要保家卫国。那一晚谁也没有把雷锋说服。他总是那几句话，现在我们搭帮党和毛主席翻了身，保卫祖国是我们的义务，你就同意吧！

搭帮，是湖南当地的土话，就是多亏或幸亏的意思。

这么点的小娃娃在那个年纪就能说出这样高度的话，我只有震惊。

我仔仔细细地咀嚼，这绝对不是后来当事人的杜撰，这的确是那个孩子的肺腑之言，这些话在我后面的文字中也反复出现，它就像我们每天要说的"你好"之类的日常用语，这样铿锵有力的话已经成为他表达感激之情的专用语言。

就在他还是小学生的时候，他就已经在实施他的感恩行动了。

黎国平继续回忆道：

那天我们欢送第一批新兵入伍，锣鼓声中新兵胸戴大红花英姿飒爽。我忽然看见在新兵队伍后面站着一个小孩子，那不是雷锋吗？他一把拖住我央求说，黎同志让我去吧！让我去吧！我的眼睛湿润了，我能说什么呢？只能拍拍他的肩膀，这一年小雷参军未去成，可他还三天两头往乡政府跑打听参军消息，我们更加熟识了。他这种不达目的不罢休的坚定意志，给我留下了极深极深的印象。

我站在2018年的时间场地凝视着1954年的娃娃雷锋。

我的泪滴在我的键盘上，你啊，你是个多么干净的娃娃啊。是不是从这一时刻就注定你要在军营完成最后的你在这个世界的使命？娃娃，你这样固执地、执拗地要走向远方，你知道远方有什么在等待你吗？

1956年在歌声中来临了。

这一年的7月15日，是雷锋所在的荷叶坝完全小学第一届第一班高小学生毕业的日子。全班47个同学绝大部分都想升学，考取望城一中。

而这绝大部分同学，都是有父母的孩子。

此时的中国农村，正处在社会主义改造的大变革的热烈时期，这个时期的中国是以农业为本，全国各地农业合作社刚刚成立。全国合作化，就需要几百万人当会计，到哪里去找呢？国家号召具有高等小学文化程度的学生下到农村去，支援社会主义新农村的建设。

雷锋所在的安庆乡政府希望能有一批高小毕业的有文化的人参加农业生产，当时乡里5个大队的范围内，只有一个人能够读报纸。

毕业那天，雷锋穿上了只有节日才穿的那件白衬衣。

在毕业典礼上安排了几个同学发言，没有安排雷锋发言。

但等最后一个同学说完话，雷锋突然举手站了起来。

那个瘦瘦的孩子突然站了起来，他箭步如飞而不是健步，他风一样的掠过我的镜头，箭一样的定格在了讲台上，他还是笑眯眯的，他先是给大家恭恭敬敬地行了个礼，他的个头比讲台高不了多少。他一点儿也不胆怯，他不怕别人笑他。"老师，同学们，我要说两句。"

他生动有力地讲出下面这样的一番话：

亲爱的老师同学们，我们小学毕业了。

我们小学基本教育受完了，大家很高兴，感谢党和毛主席和老师。我们今天毕业真高兴。大家比我更高兴，能升入高一级学校，学更多的知识，更好地建设祖国。我呢，我不参加考试了，我决心留在农村广阔的天地里，当一个新式农民，我决心做一个好农民，建设社会主义新农村。将来有机会的话我要当工人，要当个好工人。将来有机会的话我要当个解放军战士，要当一个好兵。

老师，同学们，你们看我吧！

后来有智者给雷锋做了惊人总结，雷锋在小学毕业那天就做了伟大的人生规划，我苦笑，一个乡下的16岁的孩子吗？

那时即便有"规划"一词，我也相信那孩子并不晓得伟大为何物。

这是雷锋第一次在众人面前大胆讲话，是他在全体毕业生面前即兴的一段发言。此段讲话被记录在望城县荷叶坝小学老师夏柳的教师笔记上，当时记录发言的名字为雷正兴。这段发言的复制本子，我在抚顺雷锋纪念馆看到了。前面我说过了，我不在这里讨论文字的真伪，我只关注真实。

这段话的语气的确像他，他的话语永远是简单的单纯的，这段话非常像他的思维表述。没人知道，那天，他为什么会这样勇敢上前去倾诉自己的感受。当然，我也不知道，但我想那天他是怅然的失落的，就像他说的大家比我更高兴，因为他的同学们就要走向更高的学府，而他，那么爱读书又极度渴望读书的人，只能在这一天与他的兴高采烈的同学们分道扬镳走各自的路了，他显然是痛苦的。但他又特别希望留给同学们一个快乐的离别记忆，他愿意以这种方式与同学们告别。

于是就有了这样的画面：他举手了，他要求发言。

他的这段即兴发言，便如同预言概括了他的一生。

事实上也是如此，他16岁的发言，竟然与他此后的6年短暂而辉煌的人生道路完全一致。他预言了自己短暂一生的三个时间场地。

一个16岁的孩子，在众人面前，按他的说话语速，一分钟内，将自己的著名的三个伟岸形象瞬间定格，不是有神在此附体，也没有什么精心策划。只是在那个激动人心的火红年代的时间大幕下，他脱口而出。

他回乡是愉快的，但是，他没有说出"但是"。事实上雷锋是极其想上学的，他太想和他的同学们一起继续考学，太不想就此停止学业，他太想做个一辈子都读书的人。但他，别无选择地要留在农村。

写到这里，我发现在某种意义上我成了解密的人。

我相信我推开了许多隐藏在雷锋事迹、文字与照片后面的那层迷雾，我看到了，所以不想再做沉默状。奇怪这么多年为何无人解释这些问题，那么爱上学的孩子为何就放弃了继续学习的机会，那么小的孩子就以他的英雄形象面对生活，就以智者的思维对待革命的需要吗？这是孩子的头脑吗？或者我们解释为，他生下来就不是孩子而是伟人，知道自己关键的几步该朝什么方向走去。停止求学，到底是为什么？

这个孩子在10岁与16岁之间、在解放的锣鼓声中的确感受了温暖和幸福。但在锣鼓声远去的时候，他的生活也并非是我们想的那么浓郁的温馨。少年雷锋只能选择回到家乡当农民。

他落寞无比地回到简家塘当了村里的记工员。

这一年，是1956年。这一年的年底，中国的农村已经基本实现社会主义改造。当时的纪录片中解说词是这样描述1956年的社会主义新农村：

> 每片平原，每座高原，每个旧日的穷乡僻壤，现在都欢腾起来了。千条川万条河汇向大海，五万万农民迈着大步奔向社会主义社会。幸福生活的种子已经深深地埋在全中国的无边无际的大地上。

那时候，人们的表情真的就像当年黑白画面里那样，脸上挂着干净简单幸福的微笑。但是雷锋，你回乡后的生活，又该是什么颜色呢？

第三章
道　路

时空自由交错　拷问深入骨髓
雷锋　在这里复活

从学校回来，雷锋径直找到乡长彭德茂。

"彭叔叔帮帮我，帮我在乡政府找点事做吧，我想找口饭吃，我不想待在家里吃闲饭。"彭叔叔自然是没二话，这个孩子的任何请求，他都不忍心拒绝。何况，雷锋此时的归来，已经是以知识分子的身份回来的。

在那个人才紧俏的年代，雷锋很快就被彭德茂乡长调到乡政府，做了一名全天候的通信员。彭德茂太高兴雷锋回来，他是乡长但不识字，上级发来文件是让他极其头疼的事，现在好了，甭管什么都由雷锋念给他听。

1956年7月至9月，雷锋在生产队当了近3个月秋征助理员。

征收公粮、送信传话、接待客人、泡茶、抹桌子、打扫卫生，他很是神气的样子，当地的农民要是想见哪个领导，都是要雷锋先通报一下。

但雷锋在乡政府待的时间也不长，也就两个月的时间。

一个偶然的机会，他的命运有了重大转变。这一年，望城县委机关的通信员参军去了，需要补充一名通信员来顶替他的工作，县委组织部干事黄菊芳担负物色人员的任务。

8月中旬，时值酷暑，热气逼人。

24岁的黄菊芳已经走了几个乡，累得筋疲力尽，可还没找到合适的人选。年轻的姑娘那会儿也是气盛，抱着不完成任务绝不回去的念头，在十字路口站了一会儿，就去了安庆乡政府。彭乡长不在，有人出去找。

在等乡长的时间里，她发现旁边几个青年正在造秋征花名册。

笑容可掬的雷锋引起了黄菊芳的注意。

黄菊芳这样回忆道：

屋里有8个男女青年，其中我身边的一个小伙子格外引起我的注意。他个子最小，圆圆的脸蛋上时刻是一副笑容可掬的样子，举止中显出几分机灵，言谈中不时带些幽默，顿时，我心头一亮，这不正是一个交通员的好人选吗？于是两人聊了起来。在谈到家庭的情况时，雷锋的笑容消失了。我问他家几口人，他说六口，但现在只剩下他自己了。

雷锋告诉黄菊芳，他为自己的苦难家史写过小册子，可以给她看。

他就跑回家给黄菊芳拿小本子。

这时，彭德茂回来了，黄菊芳就征求彭乡长意见。

彭德茂给了她肯定的回答："你看得很准，他确实是个好苗子，靠得住，又勤奋。你晓得吗？你做了件大好事，因为他家里只剩下他一个人，他现在住在别人家，生活也不方便。"

正说话，雷锋拿着本小册子上气不接下气跑回来了。

彭德茂给他介绍说："小雷，这位老黄是县委组织部的，去年还是我们七区的区长，她很关心同情你。"

雷锋听着，他看着我，顿时泪流满面。

他带着极其诚恳极其焦虑的心情对我说，老黄，请你一定要帮忙给我介绍一个工作，我不愿意一个人待在屋里，我要参加革命工作，我要报答毛主席和共产党的恩情。他递给我他写的小册子，那是一本用红纸折的共8页的夹页子。封面上用毛笔中楷直书"苦难的家史"。

这个小册子无疑打动了黄菊芳，当晚，她一夜无眠。

是的，黄菊芳又喜又不安。喜的是发现了雷锋这样的好苗子，苦大仇深，对党对毛主席有感情，有远大志向。

不安的是，雷锋个子矮小，组织上是否会同意录用他还没有底。

第二天一大早，黄菊芳发现雷锋站在门外。

从他布满血丝的眼睛里，我看出他也是一夜没睡。

见我出来，雷锋就有点拘谨地说，老黄，我想找你谈一谈。他少年老成的样子让我很感兴趣，我觉得这也是了解他的机会，就请他进屋说话。

雷锋看着我，老黄，你有好大年纪？24岁，我随口答道。

雷锋似乎有些惊奇，啊，你比我只大8岁！你问这个什么意思？我不解地问，雷锋小声说，我昨天听彭乡长介绍说你当过区领导，我内心敬佩，我以为你好大了，原来你是大姐姐啊！

我说，小雷，我昨晚看了你写的家史，写得那么详细，从1943年到1947年你还只有3—7岁，你怎么会知道的？雷锋沉默一下。

我的确是不晓得那样多，是我在最近几年问乡邻长辈，他们告诉我之后我写出来的。我妈妈上吊自尽时我快7岁了，她临终前嘱咐我要为死去的亲人报仇，这个印象我是深刻的，说着说着他激动起来。

母亲的遗愿终于搭帮共产党、毛主席在解放的第二年就实现了，我们这些穷人的翻身，就是搭帮救命恩人毛主席、共产党，这是我永远也忘不了的。我问他，你今年完小毕业，不打算再读书了吗？

雷锋带着一丝不安的神色说，想继续升学，读书的确是我的愿望，因为没有文化知识就不能为国家做大贡献，但我现在不想再花国家的钱了，如果所有的小孩子都能读书我还踏实一些，如果就供我一个人那就太自私自利了，乡里免费送我读到完小就已经很不错了，一个人总要满足，我今年已经16岁了，我想参加革命，在工作的业余时间自学，何况我现在还年纪轻轻。听了雷锋的话，我不停地点头。

我和24岁的黄菊芳一起使劲地点头。

我想，他才16岁吗？这个叫雷锋的人说出这样的根本就不是这个年龄能说出的话。"一个人总要满足，不能自私自利。"他实在太懂事。

是艰难的生活让这个孩子早早地成熟了。

他好像没有童年和少年，一下子就站在成年的门槛上了，这是该喜还是该悲哀呢？黄菊芳替我表达同样的感受。

我说小雷，你比我进步多了，也懂得多方面的事，真不愧是党培养的一代新人。雷锋诚恳地说，讲心里话，我一心就是想参加革命工作，不晓得够不够条件，有没有机会。你一定要帮我做个推荐，行吗？

我说我一定推荐你，等组织上批准了，随即就通知你。

黄菊芳回到县委后，就找书记张兴玉汇报了雷锋的情况。

在回县委的路上她已想好，如果雷锋不适合这个工作的话，她就介绍他到县印刷厂去当工人，没想到，书记张兴玉当即决定试用这个被极力举荐的小伙子。几天后，雷锋到县里去报到了。

我站在村口，夕阳斜斜，照耀在村口那片竹林上。

雷锋就是沿着这条路走向了远方。那会儿，这个清秀少年的脸上洋溢着幸福的笑容。他知道，新中国的阳光将会这样一直温暖地照耀着他。

冬天，南方这里的阳光仿佛还拥有春天的热力。

平静起伏的山峦，天空的云彩，空气中飘浮着草木的香味，香味中我依稀听见吟唱，这是怎样的时间啊，这是谁的少年谁的歌？

1956年12月。

那个还叫雷正兴的少年在望城县委见到了张兴玉书记。

张兴玉对雷正兴的印象清晰如昨。

一个十五六岁的少年，个头不高。穿着蓝衣青裤，有几个补丁，但洗得干干净净，手里拎着个包袱。少年见到我显得有点紧张，怯怯地叫了一声张书记。那窘相活像一个很少出门的农家闺女。

书记张兴玉，我查阅了他的背景资料。

南下干部，祖籍山西，参加革命较早，30多岁就当上了县委书记。

是的，如果按照过去的说法他就是县太爷，但他是共产党的县委书记，他品德高尚，身为一县之长，他最看重的是公务员的"公"字，他的确在为全县的父老乡亲全心全意地服务着。

雷锋，就是这种新型人际关系的受益者。

张书记是继彭德茂、谭礼之后第三个指导他走上人生光明大道的导师。

1956年。

望城县是1951年经国务院批准成立的一个新县，县委机关在高塘岭，在一片荒山上，没有高楼，没有公路，也没有像样的工厂，树木也没长起来。机关的条件不算好，办公、住宿都很拥挤，吃的也不总是大米，有时也搭配红薯、豆饼什么的，但机关里的人们心情愉快。

县委机关的人只有三十几个，来了一个新同事大家很快就都知道了，知道来了个爱笑的一脸孩子气的大男孩儿。那孩子由乡下来到县城，进的是县委机关，第一次遇到这么大的场面，陌生新鲜也很好奇。

他到每个房子的门口都望望，把电话机、油印机、交通班的几部单车等很少见过的东西仔细看了个够，很快，他就跟大家都熟了。

在县委，同志们都喜欢他。

买了好吃的会说小雷呢？要照相了还会说小雷呢？

16岁的孤儿雷锋成为公务员，把单位当成了家。

一开始，县委办公室只分配他负责打扫县委书记张兴玉的办公室、会议室的卫生和打开水。雷锋连同其他办公室和会议室的卫生和打开水全包了不算，还主动打扫办公楼楼上楼下走廊的卫生。后来工作内容又增加了，除了做卫生还负责机关门卫工作，床铺就在招待所的传达室内。

他总是笑脸相迎，对谁都非常热情，机关里的人都很喜欢他。

和雷锋同住一个屋子并睡上下铺的张建文这样说：

他好勤快，散会他要把房子收拾得干干净净的，打扫卫生都是他，把煤火处理好，他才睡觉，雷锋到机关工作后，我们住在一个宿舍，关系很好。

他们的关系很好，这种好是怎么来的呢？

有的同志被子没叠，他帮着叠好。

下大雪了，他去扫雪，很多事不是他分内的，他都去做。

我们当时都觉得他是后来的，好像很多事都是应该他做的。

勤快、眼里有活的雷锋，成了县委大院最抢眼的小男生。

他没法不抢眼，他是这样的懂事乖巧，如女孩子一般的心细。

甚至不需要人们来安排他做什么他已经抢先把事情做完了。

他手不停脚不停地忙个没完，眼里处处都是活，雷锋对于自己的勤快一定也会有所解释吧？有的。雷锋在后来的报告这样说。

我现在干的这些活比起在地主家干的，那不是少很多？

现在我是为自己干事，就应该多干点。

这是他的心里话。

他的勤快与任劳任怨又延续到解放后，从被人无尊严地使唤到有尊严地主动工作，更是截然不同的两种感受，何况这个时候他已经有了工资，并且他还在这个工作中获得众人的喜爱和温暖。

这，如何让他不充满愉悦与感激之情！

比较，在这里又出现了。

在前面，我说过了，这种比较是致命的。

它会让一个单纯的人为之前仆后继甚至奉献出全部而无半点怨言，这里的全部包括生命，后来雷锋在日记里一次次写到他要将生命献给党和人民。他就是这样的，雷锋骨子里的善良天性以及对此时幸福生活的巨大感恩，使他的热情如同火山般完全爆发出来。扫地擦窗户给各个办公室倒热水，这都是他分内的事情，他只有高兴，他的勤快既不虚假也不做作，他每天只有快乐。那出了笼的鸟的快乐，你能体会得到吗？

也是在这个时间，他结识了一位叫冯健的姑娘。

姑娘比他大三岁，当时是望城县西塘高级农业社团总支书记。

冯健这样回忆道：

我第一次见到他是在县委书记张兴玉家里。

他正手把手教书记的女儿系红领巾，他个子不高，身材瘦小，穿着朴素整洁，年龄不过十五六岁。我以为是张书记家的客人。

没等我问，张书记介绍说，这是新来的公务员小雷。

又指着我说，她就是你早就听说的冯健姐姐。张书记把我1953年高小毕业回乡参加农业建设，办农业社，带头为社里养猪，18岁入党，被评为全国青年社会主义建设积极分子，上北京见到毛主席等情况做了简要介绍。听张书记这么一说，雷锋就像见到了什么了不起的人物似的毕恭毕敬地对我说，冯健姐姐你真了不起，我一定向你学习。

雷锋对毛主席的无限热爱和尊敬之情的确是难以用言语形容的。

他总是说我是最幸福的人，他每次见到我都要问见毛主席的情景，一个细节也不放过。比如毛主席身体好吗？毛主席接见你的地方是什么样子？毛主席和你握手了吗？毛主席对你讲了什么话？你见到毛主席时心情怎样？甚至连毛主席穿什么样的衣服，写字走路的姿势都要问到。对这些问题他不厌其烦不止一次问。每次他都听得津津有味，总感到亲切新鲜。

那天我问到雷锋家里的情况，他说他是孤儿没有家，现在县委就是他的家，他简单地介绍了他的苦难童年，我听了很同情。

我对他说你不要难过，如今是新社会到处有亲人，我比你大几岁，今后我们就像姐姐和弟弟一样，你有什么需要我帮忙的事就找我。

雷锋很激动，含着眼泪叫了一声，冯健姐姐。

那段时间，雷锋无疑是快乐的。

他在迅速地变化，包括他的装束。

他的白衬衣领子翻到外套领子的外面，口袋里别着支钢笔。

这样的装束在当时是很时髦的，青年人里也没几个懂得这样打扮，显得很突出。他走到能照见人影的玻璃窗、水池边，都要拉拉衣襟、整整头发，做出一副精神百倍的样子。望城的农民喜欢种紫云英肥田，每到阳春三月，红花盛开，如火如霞，这时雷锋就到田野里看上好一会儿，还摘回来放在盛水的玻璃瓶里。他还是那个活泼少年。走路时他会用手做持枪状，瞄着树、瞄着小鸟、瞄着星星月亮，口中啪啪地响着枪声，当兵的梦，还在他的心里。

那天，他向冯健提出一个问题：

健姐，听说你在学校是少先队大队长，在农业社是社长，为什么现在又去养猪？我反问他，干部不能当饲养员吗？养猪低人一等吗？

他连忙解释不是这个意思，我是说在社里当干部比当饲养员贡献大，何必去养猪。我说今年县里号召大力养猪，我们社是个点，但是有的人轻视养猪，认为是累事脏事丑事，特别是姑娘当饲养员名声不好听。

我认为养猪不仅有利于集体事业，还有利于国家建设，要发动大家养猪，干部不带头不行。于是我提出来不当社长要求去养猪，家里说我疯了，好在县里支持我，张书记不但鼓励我还送我几本书，社里很快建了养猪场，我带领两个男同志饲养80多头猪，这样全社的养猪事业就被带动起来了。雷锋目不转睛看着我，认真听我说。

突然他拉住我的手说，健姐我懂了，只要对党对人民有利的事，不论是什么工作都是重要的，都能做出自己的贡献。

这个谈话是雷锋在那个时间里非常重要的谈话。

就是这样一次次的谈话，他与一个个不同年龄、不同行业的人的交谈，在社会这个大学里，雷锋在迅速地学习迅速地吸收。

他的阶级觉悟在迅速地提高，他懂得要建设好社会主义和共产主义，还有许许多多的革命工作要做，凡是祖国需要的工作，都是光荣的伟大的，没有什么高低贵贱之分。这个孩子，在以惊人的速度长大。

县委领导晚上开会，有时开到深夜，雷锋坐在隔壁看书，陪到深夜。

县委机关这样一个工作空间，让雷锋看到了更广阔的为革命奋斗的前景。无疑，雷锋的公务员经历，对他日后的行为有重要的影响。

在县委机关大院内，既能接触到领导又能接触到老百姓，使他比一般的同龄人更见多识广，他拥有更多的学习和锻炼的机会。雷锋此时最向往的是成为共产党员。他几乎向县委机关的每一个党员咨询过怎样成为党员的事情。

这天，雷锋去了介绍他来的黄菊芳家。黄菊芳对他的到来表示欢迎：

他一进屋就表情很惊奇地对我说，我听同志们说，你还是我们县委机关的党支部书记啊，今晚我来是专门向党组织汇报我的思想的。

我笑了，汇报什么思想？雷锋笑眯眯的，思就是思念毛主席。

他说，昨晚我做了个好梦，梦见我上北京看到了毛主席，真是高兴极了，就是太激动一下子醒了，要不还可以多梦一会儿，醒来感到又香又甜，就想争取入党。我要入党，必须有哪些条件呢？

我告诉他，你还属于25岁以下的青年，要先创造条件加入共青团组织，共青团是党的助手，你要积极工作，努力学习马克思主义毛泽东思想，创造更高的条件再争取入党。

1957年2月8日，雷锋加入了共青团。

这个孤儿，在1949年后，惊喜地发现有了爱他庇护他的父母，这就是共产党。现在，再回过头来，倾听他的录音，倾听他说"党就是我的母亲，解放后我有了家"这句话时，你还认为他仅仅就是在做报告吗？这句话，的确是他要倾诉的全部情感，共产党，的确拯救了他的生命。

很快，文化低成了他最大的急需马上解决的问题，望城县机关开办了干部业余文化补习学校，雷锋插入初中班学习，他白天工作晚上潜心读书。

这一年的秋天，雷锋在门口遇上了在县委组织部当干事的彭正元。

他笑呵呵地问我，老彭请你告诉我，日记怎么写？

我说，你在写日记？这可是好事，日记既可以提高自己的文化与写作能力，还可以锻炼自己分析事物的能力。你是怎么写的呢？雷锋问。

不要记流水账，记你每天几点起床吃饭睡觉，这就没意思了，要记一天里有突出意义的事，写对这些事的感受和见解，或者练习写景物，这也相当于写文章。雷锋瞪大眼睛，哦，写日记还这么讲究啊！

他要随领导下乡，出差回来就补课。

最终他完成了初中学业，这个学历也是他的最高学历。这段时间是雷锋学习突飞猛进的时候，这么一个小孩子，居然也引起人们的注意，这种注意，很是复杂，我说过了，人性的弱点无处不在。

就是这么一个可爱的小孩子，也会被人指责被反映到组织那里。

这个孩子的缺点是，近来他骄傲了。

黄菊芳代表党组织找雷锋谈话。

我去他宿舍找他，他正一页一页地翻阅《团章》，见我闯进去很高兴。我说，你这段时间学习和工作都很不错，政治上要求进步，我们都欢迎，但是据反映你最近一段有一点儿骄傲情绪，不知是不是真的。

总之你要有则改之，无则加勉。

雷锋，这个只在世上停留了22年的人，从他少年时起就时时刻刻有人关注他的一切，时时刻刻都有人找他谈话，时时刻刻要求他的完美。

少年的笑容收敛了起来。

显然他没料到一向亲切的大姐姐会这样与他谈话。

他思忖片刻朗朗回答，他不愧是未来伟大的雷锋。

组织上掌握的情况没错。

我认为自己到机关以后，领导相信我重视我表扬我，我没有把这些当成是对自己的鼓励，相反地认为有些同志虽然比我早进机关工作，但是有些地方还不如我，我就瞧不起他人了，但没有想到这就是骄傲。

黄菊芳回应道：

是的，这就是骄傲自满的表现。

它的危害很大，如不及时改正就会脱离群众，乃至变成你进步的敌人，今后千万要注意，耳边要敲起警钟，时刻鞭策自己争取不停地进步，这样才对得起党，才不会辜负党对你的期望。

这是典型的60年代的语言，现在读起来会很生硬。

但在那会儿，这也的确是当时的人们最真切的声音。今天的我们，此刻无论如何也无法再用这样的语言去和同事或朋友谈话，这样的发声会让人们认为我们的神经不太正常，甚至会成为笑柄。

但在1956年，这是最普遍的热爱新中国、热爱共产党的人们的交流方式。少年接受了党的第一次的考验，以最大的诚恳接受了他的母亲严厉的批评，事实上他也因此赢得了母亲对他的更加的喜爱。

张兴玉在1993年的回忆录里这样说：

雷锋常常怀着无限感激的心情对人说，党从九死一生中救了我，党给我报了仇，这是我永世也不会忘记的。他那时还不完全懂得这是整个阶级的仇恨，还把仇恨局限在他家的那户地主身上，认为镇压了欺压他家的地主，他的仇也就报了。他还处于感性阶段，还没有上升到理性认识，而此时雷锋正值理想信念和人生价值观形成的关键时期。

从此我便有意识地引导他接受马克思主义理论教育，让他对社会主义革命和建设有更深的认识。

我对他说，小雷啊，你过去的苦，和所有劳动人民是一样的，世界上比你苦的人还多得很呀，地主压迫劳动人民是天下乌鸦一般黑，不仅是你受了地主的苦，而是整个民族整个阶级都受过你这样的苦。

雷锋专注地听着，然后他问，那怎样才能结束这个苦呢？

只有全世界无产阶级联合起来进行革命，消灭阶级压迫和阶级剥削，才能报阶级的仇恨，才能使所有的劳动人民跳出苦难的深渊。

那天，冯健发现她的弟弟雷锋长大了。

这个长大不仅是指他的身高，他的语言与思维，也让冯健大吃一惊。

那段日子我特别的累，养猪养得连休息日都没有。

可又名声在外，骑虎难下，那天我跟雷锋说了我的畏难情绪。

这时雷锋这样说，你不记得张书记跟我们讲过刘胡兰、吴运铎的故事啦？他们死都不怕，你还怕困难？做革命工作不可能没有困难，为了建设社会主义新农村，你应该坚持下去。我怔怔地看着他，真是不相信这是雷锋说的话。可这就是他说的话。

在望城县委办公室做机要秘书的冯乐群说：

雷锋问我，像黄继光、邱少云这些英雄人物的故事，是不是都印成书？我告诉他，你到新华书店去找找看，可能是印出来了。

没过多长时间他就买回来一大堆的书。

他那时挣的工资基本上都买书了。

他买的不仅有故事书，还有连环画，像《钢铁是怎样炼成的》《把一切献给党》，还有刘胡兰、黄继光、董存瑞等英雄的书，他真的就像一个饥饿的人扑在面包上，他看书已看得痴迷，看的时候又是点又是圈又是画，默记于心。他对我说，刘胡兰牺牲时还不到16岁，比我还小，她是为人民利益而死的，做人就要做这样的人。

在这期间，雷锋第一次接触到了《毛泽东选集》。

能看到这样稀少的著作雷锋很是得意。

望城县委宣传部干事李仲凡说：

那时我21岁，比雷锋大5岁。

我是宣传部干事，又是党员，自认为比他强，就没事总是考考他，他基本上每次都对答如流，不会的就四处找答案，又回来告诉你。

大概是他觉得我问得太多，那天就对我来了个突然袭击。

有天晚上他到我宿舍里说，老李，我有个问题考考你。我说问吧，如果我答不出来就请你吃蒸蛋。他说你先莫吹牛，我问你，《湖南农民运动考察报告》这篇文章是哪个写的？50年代中期，《毛泽东选集》发行不多，一个县就两套，还都在县委书记手里，雷锋在张书记那里当公务员，就得天独厚地读了这篇文章，可我就没有这个条件了，自然就答不出来了。

他见我答不出来，高兴得往椅子上一蹲，得意地说，这是毛主席写的，这你都不知道，别人还讲你是秀才呢！

我的眼前，出现了画面。

那个少年，那个白衬衣领子总是翻在外面的爱笑的少年，因为阅读的快乐而倏地飞跳起来，他蹲在了椅子上，那瞬间的忘形，在他的一生中并不常见。他蹲在了椅子上，就因为他在阅读上的片刻胜利。

我忍不住也跟着这个孩子笑了。

李仲凡继续讲述：

接着他起劲地问我，毛主席这篇文章写到了一个叫何迈泉的人，你说他是好人还是坏人？我想毛主席的文章提到的人那一定是好人了，于是就毫不犹豫地回答了他。

雷锋马上反驳说是坏蛋，是十足的大坏蛋啊！毛主席讲他办团十年，在他手里杀死的贫苦农民将近一千人，美其名曰"杀匪"，你说他坏不坏？听完雷锋的话，我就下决心也想办法买一套《毛泽东选集》。我学习毛著就是在雷锋启发下开始的。

在那段时间里，雷锋这样对张书记说，以后不论狂风暴雨山高水险，我都要冲破困难，永远听党的话听毛主席的话，沿着党指引的方向前进。

在他离世的57年后，我在键盘上敲出这样的句子，敲出这样我极其陌生的句子，我竟然有一种莫名的激动。我和那个青年雷锋，正在一起凝望着那条他将要大步走去的光明大道。

孤儿雷锋，在新政权的启发下，迅速完成了革命化的进程。他接受了阶级社会和阶级斗争的概念，爱憎分明。他已经明白，不幸的根源在于存在一个剥削阶级，他们的本质是吸血鬼，只有将他们铲除干净，才有好日子过。而能带给穷苦大众好日子和奔头的，是共产党和毛主席。

我看到这样一张照片。

前排坐着几位书记，雷锋紧紧依偎着张书记站着。

张书记穿得还不如雷锋整洁，他的膝盖上补着两块大补丁，那样子很容易让人联想到毛泽东在延安窑洞时的样子。这位张书记从来都在为民众而努力工作，他的一举一动影响并给予了少年雷锋最初的人生启迪，让这个孩子从此知道在这个人世为什么而活，又该怎么活。

我在此，深深向张兴玉书记鞠躬。

雷锋还在继续讲述：

1958年，"大跃进"开始了。望城县委在团山湖创办了农场，我要求到农场去，张书记批准了我的要求，到农场以后，场长对我很好。

2月，17岁的雷锋成了这里最早的一批职工。

在美丽浪漫的团山湖，雷锋度过了他一生中最浪漫的时光，几个月的时间里，在纵横六七里的团山湖湿地，雷锋和他的同事们就围垦出一个新的国营农场。那时的宣传板上写着：

一个新的国营农场在荒洲上建起来了，铁牛在荒地上奔驰着。

这里的300多勤劳勇敢的农场工人在歌唱着幸福，歌唱着劳动的愉快，歌唱着美好的将来。

雷锋学会了骑马，骑着它跑去送信。

他在县里报纸上发表了散文，他开始写小说诗歌，渴望成为记录激情时代的文艺青年，在1958年短短的半年时间里雷锋共创作了9首长长短短的诗歌。那时似乎只有诗歌才能表达这个年轻人的满腔激情，因为到处都是滚烫的温暖，到处都是热烈的友爱。

这个时间，雷锋遇见了一个叫王佩玲的姑娘。

这对少男少女的邂逅，被后来的富有想象力的人们一次次演绎并称之为雷锋的初恋。姑娘比雷锋年长两岁，只有19岁，她或许有那么几分情思，但还是懵懂少年；17岁的雷锋则更没有那个念想，他只是把她视为美丽的姐姐。

王佩玲后来这样回忆：

我是望城县坪塘区供销社的营业员。

1958年，党精简机构，我也下放到团山湖农场劳动锻炼。

那天我看见一个小鬼拿着书就问，小鬼你在看什么书？不知不觉走到他面前，说借给我看。他笑嘻嘻地说拿去吧，我接过来一看是《刘胡兰》，并问了他的姓名，他说他叫雷正兴，就是后来的雷锋。

雷锋的个子不太高，梳着刘海式发型，确实看来有外在的美和内在的美，也是个聪明有才智有远见的人物，是一个英俊的好小子。他对任何人都笑嘻嘻的，像春天一样温暖人心，怎叫人不留恋呢？在星月的照耀下他陪我们到塘边洗衣，真是胜过亲人，他那温柔的性格、柔软的态度也使人喜爱。我感到很幸福，少女的浪漫情怀得到了很大的满足。

那天他笑眯眯地来到我住房，连声喊姐，挺神秘地从衣服里面掏出一本崭新的日记本递给我，一句话也没说就跑开了。我打开日记本，看到扉页上有这样一段话：王佩玲同志：你是党的忠实女儿，愿你的青春像鲜花一样，在祖国的土地上散发着芬芳。伟大的理想产生伟大的毅力！请你记住这两句话，在平凡的工作上，祝你成为一个真正的战士。雷正兴题（赠于农场）。

这段话，在后来1959—1962年的时间场地里，我在许多人的日记留言上都看到了，但最初，它来自这里，王佩玲的日记扉页。

我打心眼里喜欢这个日记本，对雷锋的赠言十分感动。

在雷锋的带动下我也开始记日记了，我的日记和雷锋的日记常常交换看，雷锋经常指出我日记中的错别字和病句，从此我们的关系更密切了。

除生产外我们做什么都在一起，开拖拉机的师傅爱吃灰面大饼，他就端来给大家吃，晚上开会坐到我旁边，一天的劳累使我瞌睡，他立刻把我搞醒，怕我受批评，所以这样一来有的领导和工友认为我们在恋爱。很多工友经常地笑，我在当时也可能有这样的想象。

这年的8月，中国开始掀起了全民炼钢和人民公社运动的高潮。

国营农场购买拖拉机需要钱。

县委拿不出这些钱，于是就号召全县的青年人尤其是共青团员积极捐款。当时捐款是个人自愿，捐3分钱也行，捐5分钱也可以。

雷孟宣当时已是共青团员，他咬了半天牙，捐了两块钱。

从1956年6月11日开始，中国开始实行新的工资制度，直接使用货币发放工资，这次工资改革建立的工资体系一直持续到现在。按照当时新的工资标准，国家主席的工资为579.5元，机关普通勤杂工则可以领到23元。

16岁的雷锋一开始工作拿的工资就是23元，后来涨到29元。

与其他同龄人相比收入是不错的。

那个月雷锋发薪29元，除掉9元伙食费他攒了20元。

这天，雷锋握着20元钱去了县百货公司。

他一直想买床被子，他的被子还是几年前土改时分的旧被子，这时已经变得硬邦邦的，盖在身上就像一床棕垫，实在是太不暖和了。

在商店的门口，雷锋听见了大喇叭里传来的号召捐款的声音。

那个孩子站住了，听了一会儿他转身朝外走去。

接下来，他从县团委的人手里接过一个纪念证，上面写着：

雷正兴同志：

为建立望城青少年拖拉机站积极地开展了增产节约勤俭办一切事业，热情地捐献人民币二十元整。特发予此证，以资纪念。

共青团望城县委

公元一九五八年

我是在2002年拍片子的时候才知道雷锋还有个名字，叫雷正兴。

那会儿我无疑是失望的，在我简单的思维里，这样伟大的高耸入云的人就应该叫雷锋，这个名字似乎就是给全国人民朗朗上口的名称，而雷正兴，无论如何是和这样的人对不上号的，但事实是，他的确就叫雷正兴。

经过集体研究，鉴于雷锋对购买拖拉机所做的贡献以及他一贯的表现，望城县委决定选派他去团山湖国营农场学开拖拉机。雷锋当了望城县第一个拖拉机手。想不到会有这样的结果，听到这个消息他欢喜雀跃。

拖拉机在20世纪50年代的中国，是农业机械化的象征。

而拖拉机手则是非常让人羡慕的工种，甚至是神圣的职业。

拖拉机手让雷锋的命运开始了另一个转折，捐款20元这件事在某种意义上成全了雷锋。拖拉机手要学5个月才能毕业，勤奋的雷锋只用了1个多月时间，就学会了开拖拉机。

5个月后，雷锋神气地将拖拉机从长沙开回到望城县委。

50年后，我在雷锋讲话录音里还能感受到他那掩饰不住的激动。

我学了5个月，就毕业了。

我把拖拉机开回来那天，老远就看见大姑娘小媳妇还有老头子老太太都出来看，他们都没见过拖拉机，他们围着拖拉机转来转去。

我那个骄傲啊，心情特别的激动。

我看见了他，这个17岁半的少年被众人里三层外三层地包围着，他被各种各样的羡慕的眼光包围着，他的心脏在剧烈地跳动着。

少年从拖拉机上跳下来的英姿该有多么潇洒。

他跳下的瞬间定格已经成为后来英雄的序言。他从大红的拖拉机上跳下来，穿过热烈向他祝贺及仰慕的人群，一直走到县委张书记的面前，一朵用红红的纸做的光荣花被张书记郑重地别在了他的胸前。

这是他一生中三次戴花中的一次。他的脸和花的颜色一样，红得耀眼，他此刻的生活是这样的美好，他只需沿着这沸腾的生活向前走就是了。只要他活着，就这么向前走，就是了。

农场的人们都很高兴，都在为这个可爱的青年高兴，那种情绪是发自内心的而不是应付，人人都跑来对他说为他高兴之类的话。

晚上，场长叫伙房加了两个菜，大家一起祝贺雷锋试车成功。

雷锋别提有多高兴了，饭后雷锋即向熊春祐请教怎么写文章来记叙今天学会开拖拉机的事情，并连夜赶写出来。在熊春祐的帮助下，文章被送到县级的报纸《望城报》。6天后，《我学会开拖拉机了》发表了。

这是雷锋发表的第一篇文章。

3月10日，是我永远不能忘记的日子。这天，我第一次学会了开拖拉机，心情是何等激动啊！

我7岁时父母双亡，变成了一个可怜的孤儿。那时，在剥削阶级统治下，我只得给地主放牛，吃不饱穿不暖，经常挨打挨骂，过着牛马一样的生活。自从来了人民的救星——共产党，把我从火坑中拯救出来，送我上学，给我吃的穿的，把我培养成为一个有一定知识觉悟的青年，使我于1956年投入革命的怀抱，在县委会当公务员，并在1957年2月加入了光荣的共青团，这次党批准我到农场来，我真是高兴极了。

2月26日，我光荣地走上了劳动战线——到了团山湖农场，学习驾驶拖拉机。当我第一次爬上拖拉机驾驶台学习的时候，我高兴得要跳起来。在这个时候我的心情又是多么喜悦呀！我回头望望，看到那可爱的肥沃土地，很快地被犁翻了，仿佛看见了一大片绿油油的可爱的庄稼。今天真有很大的收获，过得真有意义。

下班以后脑子里一个转又一个转地想着，吃饭的时候还好像坐在拖拉机上似的，不停地摇晃着，拿起筷子像握住拖拉机的操纵杆一样，随手拽动，两只脚像踏在刹车和油门上自然地踏动着，我在想今天这样幸福不是党的培养又是哪里来的呢？我一定要以实际行动来报答党对我的亲切关怀和照顾，努力钻研勤学苦练，克服一切困难忘我工作，争取做望城县的第一个优秀的拖拉机手。

文章发表了，雷锋以风一般的速度跑去找王佩玲。

那天，雷锋拿着散发着油墨香的报纸飞也似的跑到我的身边，把报纸往我手里一塞，挺神气地说，王姐，你看我的文章上报了呢！然后冲我做了鬼脸，转身走了。我将文章看了又看，然后小心地剪下来，夹在日记本里。一有空闲就拿出来瞧瞧，我为雷锋骄傲。

《我学会开拖拉机了》一文的发表，激发了雷锋的创作梦。

在工地上，爱看英雄小说的雷锋和编辑熊春祜散步时，谈起写作，雷锋的话就多了起来。他希望自己也能把改天换地的现实用小说的形式表现出来。那时，高玉宝的《半夜鸡叫》已经发表。

雷锋说他也想写一部自己的家史，他说他有了初步构思，计划分10章，约写10万字，并已经写出了一章。

雷锋在这个时间以最大的热情抒写着他隐藏在心底的幸福及快乐的感受，他的文笔无疑也是激情四射的。他这样写道：

你看那晚冬的拂晓，白雪蒙地，寒气钻骨，干冷干冷。

在那宽阔的土地上，青年们响亮的歌声，冲破黎明的寂静。

你看那青年男女，健美英俊，燕子一般，如涛似浪，热火朝天。

还有一群青年们，无不欢欣鼓舞，到处哼唱着千年的铁树开了花，万年的枯枝又发芽，一片洪亮的歌声。

如果雷锋能够继续求学，他能够有时间坐在书桌旁专心地摆弄文墨，他会是中国文学史上自学成才相当了得的作家。他在后来的时间里要应付各种事情，他已经没有时间去写他的诗与散文了。

是的，他已经没有他自己的时间去写他想写的真正意义上的诗与散文了。更让我震惊的是他下面的这篇散文。

如果你要告诉我们什么思想，你是否在日夜宣扬那最美丽的理想？

你既然活着，你又是否为未来的人类的生活付出你的劳动，使世界一天天变得更美丽？我想问你，为未来带来了什么？

在生活的仓库里，我们不应该只是个无穷尽的支付者。

活着，就要为未来的人类生活付出劳动，让世界变得美丽。

他提到了"生活的仓库"。

他认为自己不应该只是支付者，还应是个无穷尽的支付者。

我反复地在看这段文字。

这里我要强调的是，这个时候雷锋还不到18周岁。

他这时身处农场，不是徜徉在北大或清华或什么知名学府的图书馆里，生活里他接触不到几本像样的书。他触及的只能是几本简易通俗的流行小说，但他还是写出了"未来的人类""美丽的世界"，还有"生活的仓库"及"无穷尽的支付者"这样哲理性极其高深的词语来，我只有深深地深深地敬佩。

1958 年 10 月 31 日，望城县委书记张兴玉调到岳阳地委工作，特意把雷锋从团山湖农场叫回来与县委机关的同事们一起合影。当时照相是件颇奢侈的事。大家都知道，雷锋平时舍不得吃，但就是爱美，爱照相。

这也是雷锋在望城县委机关的最后一张照片。

他端坐着，白色衬衫衣领翻出，他的确与众不同。

雷锋的夹克里翻出白色衬衣领子，口袋里插着一支钢笔，脚上穿着一双球鞋——这是 60 年代文学爱好者的装束。

1958 年秋天。

这一年，中国向世界宣布，她的全国钢铁产量将要达到 1070 万吨，以证明社会主义国家的实力。钢铁，成为当年最热的话题。

1958 年 8 月，已经有一个月的光景了，天一直是亮青亮青的，一丝云彩也没有，连纺车上掉下来的棉花毛那么大的一点儿云彩都没有。

那天红太阳上山特别早，村里人就说，今天可能要有什么好事发生了。

果然，是鞍钢和湘钢到望城县来招收工人了。

这年到湖南招收工人的是鞍钢劳动工资处工人科的陈秉权。

1958 年 8 月，领导派我们去湖南招收工人，分为三个招收地区，湘潭、长沙、望城。望城县招收工作进展很慢，原因主要是有人说东北冷南方人受不了，手伸出来就会冻掉，等等，所以，没人报名。

但在开垦团山湖农场的雷锋和张稀文立刻请假去报名。

雷锋对自己如此热忱主动去报名进行了解释：

毛主席说过啊，没有工业就没有巩固的国防、就没有人民的幸福生活、就没有国家富强。我想到啊，这个工业是这么的伟大、是这么的重要，就必须首先发展重工业。我又一想，我要是把工业发展了，做更多的拖拉机啊！拿来种地那不就更好了吗？要是没有拖拉机，生产只是靠人拿那个铁锹到地里去劳动，那多累啊！有了钢铁做汽车做抽水机打米机，那该多好啊！我还是要炼钢去，当工人去。

两人边走边聊天，雷锋忽然说，我想改个名字叫雷峰。

雷正兴这个名字是小时叔公帮他起的，是家道兴旺的意思，现在他连家都没有还说什么兴旺，现在想去鞍钢当工人想改名叫雷峰。

张稀文觉得不错，寻思着也把自己名字改改，他只读了3个月书，就请雷锋帮忙。雷锋提议改叫张建文，意为建设社会主义需要文化。那天，两人在各自的报名表上分别写上了雷峰和张建文两个新名字。

从小就缺乏营养的雷锋个子太小了。

湖南人普遍个子不高，可雷锋当时只有1.5米多一点，又瘦，显然不符合要求，雷锋再三申请，招工方还是不同意。陈秉权这样描述说：

我到望城去工作不久，就有一个个子很小态度十分和蔼的青年小伙子向我提出了他的第二次申请，要到鞍钢参加祖国工业建设。这个同志就是雷锋。我们考虑在这种情况下有人提出申请自愿来鞍钢是难得的，雷锋虽然个子小，但问题不大可以答应他，前提是必须取得县委同意。据说雷锋是在县委书记身边长大的，书记舍不得他走。

雷锋再三要求，最终他找到张书记才过了这一关。

这是雷锋第二次体会到找组织的优势。

这种"走后门"的方式在后来也成为他公关的重要方式。

只不过，他的这种公关是为了常人不能理解的目标。

过了两天，县委同志告诉我们同意小雷去鞍钢了。

我们给了他一张登记表，次日小雷同志将登记表连同一份决心书交给了我。决心书大意是，我决心到祖国钢都鞍山去，参加到钢都建设，有人说东北地区太冷不愿去，我坚决要到那里去锻炼，克服一切困难建设祖国的钢都。

这是雷锋前行路上的因身高问题遇到的第一大关卡。

但他顺利地过来了。

雷锋在临行前抽出半天的时间去和王佩玲告别。

王佩玲感到很突然，她没有想到有一天会和这样可爱的人分别，而分别的人又这样迅速地站在她面前，她不得不含着眼泪接受这个离别。

她，这个女孩子为什么会含着眼泪？

无疑，她的心里已经有了一种说不清道不明的东西。

但她毕竟年长雷锋两岁，她懂得克制和掩饰。

她只是笑笑："马上就要走吗？""是的，所以急急忙忙过来和你告别。"雷锋这样对她说："别难过，我们还有见面的机会的。"

他送给王佩玲一张照片，王佩玲则送给他一个日记本。

那个时候，同志们在分别之际都要互赠日记本留作纪念。

王佩玲在我们后面要讲述到的她赠给雷锋的日记扉页上，写下了那段著名的"临别赠言"。为了避嫌，王佩玲请雷锋为她的落款改个名字。

雷锋想了想："就叫黄丽吧，黄和王谐音，湖南话没有区别，丽是天生丽质的意思。"王佩玲表示喜欢，随即拿起笔一挥而就。

她不知道，她写下了在今天看来简直就是伟大预言般才华横溢的祝福。

亲如同胞的弟弟——小雷（临别留念）：

你勇敢聪明，有智慧有前途有远见，思想明朗，看问题全面，天真活泼令人可爱，有外在的美和内在的美，对任何同志都抱着极其信任的态度，等等，这一切结合起来，真算我心爱的弟弟，忠心的朋友。

弟弟！你值得人羡慕的还多着哩，是青年中少有的，在建设社会主义中是有很大的贡献的。

弟弟，干劲和钻劲使你勇往直前，希望你在建设共产主义中把你的光和热发遍全世界，让人们都知道你的名字，使人们都热爱你和敬佩你。

弟弟，希望你实现做姐的理想，在临别前要把我内心的千言万语说完是办不到的，我是不愿意与弟弟分开的，祖国需要你和等着你呢！

弟弟，前进吧！你前途是伟大的，是光明的，姐因文化太底（低），不能把我内心所想都写出来，只好就此亭（停）笔。祝你愉快！你姐黄丽乱草。

1958年11月9日

可能是因为她激情澎湃，赠言全篇就像今日现代派作家文章一样，如泉奔涌，几乎没有一个标点符号，佩玲的文字无疑也让雷锋惊异。

他捧在手里看了好一会儿，不说话。

之后我送他出门。一路上，我们相互安慰相互鼓励并相约再见面。大约走了2公里的路程，雷锋就劝我不要再送了，我停下了脚步，泪水盈盈，望着大步离去的雷锋心头泛起浓浓的哀伤。雷锋走了十几步又回过头来向我挥了挥手，我怎么也没想到这一挥手却成了我们两人的永别。如果我知道这一别竟是这样的结局，我一定拦着不让他走。

雷锋去鞍钢后，王佩玲也离开了农场，辗转安徽、湖北等10多个地方，与雷锋失去了联系。

还有件事应该提及一下。

据说在出发去鞍钢之前，这个激情万丈的少年还去了韶山。

毛泽东不仅是雷锋最崇拜的人也是最想见的人，据说去的原因是雷锋想以后见到了毛主席可以给他介绍一下韶山的情况，这样毛主席一定会很高兴的。

很多人觉得这想法太好笑，我从未觉得，我更认定他的天真。

只有如此透明的人才会有如此纯净的想法，他笃定自己一定能实现这个梦想，它不会怎么难以实现，身边的冯健姐姐不是已经见到了吗？

据说他真的去了，还在毛泽东居住的屋前照了相。

邮寄的地址是望城县安庆乡简家塘，但我们一直没有见过这张照片。所以雷锋的这次之行也只能成为后人们热烈想象的场景。

出发那天雷锋穿的是半旧蓝布夹克衫，一头浓黑短发盖住前额，额发极像女孩儿刘海儿，这个发型是雷锋喜爱的，即便到了部队他也一直保持着。行李是个半旧蓝布包和一个沉甸甸暗红色的皮箱子。

40年后我在纪念馆看到它，它已被时间打磨成旧旧的棕色。

我心里一直在画着问号，这个没有一床像样的被子的、牙刷毛用秃了都不换的人是怎么舍得买在今天也是昂贵的皮箱？

这个问题57年后在小易那里得到了答案。

那是他临走时团山湖农场团支部赠送的。

皮箱一直跟随着他从南方到北方，这是他一生的全部财产。

最后一直跟随他到达他的第三个时间场地，军营。

后来要写他的陈广生问他："小伙子很富有啊，皮箱皮夹克料子裤。"雷锋看了他一眼，幽幽地说："我不像你们有家可以不带着，所以我走到哪里这点东西就跟我到哪里。"

还是回到1958年的11月12日吧。

这个湘江少年，和当地人一样这宝贵的全部家当，即使是时尚的皮箱也用根小扁担挑着，他们集体在望城码头与家乡告别。

那天送他的是县委副书记赵阳城。

那个时候，赵阳城还是个英俊的年轻人。

那会儿，他只是把雷锋当成一个小弟弟，并不是以书记的身份来送别他。告别时，赵阳城建议雷锋把"峰"改为"锋"，"你是要去钢铁厂，换个金字旁就准确了。"赵阳城又这样说："小雷啊，你可要想好，东北那边和咱们这边不一样啊，冷啊。咱们这边冬天再冷也不过零上，那边都是零下30多度啊。还有，他们吃的也和咱们这边不一样，这边有大米有辣椒吃，那边可没有大米吃啊。"雷锋说："赵书记我想好了，我不怕吃苦。"

赵阳城又说："到了那边你要听工人老大哥的话，好好工作别忘了看书学习。""你放心赵书记，我一定不让你们失望，我一定当个好工人。"

话说到这儿，台阶底下哨声响了，船到了。

赵阳城和雷锋挥手告别。赵阳城喊："小雷，一路平安啊！"

雷锋高声回应："赵书记，请多保重。"

50年后，年老的赵阳城拄着手杖站在寒风萧瑟荒芜的废弃码头上，"望城码头"几个字还依稀可见，石阶长满青苔蒿草，码头空无一人。

当年这里是望城县最喧嚣的地方。

无论白天还是黑夜这里总是人来人往车水马龙熙熙攘攘。

蓦地，就在这人声鼎沸的喧嚣中，一个青春的声音骤然响起。

再见，望城。再见，我的故乡。

风吹着赵阳城的苍苍白发，他扶着手杖努力仰头张望着寻找着。

雾茫茫的远方啊，你啊，雷锋，你知道吗？这一别，是与故乡的永远诀别啊！雷锋，那一瞬，你掉泪了吗？

道路就这样选择了。

或者说命运就这样选择了，无法选择地选择了。

东北犀利的风在远方呼啸着，但青年雷锋大踏步地走进了他选择的第二个时间场地，拉开了他人生第二场序幕。他一定不知道璀璨的历史烟雾已在他身后的故乡弥漫开来，因为他，望城将被世人铭记。

他也将成为望城的永久的金字名片。

这一年，雷锋18岁，一个好男儿志在四方的年纪。

第四章
远 方

你的笑容明亮 你的青春耀眼 星光灿烂
璀璨夺目 在苍茫云烟之间 任岁月 遥望

1958年11月12日，傍晚，北上的列车停靠在湖南长沙车站。

检票口涌进了一群青年男女。

他们就是鞍山钢铁公司在湖南招收的新工人。

鞍钢招工小组在长沙火车站宣布了旅途注意事项和编组名单，60多人编成了3个小组，雷锋被指定为第三组组长。

雷锋负责分发小组成员的车票和旅途生活费，清点人数。

长沙的中学生易秀珍等人都在雷锋这个组里。

这组新工人里，就有我。

我叫易秀珍，我从南方到北方已经55年了。

55年的时间，该有怎样的长度呢？那个冬天，1958年的冬天，真的是我悲喜交加的冬天。

我见到的小易，是55年后的小易。

她72岁，但内心，依然是17岁的小易。含蓄儒雅的小易，我端详着她，一遍遍在心里低叹，这是多么安静的人啊！55年里她一直很安静，从不出现在众人的视线里，一有风吹草动就迅速消失，如同一条消失在水域里的小鱼，杳无踪悄无息。她从不显扬，见到她的人，都能迅速地体会到她的优雅气息，这的确是位优雅的人。

我一直在纳闷，她身边的人们怎么都没察觉到这一点？

这样的人，居然在工厂工作了一辈子，并且是那样的工厂。

我多少次从鞍钢走过也多少次想象，小易在那高大的车间是怎样的模样，小易后来也这样说，如果不是因为家贫，如果不是那次冲动的报名，她现在应该是一所小学校里教语文的老师。

1941年8月，易秀珍出生于湖南长沙县，她比雷锋小1岁。

当时鞍钢在湖南招了六七百人，小易所在公社报名了十二三人，10多个人里只有小易一个女孩儿，那一年她17岁，这个年龄，再丑的女孩儿都会饱满可爱，何况是美丽的小易，她真的就像春天的桃花夭夭，夺目耀眼。

我看到过那张照片，相纸已经发黄，但人物依然清晰。

两条中分的辫子，面目清秀，典型的南方女孩子的脸。

恬静而忧郁的眼睛。

这天，是我与家人分别的时刻。

在那个昏暗的站台，我拽着妈妈的衣袖不松手。

我看见妈妈眼圈都红了，舍不得。我也控制不住自己，我还呜呜直哭，毕竟送的人还是少，像我这样哭的还是少，我不是小声掉眼泪。

在后面的时间里，与之纠结并躲不开散不去的人即将出现在她的眼前。而这个人，一会儿就会与她打个照面，并将这种温暖的关系持续到死。

命运这种东西，真的会存在并操控一个人的一生吗？

与谁相遇又与谁分离，和谁在一起会欢声笑语，和谁在一起会泪水涟涟，这一切，都是被冥冥中某种东西牵扯和操纵着吗？

她正拉着母亲的手不舍地哭着，看见他朝自己走来。

是的，他走来了，后来她知道了，这个青年叫雷锋。

雷锋过来了就对我妈妈说，大姨你走吧，我们一块儿到那会照顾她的，你放心。我看着他，个子不高，也很瘦，但和别人不一样的是，他总是在笑。我想这个人心真是很大呢，离家这么远，他都不需要家里人来送。那时我不知道，他实在是没有家人能来送他。他穿蓝上衣蓝裤子，洗得颜色很浅了，但非常干净平整，脚上是双绿色胶鞋，同样是洗得发白，同样一尘不染。

小易这样描述过她对雷锋的第一感觉：

雷锋这个人，他给你第一印象就是和蔼可亲。

就是使人能够接近，就是有个愿意和他亲近的感觉。

因为他的那个脸庞吧，总是笑眯眯的样子，给人印象是亲近的感觉，他说话不像那些农民说话特别粗鲁，他懂得很多，挺有文化的。

杨必华也是和小易、雷锋一组的同行者，杨必华说：

检票铃声一响，我先帮小易背好了行装。

大家走进站台，我看见雷锋挑着行李奔跑在最前面，我以为准是他想先上车给小组的人多占几个座位。没想到他跑到车门口，并没有立即上车，一耸肩搁下扁担，就扬起手招呼本小组的人。他一面清点本小组上车的人数，一面帮着往车上搬递笨重的行李。

大家都坐好了，小易哗啦一声打开车窗探出头去。

我以为她母亲又赶回站台来了准又得哭鼻子。

我刚伸过头来却听小易说，杨姐你快喊喊雷组长，让他把东西递上来。原来她惦记的是雷组长，雷锋还在车门口扶老携幼地忙碌着，真是的。雷锋把他的东西从窗口递了上来，一个半旧的蓝布行李包，一个沉甸甸的棕皮箱子，还有一根小巧油亮的竹扁担。

2013年，我和小易重新打量那个蓝布包和棕箱子。

雷锋的被子在哪里？20元钱捐了拖拉机，他又攒钱了吗？

那个箱子里是不是装着被子？就算没有攒够，他的亲属是不是给他做了被子，或者，送他一床旧被子？小易看了看，包里是他几件换洗的衣服。小易说："我想那个箱子里应该装的是被子吧？打开一看，全是书。"

没有被子，这个18岁的青年，只带了几件单薄的夏衣在11月的初冬出发前往他不可知的寒冷的大东北。

第二天上午8点多，火车到达武昌站。

因为要换车，可以在武昌逗留七八个小时，在征得招工小组领导的同意后，大家各自结队去市区观光游览。雷锋就和易秀珍等人去看武汉长江大桥。那座大桥，是这群南方青年所见到的最壮美的大桥。

这座大桥给年轻的雷锋留下了深刻的印象。

和雷锋、小易一起同行的湖南老乡杨必华这样回忆道：

我们迎着初升的太阳走上武昌街头，径直朝长江大桥走去。

清凉的江风吹拂着我们的面颊，辽阔的长江，雄伟的大桥，使我们目眩神驰，赞叹不已。雷锋站在江边仰望大桥，眼里闪着激动的光亮。

他忽然说了句，原来全是钢铁呀！雷锋神情庄重地指着大桥说，下层铁路桥是钢铁造的，上层公路桥也是钢铁造的，这需要多少钢铁呀？

雷锋为自己将制造钢铁而顿生豪情。

火车在北京转车，大家在北京有几个小时的逗留时间。

在这个短暂的时间里，到哪里去游览？火车上众人开始讨论，有说要去颐和园，有要去看天坛。雷锋选择了去天安门广场。

在北京的这几个小时，是雷锋更加激动的时间记忆：

经过了首都北京，同时我还在北京参观了一天。

我看到了许许多多新鲜的东西，我还在天安门前留了影。

古老的北京城变成一座美丽的大公园了，风沙飞扬的岁月也一去不复返了，如今空气清爽，风和日丽，有多得数不清的工厂。有幽静优美的大小楼房。有宽敞富丽堂皇的俱乐部。有日用品堆得像山一样的百货供应大楼。北京是多么的可爱啊！我想在北京多停留几天，但为了 1800 万吨钢，我那颗火热的心已飞到了鞍钢，只想马上到达钢都，用自己的双手使钢水昼夜地奔流，让钢水奔流得像海洋一样。

走到天安门金水桥前，雷锋仰望毛主席像，伫立良久。

从他身边走过许多人，没人注意这个孩子眼里的泪水。

没人知道，画像中的这个人，也就是新中国的缔造者之一，是怎样真正地改变了这个湖南孩子的命运。

雷锋和小易还有几个人在广场上走着，他们望着，激动着，目不暇接。

小易给我讲述道：

天安门广场很大，旗下站着解放军一动不动。

我们开始以为是塑料做的假人，结果走过去才发现是真人。

雷锋在金水桥上坐了很长时间都不动，这引起了执勤战士的注意，他严肃地走到雷锋跟前，告诉他金水桥上不准久待，请他离开。

雷锋很不情愿地站起来，转身又问这个战士，你见过毛主席吗？

那个战士回答，我在这执勤快一年了，也没有见过毛主席。

雷锋继续问他，毛主席是不是住在天安门城楼上？战士说，毛主席住在中南海天天日理万机，要见毛主席你要做出大成绩，你必须得是英雄和模范，才能有资格见到毛主席。

这些话，无疑深深触动了雷锋。

这，也许就是雷锋为什么要拼命工作、努力工作的原因，他要豁出全部力气工作，这样，才能得到奖状和勋章，也因为有了这些荣誉，他才会见到毛主席。他要见到毛主席，他要当面感谢他，感谢他的救命之恩。

这，就是雷锋努力工作的全部动力。

1958 年 11 月 15 日，雷锋在这一天到达了东北。

在这块黑土地上，有新中国的第一辆国产汽车、第一架国产喷气式飞机、第一台国产机床。东北为年轻的共和国输送了大批金灿灿的粮食，黑黝黝的煤炭、钢铁，还有先进的机械设备和宝贵的人才技术，没有任何区域像东北一样成了如此众多英雄集中显影的舞台。

列车员在大喇叭里通知旅客："我们社会主义祖国的钢铁中心——鞍山车站到了。"年轻人都心情激动地站了起来，雷锋第一个下了火车。

他还是挑着那个扁担，扁担一头是蓝布包袱，一头是那个棕皮箱。

在他离去的51年后的2013年初冬。

我和小易躺在鞍山军分区招待所宾馆的床上，在午夜时分我们谈到了55年前的那个南方小伙子刚下火车的样子。

我说："我的印象里他到北方就应该是戴着大棉帽子手握钢枪站在那儿，我怎么也不相信他挑着花布包的样子，这不是农民工进城吗？如果那时我在场，我死活不跟他一起走，我嫌他太丢人。"

小易说："可不是嘛。更可笑的是他坐长时间的火车，裤子皱巴巴的，还挽着裤腿，你说大冬天的也不热，他还挽着裤腿，再挑着包袱和箱子，那形象……"

我们在黑暗中哈哈大笑。

这是我采访小易阿姨这么长时间里第一次这样开怀大笑。

笑着笑着，我眼里又有东西在涌动。

55年了，这个沉默的女人心里还一直保存着雷锋最初的那些微小细节，这些细节，似乎就发生在昨天。

因为这些细节，雷锋，你离我更近了。

1958年11月15日中午12点，火车开到鞍山车站停住了。

我挑着行李下了火车，抬头一看，真把我惊呆了！

那多得像春天里生长的春笋一样的烟囱，那密如繁星的炼钢炉，那沸腾的钢水，那堆得像山一样的钢材，那机器的响声比春雷还凶，祖国的钢都是多么的伟大啊！我真爱上了它，来到鞍钢，看到大机器，我非常高兴。

到鞍钢后人事科长找我谈话说，你以前当过公务员，你还给首长当公务员，生活很好。

我不同意，我说我不是来享受的，是来工作的。

这段话是根据雷锋1960年11月5日的录音整理的。

不过按照当时的情况，鞍钢应该不至于这样对待雷锋。

因为雷锋当时还并没有后来的众多荣誉。

即便他是个县委机关的公务员，但在偌大的鞍钢眼里，也是很普通的身份，雷锋拒绝的应该是鞍钢照顾他个子小，不让他去驾驶体型大的机械这件事情。当时雷锋的工资每月才22元，加上领班津贴、保健等在内也就30元多点，雷锋在来鞍钢之前在湖南工作的工资已经是每月32元钱了。从这个角度上说，雷锋是放弃了原来的高工资跑到钢铁厂来的，来鞍钢前他心里想的是当炼钢工人，即使当不上炼钢工人，也要学点技术为国家工业建设做贡献。最初的愿望没有实现，化工厂洗煤车间是炼焦厂的原料供应点，这里有600多人，大都是熟练工操作线。

在车间里待了两天的雷锋有些扫兴。

车间主任对他说，鞍钢是联合型企业，没有洗煤车间就炼不出焦炭，没有焦炭怎么炼钢，来洗煤车间当工人也是为多炼钢服务嘛。车间主任问他有什么特长，他说："在家开过拖拉机。""那好，我们有苏式链轨推煤机，我看你就到储煤场去，那里还有德国进口的门型大吊车，那是个重要的岗位。"于是雷锋被领去见了段长。

鞍钢化工总厂洗煤车间北工段段长白明利很清晰地记得这一天。

车间于主任把一个小伙子带到我的办公室。

于主任对我说这个小伙子叫雷锋，湖南新招来的徒工，叫他学推土机吧！我一看这小伙子特别矮小，一脸的孩子气，就问他推土机的活挺累，还整天在煤堆里干活比较脏，你干得了吗？

干得了，他马上说，您别看我长得小慢慢就大了。

我又告诉他，徒工工资要比他过去在湖南时的工资少10元。他毫不犹豫地回答没意见，我不是为这个来的，我是来参加社会主义建设的。

储煤场是几百亩宽阔的大场地，这里卸运从全国各地运来的煤炭。

场子西侧是一个个漏煤口，漏煤口下是传送带，两台推煤机就是在这里工作。驾驶这种大型链轨推煤机和在农田驾驶小型拖拉机大不相同，它很有劲，但既笨重又不好发动。冬天，雷锋为了替师傅发动机车，双手握紧摇把，两臂用劲双脚都离地悬起来，一次次地发动，累得满头大汗。

他的师傅逢人就夸，我还没有见过这样能吃苦的小伙子呢，湖南来的这个小鬼真是好样的。储煤场全是露天作业，煤尘煤屑一遇大风吹得尘雾弥漫，冬天北风呼啸煤屑打得脸生疼，雷锋白生生的脸被煤灰涂得乌黑，下班洗把脸又是笑哈哈模样。

我在采访郭明义的时候也去了当年雷锋工作的那个地方。

直到现在，那里也是最辛苦最累最艰难的地方。这是个由运料汽车、运煤火车、翻车机、推土机、门型吊和传送带构成的世界。

而雷锋驾驶的C-80推土机是苏式重型机械，驾驶座前长短不一的操作杆有七八个，驾驶起来震动力大，劳动强度也大。

师傅问雷锋："你这南方小鬼受得了吗?"雷锋开始玩命了。

带他的师傅李长义，1963年2月16日在《鞍钢报》这样写道：

我是他在鞍钢的第一个师傅。

他来鞍钢那天，我可就为他担起心来了，像他这么矮的个子开80号推土机能行吗？那个孩子个子矮，坐着开车看不到前面的大铲子，他就站着开，但场地不平，脑袋随着颠簸的车子在车棚盖上撞得发晕，他就猫着腰干。这种姿势坚持不大会儿就累得腰酸腿疼。让人奇怪的是，他就像个不知道什么叫疲劳的人似的。

雷锋以最快的速度通过了推土机手的考核。

通过考核那天，兴奋激动的他写了一篇文章《我学会开推土机了》。

2月24日是我永远不能忘记的日子！

这一天我第一次学会了开推土机，心情是何等的激动啊！

我到达鞍钢公司化工总厂以后，领导分配我开推土机，当时我汹涌激动的心像压不住似的，要往外蹦。全身像有一股股的暖流在沸腾。我高兴得只想笑，说不出话来。我好几年来的愿望在今天已实现了。

当我第一次爬上推土机驾驶台学习的时候，我高兴得要跳起来。

我坐在驾驶员的身边，专心地看他怎样操作怎样转弯怎样发动柴油机。

这时推土机也听我的使唤了。在这个时候我的心情又是多么的喜悦呀！我回头望望，看看那一堆堆的土被推得像山一样的高，仿佛看见了堆得像山一样的钢铁，今天真有很大的收获，过得真有意义。下班以后脑子里一个转又一个转地想着，吃饭的时候还好像坐在推土机上，不停地摇晃着，拿起筷子像握住推土机的方向杆一样随手推动，两只脚像踩在制动器上自然地踏动着，我想今天得到的这样的幸福不是党的培养教导又哪里来呢？

这篇文字，我似曾相识。

仔细一想，和雷锋的上一篇《我学会开拖拉机了》大同小异。

过程乃至各个细节都一模一样，只不过，拖拉机和推土机换了个词汇。这个发现让我十分惊异，雷锋，他的确是和我们一样的普通人。

他很累，每天他都把自己安排得很累，他没有时间去精雕细琢这篇要得很急的稿子，如果是我，我也会这般地讨巧，毕竟是自己的文章，不能说是剽窃，只能说走了个捷径。

雷锋和我们一样，有着和我们一样的小小狡黠。

化工总厂洗煤车间是最脏的，但雷锋总是干干净净的，他在鞍钢就和在团山湖一样，只要有镜子的地方，总能看到雷锋在镜子前整理发型。

这样的形象不可能不引人注目。

最先注意他的是他的老乡——小易姑娘。

我们分到鞍钢化工总厂。

他分配到洗煤车间学开推土机。

我分配到三炼焦车间学做调火工，我们同住在化工总厂宿舍，他住一楼，我们女同志住三楼。我们同在一个食堂吃饭，有时上下班一同走，业余时间也经常在一起玩。我们从南方来东北，不知东北这么冷。

冷，透心的寒冷，瞬间浇灭了这些从南方来的年轻人的热情。

更要命的是，在家吃惯了大米。

到了北方，一天三餐都是玉米面窝窝头和高粱米，这可真是个大问题。我和我的几个女伴真是咽不下去，实在是太难吃了。后来我们就干脆饿一顿，赶上吃大米时我们多打一些回来，等下次吃窝头我们就拿剩饭充饥。

只有雷锋依旧笑着。他吃窝头也咧嘴，可每餐都不少吃，一边干噎一边对伙伴说：“来东北就要具备两个不怕，一不怕天冷，二不怕吃窝头。”

我在1963年的《鞍钢报》上也找到了小易的文章。

1963年的小易，文字也是极其的透明。

是的，那个时候，人人都还未被雷锋巨大的光环所笼罩。

1963年的时间场地里的雷锋是他们内心喜爱并想念的人，仅此而已。

那个星期天，雷锋来到小易的房间。

这是湖南同乡的习惯，每个周末都要聚聚。

似乎这样会减少想家的愁绪。

雷锋问我想看什么书，我说什么也不想看，就想回家。

他觉得很奇怪，说，别人想参加祖国的重工业建设都参加不上呢，你怎么反倒想起家来了？他见我吃不惯高粱米和窝头，

他们厂子吃大米饭时就一口不吃用手绢全给我包回来，我很过意不去。他却对我说，我吃什么都行，等你慢慢习惯了我就不再给你拿了。

那天他送来两本书叫我看，并劝我节省几个钱买点书看。

鞍山的胜利公园距离我们职工宿舍不远，我们几个湖南老乡常常结伴去散步或打秋千。雷锋特别喜欢打秋千，他荡得特别高，我们谁也比不了，如果厂里比赛荡秋千雷锋准得冠军。我不服气，总想和雷锋比个高低。我们就在并排的两副秋千比赛，我逞强越荡越高。

雷锋怕我摔着，就低低地荡了一会儿说，我输了，我输了。

没有谁像雷锋这样精力充沛，他似乎生到这世上就是来干活的。

他也似乎从不睡觉，每日天不亮，他已在车间干了半晌的活了。

工人都是昼夜三班倒，每班8小时。雷锋每天则要上两次班，一次来推煤一次来炼钢，忙得他吃不好饭睡不好觉，但干劲却很足。

他似乎和鞍钢一样，变成钢铁制造。

对于这一点，雷锋在他的讲话录音里这样解释：

在那时候，我想为了加快社会主义建设，为了大炼钢铁响应党的号召，为钢而战，下班以后我也不回宿舍，去参加炼钢。

有时候炼到半夜了我还不想睡觉，越干越有劲。

我把自己的被子和褥子一起搬到车间，晚上要是困了就睡在车间。我干了8个小时，我还想多干，一天干14个小时。虽然有些疲劳，但是我一想祖国在大炼钢铁、一想有拖拉机来改变农村的面貌、想到党和毛主席，我的干劲就越来越大，就感觉这股劲越使越使不完。

工友问，他图什么呢？又不给钱。

雷锋回答说他不是为了钱，但这一句话还是不足以解释他的行为，雷锋的态度和言行即使是在那个人人讲奉献的朴素时代，也依然让人无法理解。

1958年，张建文家里来信说母亲病危。

这时的雷锋已会开推土机，他已经是正式工了，工资一个月36元。

尽管雷锋在生活上常帮他，但作为学徒工的张建文每月仅18元，手头并无结余，但不久家人回信告知，他寄回家的20元钱已收到。张建文觉得奇怪，自己明明没寄钱，几经询问是雷锋以他的名义给妻子寄去了20元。

家乡的雷正球这天也收到了钱。

此时他正在上中学，他的学费也和当年雷锋一样有了问题。

虽然是解放了，但这个学费自己仍然是无法解决的。不知是谁写信告诉了雷锋他堂弟的窘况，在鞍钢的雷锋马上寄来了钱。

我问："雷锋给你寄多少钱啊？"

"10块钱，每年要开学的时候都给我寄。"

雷正球边哭边讲："他到县里当了公务员，挣钱了，那时我正在上学，雷锋就帮我交学费。每年他都这样，一到开学的时候他就把钱寄回来。"

他哭得呜呜的。

1958年的鞍山是什么样子呢？

尘土飞扬的土马路上，警察站在两块水泥蛋糕上，水泥做成的遮阳避雨的伞下用漆成深红色的铁皮喇叭筒指挥交通，他在城里是最受欢迎的人。在那个娱乐生活匮乏的年代，跳舞是年轻人中最时髦的娱乐项目。

鞍钢有俱乐部，苏联专家在那儿跳舞，鞍钢的工人们也常去。

同去的老乡张月棋说：

在鞍钢每天都是紧张的，下班后我们这些年轻姑娘喜欢把自己打扮得漂漂亮亮的外出看戏看电影。工厂职工俱乐部每周举行一两次舞会，我们是常客，杨必华最先学会了跳舞，接着把我和小易也教会了。

雷锋对跳舞不感兴趣。

他的业余时间多半是在职工俱乐部图书馆里度过的。

那个周末我们又到俱乐部去，半路遇到雷锋，杨必华邀他去，他哼哼哈哈地答应了，可进了俱乐部的门他又扎进了图书馆。杨必华问他为什么不学跳舞，雷锋说我不反对跳舞，下次换双鞋我一定学，学跳舞并不难，但我反对把所有业余时间都花在跳舞上，浪费时间就等于浪费生命。

雷锋的话打动了我们，从此常跟雷锋一道去图书馆。

雷锋后来也跟我们学会了跳舞，开始他还有些害羞，但很快就喜欢上了跳舞，1959年除夕，厂里举行联欢会，这次雷锋主动邀我们去。

我们发现雷锋实在太土了，会上的男男女女穿戴得都漂漂亮亮，只有雷锋还穿他那件褪了色的蓝色夹克布罩裤和打着补丁的布鞋。

姑娘小易悄悄把雷锋拽到一边。

我就跟他说，一个年轻人出去玩玩也该有件像样衣服，你没钱吗？

雷锋不好意思了，有钱哪！有钱干吗那么寒碜？为什么不买两件像样的衣服穿穿呢？我们出来是改造世界但也是改变自己的对不对？

天暖了该买的衣服就买两件，你总是穿得不好，下次再穿这衣服我们就不领你去也不跟你跳舞。听到这话，雷锋认了真。

2017年，我站在窗前，窗外是车水马龙、红男绿女的都市中心。

我望见那个青年急急赶往商店的身影。

易秀珍建议雷锋，买就买一套好点的，到什么时候都能穿得出去。

买一件皮夹克一年四季能穿三季。皮夹克可以穿很多年，这样算下来反而省钱划算。雷锋接受了她的建议，买了一件皮夹克。

"阿姨，雷锋到底是为了什么买的那套新衣呢？"

"就是怕我们跳舞不带他。"

我放声大笑。

雷锋似乎听见了我的笑声，他回过头来。

我停止大笑，看着那个青年冲进了百货公司，再出来时，他已经是位英俊得不能再英俊的帅哥了，那是雷锋平生最奢华的一套新衣。

和所有年轻人一样，这个大男孩儿也无数次想象过自己穿着好看衣服的样子，但直到此时1958年18岁，雷锋才有了属于自己的真正意义上的好衣服。在以后的时间里，关于雷锋这套新衣的描述，版本不下于百种。

大致的文字是这样表述：

一件棕黑色的天津公私合营华光皮件厂出品的光荣花牌皮夹克39元，深蓝料子裤29元，皮鞋17元，一块英格手表100多元。

如今这件珍贵的好衣服被保存在抚顺雷锋纪念馆。

我在纪念馆见过这件皮夹克，那是件很寻常的牛皮衣服，岁月已经让它没有了光泽，20世纪90年代雷锋买过手表和皮夹克的新闻曝光后，有人曾对此颇有微词，时至今日仍有人以当年手表和皮夹克高消费为由质疑雷锋。小易很是无奈，她叹了口气。

雷锋月工资34块5，还有夜班费、季度奖金、年终奖金。

他那个工种环境脏差也有补贴，以雷锋的工资水平来说买皮夹克绰绰有余，不算是高消费，雷锋买三大件的事情我至今想起来还很惭愧。

唉，都怪我，我非要他买，结果弄得雷锋又挨批评。

整整一个春天，雷锋再没穿过这件新衣服，每次出去还是穿他原来的那一套，而且又多了个把补丁，我们一再问他就是不说，后来见我们老问就拿出了一封信，我们这才知道雷锋将穿皮夹克的照片寄给了望城县委的赵书记，他以为赵书记会高兴他的新面貌，谁知赵书记回信狠狠批评了雷锋。

赵阳城在信上说，现在全国人民都在勒紧裤腰带过日子，你怎么能穿皮夹克？雷锋觉得很惭愧，那孩子说，我从农场来鞍钢没几天，还没什么贡献就讲究吃穿来了。他迅速地把皮夹克收了起来放进他的小皮箱里锁上，从此不再穿。即便再也不穿，雷锋也没有把它送给任何人。

就是当了兵没机会穿，他也随身带着，足见雷锋对这件衣服的喜爱。

雷锋参军后，团里要排练一场戏——老刘的故事。

老刘是个地下党，当时大家都是土布衣服穿着不像，雷锋主动把他的皮夹克拿了出来，演完之后又收到了箱子里，这件皮夹克的命运并没有到此为止。雷锋逝世后，第一次展览一位大领导看到了箱子里的皮衣，于是脚轻轻一碰："要这个好吗？"于是这个箱子与箱子里的衣物就消失得无影无踪。又过了几十年，人们打开箱子惊讶地发现了这件皮衣。于是又有新闻披露出来，于是时尚的雷锋与朴素的雷锋形象猝然碰撞，于是引起无休止的喋喋不休的争鸣。

雷锋喜欢却没敢穿，今天想来这是多么悲哀的事情。

他太在意别人对他的看法，一生谨慎，一生都在谨慎中修正自己。

这，是他不断进步的秘笈。

1958年冬，银行储蓄员深入鞍钢动员工人积极参加储蓄，雷锋也参加了。雷锋把生活安排得井然有序，月月有剩余，每月开工资前都事先把钱计划好，先留出饭钱、一次电影钱、生活用品费用，剩下的全部存银行。

"他什么都没给你买过吗？"我还是好奇心不停。

小易笑笑："雷锋他过日子可仔细了，给我买了一双袜子，那还不知道合计了多久才给我买的。""他为什么要给你买袜子呢？"

为什么要给我买袜子？是因为那次他把被子拆洗了，让我帮他做上。

我们一边做被子一边谈起现在的生活，他很激动地说，我现在是多么的幸福啊！幸福这两个字，我已经不知听他说过多少次了。

被子做完了，他为了谢我，送我一双白色的棉线袜子。

就是这双袜子，还有个细节在里面。

化工总厂的工人邹本国是跟雷锋一起从湖南来的。

他在1993年这样写道：

我陪雷锋一起去联营公司买袜子，营业员找钱时多找了他一元钱，雷锋出来后越算越不对劲儿，就跑回二楼给那位营业员送回去了。

我独自坐在剪辑间里，戴着耳机听雷锋的录音。

此时人们都下班了，雷锋的声音就显得更加清晰：

1959年2月，全国各地很多青年到鞍钢学习。

我在鞍钢开推土机，车间主任给了我一个任务，要我帮兄弟厂带几个学员，要我带3个学员。我们车间主任对我讲，现在来了很多学员，给你一个艰巨的任务，就是叫你带3个学员。我感到很惭愧，因为我学的技术也不怎么熟练，我怕教不好，我就带领学员同志一起研究学习，我不懂的就请教其他的老师傅，再告诉他们。师傅们帮助学员同志很努力，5个月的时间里3名学员同志就学会了开推土机，当时我感到非常高兴。

学员们毕业了，皆大欢喜，但故事还没有完结。

厂里给了雷锋36元师傅钱。每个学员12元钱，3个学员就是36元钱，其他的师傅都收下了，但是雷锋没有收。

我揉着发疼的耳朵在想，为什么不收？36元钱，在那时是一笔巨款啊！我重新戴上耳机，雷锋继续给我解释：

有个老师傅和我一个车间的，他下班和我一起回家。

路上他就跟我说，小雷给你钱你不要，36块钱能买多少好东西啊！你真是个大傻瓜啊！我就跟他说，我说我这个人啊，要没有党和毛主席现在恐怕连命都没有了，早就死了，我现在活到今天还能开推土机，这都是党和毛主席给我的。再说了我学的技术是党培养的，我也没花钱啊。

今天再告诉别人这也是应该的，我为什么还要钱呢？

我一遍遍听着雷锋的讲述，小易也在一遍遍倾听着。

我们没有说话，只有雷锋的声音在回放着。

要是没有党和毛主席，现在恐怕连命都没有了。

我的泪，一滴滴落了下来，我的耳朵几乎整晚都在响着他的声音。

要不是党，我这个人，恐怕是连命都没有了。

他的话，没有一丝一毫的夸张，的确，他真的是差点连命都没了。从那天开始，我再听到他拒绝什么都不再吃惊了。这个推土机和他后来开的汽车都成了文物。

1959年的春节，在锣鼓中热闹地到了，小易姑娘最怕的时刻也到了。小易坐在我的对面，她擦着眼睛回忆着：

大年三十这天我是白班，从早8点工作到下午5点。我下班后宿舍里没有几个人，大部分工人都回家过春节了，只剩下我们几个南方人。

这天的夜里，雷锋被他的师傅请到了家里。

雷锋绝对是个懂礼节的人，他准备了礼物，一个笔记本、两瓶老白干。三十晚上，我们老两口和三个孩子加上雷锋六口人全家一起包饺子。

湖南人过年不吃饺子，雷锋不会包，我老伴也不让他包，可他非要争着包了几个七扭八歪的饺子，逗得大家哈哈大笑。

而小易这边，没有笑声，只有泪水。

每逢佳节倍思亲，这句话让我深刻地体会到了。

年三十这天工地寂静得可怕。晚上回到宿舍，心情大不一样，我太想家了！我进屋衣服一脱就哭了，蒙着大被哭得不像样了。

第二天早晨也就是初一我也不起来，有人就通风报信说小易还没有起来，一大早雷锋就来到我房间门口喊，小易快起来，我们一起去食堂买点好吃的。我不肯出来，他就自己从食堂买回来大米饭又站在门口跟我说话。

你今天如果不起来我就不走，我就在这里站着，你这样哭又不吃饭会生病的，过完年你怎么能上班？他就那么站着，足足站了30分钟。我打开了门，那一刻就像见到了亲人，眼泪又止不住掉下来。

是的，那会儿，雷锋在我的心里就已经成了亲人。

我站在1959年春节的街道上。

人们此时的神态安详自若。老爷爷推着四轮竹车，带着穿得棉团般的孙儿在阳光下散步，这种轻便的竹车和南方的很相似。

1959年的鞍山街道，商店已经增加了许多，有扛着红旗的游行队伍源源不断地从我的眼前走过，当那片红色掠过，我又看见了他，他站在邮筒前发呆，他在替工友们寄家信，他也很想这样给家乡的父母报个平安。

可是他的信，又该寄到哪里呢？

他走在鞍山街头，他也看见了老者和胖娃娃，胖娃娃在吃糖葫芦，那胖娃娃吃得满嘴的糖，看上去很滑稽，这竹车和胖娃娃让雷锋心情愉悦，他笑了。一抬头，望见大门口站着的小易，小易也是要去给父母寄信。

"你看看，我写得行吗？"

如果说，这时我是在给自己放黑白电影，因为这声音，忽然片子断了，周围的灯"哗"地亮了。我坐在2013年2月的灯光里，坐在小易的家里。我怔了半晌，好半天才意识到自己此时是在采访。

小易阿姨擦着眼泪："你帮我看看，这首诗写得行不行？"

2012年12月是雷锋因公牺牲50周年纪念。12月18日是雷锋72岁生日。"你写的是怀念友人？""嗯。""为什么不说怀念雷锋啊？"

"我倒是想写怀念雷锋，我一合计，让人看见不好。"

小易的讲述还在继续：

因为那个初一清晨的泪水，我们俩变得更知心了。我们在食堂打饭，他会说你去买饭的地方排队，我到买菜的地方排队。我们分工把饭菜打回来，打回来的饭菜我们俩总是一块吃。

他分头刘海，白衣深裤，清爽宁静，从不慌张。

他吃着玉米面窝窝头，她吃着米饭。这是她一生中最难忘的时刻，瞥过的目光迅疾，如水面上掠过的鸟儿无声，但小易在迅疾中望见深情。

这一年的春天，望城的赵阳城给雷锋写了一封信，字里行间流露的温情让千里之外的雷锋激动不已。

小雷：每当我听到鞍钢两字、写到鞍钢两字，便会想到你这年轻有为的朋友已经成为一位钢铁工人。你寄来的照片和信都已收到，的确叫我高兴。你虽然离开了县委机关，机关的同志依然想念你，关心你。

因为你从小就失去了父母兄弟，成了一个可怜的孤儿，是我们的新中国、我们的党，使你从一个幼稚无知的孩子成长为一个有一定知识和觉悟的共青团员。现在你加入了伟大的工人阶级队伍，我相信工厂党委同样会很好地关心你，帮助你，像你这样的孤儿，在我们国家里到处都会找到慈祥的母亲。你还很年轻，要好好把握时机，认真学习和工作，在实践中把自己锻炼成一名为共产主义理想而奋斗的有为青年。

让真实的雷锋回归人间　让活在多元社会中
的人们回过头来　回眸那时代　回眸雷锋

1959年夏天，一个大的变化来了。

鞍钢化工总厂决定在弓长岭矿山附近新建一座焦化厂。

没有专业人员，必须从鞍钢化工厂调一批职工，原焦化厂人事教育股股长陈日东负责去化工总厂调人，那会儿，他还是精力充沛的年轻人。

而我在弓长岭采访时他已离开人世，他在1993年回忆道：

你要知道我这项工作有多难做，那些日子我都愁死了。

弓长岭铁矿是偏远山区，焦化厂又是紧靠着农村姑嫂城，没有职工宿舍和娱乐场所，一切都要自己动手解决，跟鞍钢的条件没法比。

因此青年工人谁都不愿意来，那天，化工厂领导特意给职工们开了动员大会。我和领导们在会上声嘶力竭地号召鼓励大伙报名去弓矿。

我们说完了，下面半天都是鸦雀无声，没有人愿意去。

沉默了一段时间我接着鼓动，刚说几句下面突然有个人站起来大声喊，我去！党需要我到哪里我就去哪里，我没家室也没拖累。

大家的目光都集中在这个人身上，他就是雷锋。

就在那天，雷锋第一次在工厂众人面前讲述他的苦难身世。

那天，最最惊愕的是小易。

我以前就知道他是个孤儿，但不知道他这么惨。

爸爸妈妈哥哥弟弟都死了。我想雷锋原来这么苦，我不应该吃他的细粮，我都这么想过，怪不得他长得这么高一点儿。

那天我还特地去问他，我说是不是你那时候饿的？你的个才没长起来？他说不是。其实他就是饿的。七八岁正是长身体的时候，他一个孤儿吃不饱能长个子吗？

散了会雷锋来找陈日东。

他们就蹲在开会大楼的楼角下谈话。

他说的湖南话，他说了几遍我才听懂。

当时我说，雷锋同志，请你慢点说，今天下午你找一找他们动员动员。第二天8点多，我拿着人事调转单出办公室门口一看，才来了三四个工人，其中就有雷锋。我问雷锋怎么就来这几名？雷锋说我再去找找。

10点多人员基本到齐，我按人事调转名单点名，然后我讲纪律，我刚一讲完雷锋说我服从组织分配，到艰苦的地方去接受党的考验。

雷锋这么一说，50多个青年就都跟来了。

雷锋的1961年的声音还在继续：

我就向厂党委写了决心书，要求去参加弓长岭扩厂建设。

这个潘副厂长他又不同意。他说小雷你别去，到了那里什么东西都没有，都是白手起家，还是自建工厂，每天要去盖房子要抬大筐。

他说你还是等等，等工厂建设好了再去。

当时我想这是党对我的照顾对我的关心，我一定要去，这时困难一定得去，别人建设好了再去就不好了，我现在就要去。

那一天，刚刚下班的杨必华在宿舍门前遇见雷锋。

那个大孩子正欢天喜地地往外跑，见到杨必华，一脸的喜气。

杨姐你下班了，我有个好消息。

什么好消息你这么乐？

我调到矿山去了！雷锋高高兴兴地跟我说。

我在回来的路上就听说这件事了，和他一起走的人都哭丧着脸，唯独这个雷锋，只有他这个最纯净的大孩子心情会这样愉快、这样向往。

在他的世界里，没有功利的欲望。

因此，前方即便是一望无际的蛮荒之地，那个天使，也只剩下将去天堂的愉悦，而1959年的小易实在不能理解她的这位老乡。

我们在化工总厂工作将近一年。

刚刚习惯那里的生活，又要调动工作。

雷锋到宿舍劝我，一个共青团员，调工作不去，那叫什么服从组织分配？他总是有道理教育人。这个道理我懂得的，可当时就是想不通。

距离鞍钢东北30多里的弓长岭。

人们都说这里是片神奇而美丽的土地。没错，是"岭岭含宝、水水含金"的宝地。58年前，这里却是令人闻之色变的地方，最冷时气温零下40多摄氏度。荆棘遍布，没有人烟，真正的荒山野岭。

然而有声音打破了荒野阴郁的气氛。

那是鞍钢开往弓长岭的大卡车。

车上站满了人，那个大孩子站在最前面。

2013年的春天到了。

仿佛是一夜的工夫，漫山遍野的桃花、杏花倏地开了。

远远望去，喷火蒸霞一般。山坡上榆树桑树各色新绿闪烁着，紫荆花与野山蒿调制的清香被微风送来，一群绵羊正悠游在山腰树丛间，几只大鸟扑扇动着翅膀旋上山顶，清脆的叫声在山间回荡。

吕学广站在春天的杏树下，扶着树干向下张望。

54年前，他就是这个姿势，站在这里，看着那个人的到来。

1959年8月，他来了。

你知道他是谁了，我哥雷锋。

一个千里之外的南方人，怎么会成为我哥，这话有些长。

我叫吕学广，这年我10岁，我爹当然也姓吕，可他放了一辈子的羊，村里人都忘了他姓啥，都喊他老羊头，那时候我家是村里最穷的。

那会儿我正在家门口玩泥巴。

身后是我家那摇摇欲坠的一间半土房，我家养了一头猪，满院都是猪粪味。那天我爹做了个梦，一早起来就跟我们说，俺梦见俺家变样了，破屋修得可严实了，啥风都打不透了。爹又说，娃们出门也有衣服穿了，不用出门轮着穿了，俺和你娘都穿着新衣服到村里走了一圈，可牛了。爹讲着，我们听着，谁也不说话。

大家都在心里笑爹，那只是梦啊，瞧把我爹乐的。

骄阳似火，雷锋和他的伙伴们到了弓长岭焦化厂工地。

王玉坤，原焦化厂的职工，一位慈祥的老太太。

讲起雷锋，就像讲昨天对门的孩子，没有一点儿遥远和陌生感。

8月20日那天，我们就敲锣打鼓地去迎接他们，不是新来的工人嘛。

迎接他们不得踩高跷走两圈啊，我不行啊，踩着高跷就摇摇晃晃的，跌倒了，有个孩子蹦下车，把行李扔地下，跑过来把我扶起来就把高跷绑他脚上了。我就站在他旁边，我问他，你行吗？他冲我笑，连连点头说行。就这样这孩子替我扭起秧歌来，他自己欢迎自己了。

这孩子就是雷锋。

火红又艰苦的日子就这样开始了。

当时这座计划年产30万吨焦炭的厂子还没个影，大家就是奔着来建设它的。正值秋雨连绵时节，雷锋带领大家四处找草帘子、旧席子遮盖漏雨的屋顶。生活实在是太艰苦了，不仅仅是住的条件差，吃的就更不用说了。

雷锋临走时本来答应很快就给小易写信的。

可小易连翻了七八天信箱，也没见到他一个字。

雷锋去弓长岭矿焦化厂半个月了没来信。

那半个月，我心里空落落的，像是身边少了点什么，只要有人从建筑工地回去办事，我就变着法儿打听雷锋的情况。凡是见过雷锋的人都对我说，雷锋在工地上忙得洗不上脸、吃不上饭，夜里还要读书。

聊天是单身工人们业余生活中做得最多的事情。

雷锋能讲，只要人群中有了他，几乎就是听他在讲。

大家对湖南那么远的地方都比较陌生，都知道那是伟大领袖毛主席的家乡，听他的湖南口音，听他讲他家乡的山水，感觉离毛主席也近多了。

雷锋最喜欢给大家看他的照片。

他的确有好多照片，人们最惊奇的是他在武汉长江大桥前的留影。

雷锋得意地指着照片说："这就是咱新中国成立以后修的大桥，底下跑火车，上头跑汽车，多漂亮！"大家怎么都想象不出来，咋还有火车汽车一起走的大桥。

小易看了一下窗外，提醒自己现在是个即将寒冷的深秋。

她一遍遍地提醒自己，雷锋不过是自己身旁一颗飞逝的流星，但她还是无法否认，这颗流星剧烈的光芒已经灼烧了她，已经烧到怎样的程度。

小易，在1959的时候，她感到内心很荒唐地触动了那两个凹凸不平的烙字，爱情，一瞬间她愕然，她显然有些稳不住神了。

我的心事瞒不过张姐和杨姐。

她们绷着脸逗我说，弓长岭焦化工地有雷锋也有大蛇呀！

这个传说我早就听说过，说姑嫂城有几条大蛇，每条都有碗口粗几丈长，夜间躲在山洞里，白天到太阳底下晒鳞。小时候在家乡我被蛇咬过，讲到蛇我心里就发毛，最后我一横心写了报告，坚决要求领导批准我到焦化厂支援建设，半个月后我被批准了。

这时就有人背后说我动机不纯，说是奔雷锋去的。

实际说心里话，我嘴上说是支援建设但是不能表露出来，我心里还真那么想的，我奔那里总得奔个人去吧，我属实就是奔雷锋去的。

9月10日，小易搭乘一辆运送建筑材料的卡车来到了弓长岭工地。

小易到工地办公室报了到，连行李都没往住处搬，就跑到工地上来了。涌动的山风冲进沟内，像杂乱的火把交错穿梭照出小易脸上殷红的喜悦。她远远地看见雷锋穿着背心、挽着裤脚打着赤脚正同大家和泥运泥。他只顾埋头干活，没看见远远奔来的小易。

我远远地就看见雷锋。

那个有着阳光一样灿烂笑容的小伙子正在和大家一起盖房子，他的脚踩在泥里，干得满头大汗。他感到很惊讶，他说你怎么也来了呢？

我说这地方就许你来，不许我来啊？那我就不能来啊？他问我来了多少人？我说就来我一个你嫌少啦？他说不少，多一个人多一份力量。

修建开始了，上山采石他拣最大的挑，搬运木料他挑最粗的扛。

雷锋，你没有累的感觉也没有冷的触觉吗？不是的。

那里条件很差，有些同志不安心工作，不愿意挑大筐，不愿意盖房子，说怪话。这时我想起自己是共青团员，坚决不动摇，想起最艰苦的地方也是党最需要我的地方，是党考验我的时候。

那时盖房子是冬天，和稀泥是关键，是最艰苦的工作。

水结了冰和不动，我就脱掉鞋袜赤脚，手脚都冻麻木了，但想到为祖国建设化工厂心里挺暖和的。又有两个青年和我一起干起来。

李钦荣看见那个大孩子，那个大孩子光着脚在和大泥砌砖。

其他人受到感染也跟着跳到冰冷的水泥浆里搅拌起来。施工中石料不足，离工地不远的河里有石头，雷锋又踏着冰碴下河去捞，填补工地石料的不足。墙越砌越高，运料跟不上，雷锋又发明了土吊车，加快了工程进度。

1959年10月，这个虔诚的大孩子听说有人上北京见到了毛主席。

他羡慕地想了一天，晚上，这孩子在梦里又去了趟北京。

我想有一天我能和他一样，见到我日夜想念的毛主席该有多好，多幸福啊！可巧，我在昨天晚上做梦就梦见了毛主席。他老人家像慈父般的抚摸着我的头，微笑地对我说，好好学习，永远忠于党，忠于人民！

我高兴得说不出话来了，只是流着感激的热泪。

早上醒来，我真像见到了毛主席一样浑身是劲，总觉得这股劲用也用不完，我决心听党的话听毛主席的话，好好学习顽强工作，做一个毫无利己之心的人，我一定争取实现自己最美好的愿望，真正见到我们最伟大的领袖毛主席。

即便是在北方这样的地方，他还是那个热心的他。

我看到1963年2月16日安平公社松泉寺大队社员王文珂的回忆文章。他写这篇文章的时候毛泽东还未发表那个著名的题词。

王文珂写道：

1959年冬天，我老岳母上我家串门，在路上跌倒爬不起来了。焦化厂工人下班遇上，其中有个小胖子把老太太一气背到我家里来。我问他叫什么名字，他撒腿就跑了，回过头来说，我是矿山的工人！

事后，才知道他是雷锋。

小胖子，这令我惊奇的称呼。

我们仰视多年的英雄在1963年初被人这样称呼，知道这些我那么惊奇，其实更准确地说我是那么惊喜。原来他也是有多个称呼的人，是和我们一样有多种昵称的人。伟大的共产主义战士离我们太远了，而在这里，我抓住了他和我们一样的布衣的衣襟。

小胖子啊！说的是你吗？你是个小胖子吗？哈哈哈！

我在2013年的风中放声大笑。

正值周末，不远处的广场上，众多红衣绿裤的大妈和着那并不悦耳的旋律和节奏，以凌乱的舞步舞动着粉红扇子，她们的投入让我充满敬意，秧歌队里走出一个人，别人给我介绍，这是雷锋的工友石素芹。

这位爱笑的老人在2018年去世。

石素芹，原焦化厂的技术员，是位活泼开朗的老人，到弓长岭采访的媒体称她是必采的人，每次采访她必谈雷锋给大家黄豆的事儿。

日子一长，许多女工的腿都浮肿了。

雷锋知道了，不知从哪里弄来了黄豆，炒熟了分给大家。

雷锋到我们女宿舍，从书包里拿出一饭盒黄豆，每人两把豆，告诉我们说你们浮肿吃这豆就不浮肿了就会好了。他给我豆我也很高兴，这豆真香，越吃越香，别人就说哎呀雷锋你真好。他很温柔，待人热情，不笑不说话。他干净利索，穿衣服总是利利整整的，袜子也是洁白的。

冬天转瞬到了，三九隆冬，弓长岭一望无际的空旷。

沟壑和大片的矮树林，仿佛都被寒气所冻结，随处能听见树木的折断声。空气在这里是凝固的、坚硬的，不时会有冻僵的麻雀从树尖上掉下来，你感觉那是石子砸在冰面上，迷乱的恶劣的暴风雪已经提前来了，到处是白花花的、灰乎乎的，夹着冰碴的碎雪打在脸上只有麻木，看不见一个活的生物。这里的生活条件比鞍钢更加艰苦。

小易那会儿，真是有苦难言。

我们住的宿舍，你知道是什么宿舍啊，就是姑嫂城的农民走了，他们留下的房子。改成的板炕，不是火炕，就是钉的板子当的炕当的床。

房子破旧不堪四处透风，我们女同志也是一样，一个屋住十几个人，南北大板炕中间火墙，食堂是临时搭的席棚，吃得非常差，吃水困难，洗脸洗衣服也要到很远很远的地方，我心里真是苦，我好赖也是念完高中的学生，遇到这样艰苦的生活环境我的思想就动摇了，想不干了回家。

雷锋那天听我哭诉要回家的话，很不高兴。他很少这样的表情，那天他真的很不高兴。

他这样对我说，这里南方来的人谁不想家啊？小易别这样，你要勇敢。他送给了我一个笔记本，上面写了这样两句话，请记住，船，能够乘风破浪才能前进；人，能够克服困难才能生存。

他的心意我懂，雷锋为什么给我写这两句话，回想起来真丢人，从打在长沙车站认识他那天起，我一次又一次地没少在他面前流眼泪。

王玉坤继续神采飞扬地说：

哎呀！这孩子从到我们这里，不用说给我们的印象，在我们的领导印象中好得不能再好了。我也不是什么领导。我们有个李书记，他说这小孩儿啊真好，老上调度室学习去，一看就看半夜。李书记对雷锋尤其的好。

雷锋的声音还在继续：

他就对我讲，他说小雷啊，我们干革命工作啊，不但是要埋头苦干，而且要懂得革命的道理，要懂得革命的理论。怎么样懂得革命的道理呢？怎么样去自觉提高觉悟呢？这就是学习。后来他给我买了毛主席著作让我学习。从那时起我就开始学习。

事实上，《毛泽东选集》不是李书记买给雷锋的，李钦荣说：

他看到我的《毛泽东选集》一至三卷如获至宝，就借去学习。

当时《毛泽东选集》很少，我只借给他没舍得给他，他是毛主席著作不离手，走到哪学到哪，每天都要学到深夜。

雷锋有个习惯，边学习边在书上画杠杠写心得。

两三个月后他还书，很不好意思地对我说，李书记对不起，你的《毛泽东选集》让我给画乱了，我当兵要走了，只好就这个样子还给你了。

我一看《毛泽东选集》一至三卷，很多文章他都写上眉批，他刻苦学习的精神令我十分感动，我就把《毛泽东选集》一至三卷都送给他做纪念。

1959年深秋，焦化厂专列拉进几车皮建焦炉急需的高标号水泥。

夜间10点多钟，天气突变，风雨将至。焦化厂调度员陈兴禄焦急万分，暴露在室外的水泥价值几千元，很可能因为下雨而全部报废。

雷锋正在调度室看书，听到动静，19岁男孩儿抬头向窗外张望。

晚上，我正在学《关心群众生活，注意工作方法》。

到半夜，突然下起雨来，我跑到调度室听说还有7200袋水泥没盖，被雨打湿就完了，心里很着急，怎么办？我想到了向秀丽，想到了毛主席的教导，无数革命先烈为了人民的利益牺牲了他们的生命，使我们每个活着的人想起他们就心里难过，难道我们还有什么个人利益不能牺牲，还有什么错误不能抛弃吗？这时我马上叫起20多个青年。

11月了，人们都已经穿上了棉衣。

白天天气就阴沉沉的，到了晚上突然下起了雨，而且越下越大，这种天气基建的活啥也干不了，只能在宿舍睡觉了，宿舍里工人围在床上打牌下棋抽烟。突然宿舍的门被撞开了，雷锋站在门口。

他一口浓重的湖南话，着急的时候说得就更快，囫囵得听不懂。

"同志们哪，工地上还有水泥没卸车呢！叫大雨一淋就报废了，咱们快去抢救水泥呀！"说完就跑了出去，离门最近的工人愣了，听懂了他的话的人扔了手中的牌就下了床，大伙也都跟着起身，跟着雷锋一路小跑来到工地。

工地上一阵忙乱，大伙一起用雨布盖住一部分水泥，雨布不够了，大家就脱下身上的雨衣盖到了水泥上，人们被大雨浇得有些发蒙，不知道剩下的水泥怎么办。这时听见雷锋在雨中喊，动员大家再去找些席子来，盖在水泥上面。十几个小伙子在雷锋的指挥下，分头找来了席子。

我在54年后见到了焦化厂的副厂长翟永昌。

2013年他已经衰老至极，走路都令人担心，但谈起雷锋，他神采飞扬，完全不是来时的状态，2014年老人辞世。

翟永昌站在弓长岭雷锋纪念馆的雷锋雕像前，开始一字一顿地讲述：

在焦化，要不是人缘好受尊敬，就不会有带领大家抢救水泥这回事。

既不是一个厂的又不是领导，但工友们都听雷锋的。

他身上好像就是有那么一股劲儿，小小的个子在大雨里大声指挥着十几个工人，让大伙都热火朝天地去抢救水泥，很神奇。咱们大伙那个时候都在工地住工地吃，当时就炕席啊油漆纸乱七八糟地都盖上了，就有一处没盖严，这个雷锋啊就把他的被子拿出来盖上了。

有个师傅就说，雷锋你不能用你的被子，要不你的被子都板结变硬，以后睡觉还怎么盖啊？雷锋说，哎呀先盖上再说吧！

那天晚上，他没有东西盖，就在办公室对付了一夜。

那天深夜，外边打雷又下雨，小易已经睡了。

我忽听窗外响过一阵脚步声，还隐隐约约听见有人说什么东西遭雨淋了，等我披起衣服跑出门一看，天黑雨大，什么也没看见，我就转身回屋里睡了。第二天起来才听说是工地专用列车上昨天没卸完的几车皮水泥没有盖，雷锋一边喊人一边找盖水泥的东西，一时找不到就伸手把自己的被子抱出来盖在水泥上。我跑到现场一看，哎呀！雷锋那床大红花布被还盖在水泥车皮上。大家七手八脚地帮他把被子拿下来，将里面的水拧干。

当时在场的没有一个不夸奖雷锋舍己为公的。

1959年11月10日，那个雨夜之后，雷锋的事迹出现在矿区的《弓长岭报》上。我找到了那篇文章的原文，读着，1959年的风掠过来了。

在11月5日，焦化工地进来10车水泥，其中有6车是没有棚的敞车，还没有雨布盖。当晚8点30分的时候，天空布满着黑云，调度员开始东跑西颠地联系找人盖水泥。这个消息传到雷锋同志的耳朵里，他闻声似雷，抱着焦急的心情跑到各个宿舍找人盖水泥，回过来又跑到车皮上积极地找雨布盖车。当盖到最后一个车时雨越下越大，但雨布又不够，这可怎么办呢？雷锋同志左思右想，雨布不够找又找不着，车不盖完水泥就要受到损失，工程又非常紧张，这时他把自己的衣服脱下来盖在被雨淋湿的水泥上。这还不行，他又跑回宿舍把自己的被拿来盖水泥。

这样在他的带动下很快就把水泥盖完了，6车水泥没有受到任何损失。

这篇报道，应该是弓长岭矿通讯员写的，文字间情真意切，没有半点的夸张，更没有虚构的东西在其中。

这，也是我那么喜爱当时人们文风的主要缘由。

1959年的11月20日，《共青团报》第二版也报道了这件事。

这里的描写生动多了，无论是人物对话，还是动作描述。

这两篇文章，雷锋在他的日记也做了记录，他依然用谦虚的口吻，没有写上他的骄傲与自豪感。

当时，我感到非常惭愧，我想到，向秀丽同志为了国家财产献出了自己最宝贵的生命，但是我呢，为了国家财产，拿出自己的被子盖上有什么了不起呢？和向秀丽同志比起来，我是太渺小了。

事实上，他是极其地在意并看重被表扬的这件事。

他太看重这份荣誉了，更何况，这是他到北方来，他的名字第一次在报纸上被呈现。他把这两张报纸小心翼翼地收藏起来，在不久后的坎坷的征兵中，这两篇报道就如同等待已久的炸弹，发挥了巨大的威力。

这只是开头。

之后，雷锋的名字就开始不断地见诸各个报端，他似乎到这世上来，就是为新闻而生。即便他在后来是多么不情愿，他也是身不由己地存在于新闻的文字图片中。活着，如此。死后，亦如此。

2012年，我在弓长岭采访，辽阳弓长岭雷锋纪念馆还没正式对外展览，但已找来了大量的展品，包括当年抢救水泥时用的雨布炕席。

那些物品都已发黑，蒙着绿苔，散发着难闻的霉味。

瞧着这些物品我心生惊奇，我问馆里工作人员："这么多年了，是谁这么细心还保留这些雷锋救水泥的见证？"

馆里的人就笑了："你还认为这是当年的东西吗？"

我很是失望，"那么，你们就没有一件真实的东西吗？"

"有啊，这床棉被就是，这是馆里的镇馆之宝。"

小易给我解释着棉被：

水泥保住了，雷锋被褥也被雨淋得湿透。

团总支李书记当即指定我和于姐帮助雷锋拆洗被子。

我早饭也没顾上吃就和于姐忙着拆被子，洗干净被里被面再晒干，整整忙了一个上午，最急人的是棉絮，左烘右烤也干不透。经雨水浸泡的旧棉絮一烘烤就变得硬邦邦的，我们的被子就像我们的宝贝似的，东北要是没有被子还能活啊？那时是11月份，烧水房的锅炉就够工人喝的水，洗脸水都没有，根本烤不干，这样的被子盖在身上既不暖和又不舒服。

怎么办？去买一床新棉絮吧当地没有卖的，去向公家要一床吧雷锋肯定不会同意。雷锋轻易不会接受别人的帮助的，他只习惯给予别人，他帮助别人但决不肯别人为他做任何事哪怕是一针一线。

我想个主意，我有两床被子，我就把我的棉絮悄悄缝到了雷锋的被面里，我以为雷锋不会发现其中的秘密的。

而且我相信，没人能看出任何破绽。

这就是所有，19岁姑娘所做的所有。

晚上我抱着缝好的被子走进他住的土房，把被子交给他。

雷锋向我表示感谢，他十分高兴地拍拍铺好的被子。好像突然感觉到什么，用手仔仔细细抓抓被头嗯了一声问身边伙伴，你们说，棉絮被雨水泡过，是会变软呢还是会变硬呢？我看这事要露馅马上抢过话来说，棉絮晒干了用木棍拍打比新棉絮还要软。雷锋又拍打一下被头说，感谢你为我劳累了一天，更感谢你能为我把雨水泡过的被变软和了。

站在2012年的姑嫂城的山坡上，我俯视着。

蓦地，我望见了1959年的秋天，此时，焦化厂还没有建起。

而大路那端，已是车水马龙人来人往熙熙攘攘的热闹场面。那真是沸腾的日子啊，寂静的山沟就像一锅烧开的水。每天都有一辆辆卡车开进来，车上是一张张年轻的脸，这是来自全国各地的人。

没人注意在土路边上站着一个孩子。

那孩子叫吕学广，是当地一个牧羊人的孩子。

家贫，孩子破衣烂衫地站在那里看汽车。

那时候焦化厂一建立，人来人往的。咱们小孩就去瞧热闹呗，我哥雷锋也在其中，但那会儿我还不认识他。

转眼到了"十一"，那年是中华人民共和国成立10周年大庆。

工地的工人和姑嫂城的农民举行了工农联欢，敲锣打鼓的热闹极了。

工人秧歌队到姑嫂城扭秧歌时，雷锋发现姑嫂城的妇女都在忙着积肥，一边劳动一边看扭秧歌。他回来对我说："小易，北方农民种粮比南方还要难。"从此，他就起早贪黑地积起肥来。

还是在1963年的《鞍钢报》上，我找到当时安平公社姑嫂城大队大队长张希官的文字。农民的语言，1963年的语言，真的是那样纯粹。

1959年9月，矿山焦化厂的一个文艺队来给咱社员演出，其中演跑驴的那个小伙子最能逗乐子，演完后他跟咱社员闲聊才知道他叫雷锋。

快过年了就见雷锋有时是早晨有时在晚上，不断地往咱社员张永田门口挑粪，谁也不知道他想干什么。过了几天他到我家说他对农业也没啥支援的，一冬捡了这么点粪送给我们大队吧。我跟他到粪堆那一看足足有一车多，当时估计了一下能有两千来斤，雷锋给我们捡粪这事儿就在大队传开了。咱队都夸奖他是矿山好工人。

这个孩子，走在下班回宿舍的路上，他看见了什么？

他弯下了腰，那是一件别人不穿扔掉了的破旧劳动服，他捡回来洗干净又补好。他又捡到旧手套，洗干净补好。书记那天就问他："你一个男人怎么会干女人活呢？"那孩子就笑笑："我从小就会。"

他没告诉书记，他若是不会这些谁能帮他补呢。

他从小就会，他必须从小就会。

这天傍晚，小易过来了。

一天晚饭后，我来到雷锋住的土房想帮他洗衣服。

看见他坐在通铺上正埋头写什么，我悄悄凑近一看，原来他在写日记。

他扭头看见我赶忙合上了日记本，我说不要对我保密了，他冲我一笑索性把日记塞到我手里，我坐在板铺炕边上心里想，不管你保不保密反正我要看看，翻开第一页我就被黄丽那篇临别赠言吸引住了，我用心仔细地看了一遍。我问这位黄丽姐是谁呀？对你抱的希望还不小呢！雷锋如实地对我讲了有关黄丽的一些情况，还夸她如何能干如何好学如何懂事。

我笑了，我不再追问接着往下看。

关于这位黄丽，我要打断一下小易的讲述。

雷锋这本墨绿色烫金封面的日记本里的临别赠言，并不是在很早以前就公之于众的，而是在改革开放以后才披露出来的。

许多人都在问都在找，这位黄丽是何许人也，她一定对雷锋很了解，可谓了如指掌，才会写出这样的临别赠言，并且她对雷锋一定很爱慕，才会对雷锋有这样的评价、看法、希望与预见，并且这些预见为历史所验证。那么多的人在寻找，直到1996年黄丽才被找到。

没错，黄丽就是王佩玲。这时，她已经隐姓埋名38年。

你们为了找黄丽费了不少心血和时间。

为什么不能披露，你们想想，雷锋是全国人民敬仰的英雄。

我只是个普普通通的妇女，毫无作为，我愧为雷锋的姐姐，我怕因我而有损他的形象。

小易翻过黄丽这页赠言，这本到工地以后开始写的日记，每篇都很简短，记下了这段生活、劳动的一些情况，也抒发了一些感想。

我很希望他的日记里能有我。

可是翻了个遍也没找到一个字的我，这倒使我有些怅惘，我把日记还给他时，他开玩笑地说看出什么秘密了，我说你这个人是透明的，一眼就能看透能有什么秘密。我要帮他洗衣服，他说什么也不让我洗。

领导分配我担任统计员，每天负责统计各个班组的施工进度，所以我对雷锋的劳动情况也了如指掌，他不论干什么活都抢在别人前头。当时车间规定，推土机作业班每周评一次生产标兵，每月评4次，连续三个月就是季度先进生产者。雷锋在推土机班只干了3个季度却3次被评为先进生产者，等于是他几乎每周都要被评为生产标兵。

第六章

责　任

我们需要记忆　应该让那段真实的历史代代传颂
让他的微笑化作猎猎大旗　在我们的头顶迎风飘扬

1959年10月，10岁的吕学广拿着两角钱去理发。

那天，我哭着闹着要去理发。

为什么我要剪头呢？那时我不是上学了吗？别人的头都剪得挺好看，就我的头发难看，为啥？为了省钱，我的头发从来都是我妈剪。

我妈总拿她做活用的剪子给我剪头，上下胡乱地剪短了就行，可难看了，结果一上学同学都管我叫梯凳，我10岁了也有自尊心了啊！

那会儿我闹腾能有五六天啊！非跟我爹要钱去理发社剪正式的头。

后来我妈跟我爹说你就给他拿两毛钱让他剪了吧，我可是受不了这闹腾了。那天我乐呵呵地拿着两毛钱去理发。咱们那会儿农村两毛钱很重要啊，那可是1959年啊，没有钱啊，咱们一年才开多少钱啊？拿着这好不容易要来的两毛钱，我欢天喜地地去理发了。

进了理发社，吕学广发现这天理发的人太多了。

小孩子急啊！雷锋就在他前面。

我就在他后面，一会儿起来一会儿坐下。

他就问我，小朋友你有什么事？我说我剪完头还要回家吃饭，剪不上头饭也吃不上了上学还晚了。那个大哥就笑呵呵地说，你别着急，排到我号先给你剪，你看行不行？我说那敢情好了，就这么的我就先剪了，剪完那个大哥就推着我走，我就给理发社的拿钱，理发社的师傅说钱给了。

我说谁给的，他说这小伙子给的。

我那时候小，不懂礼节，连句谢谢都没说就走了。

吕学广就欢天喜地回了家，剪了发吃了饭，还不耽误下午上学。

更重要的是，手里还攥着那宝贵的两毛钱。

我心里装不住事儿，就跟我爹说我今个可便宜透了。

他说你怎么便宜了，我说一分钱没花有人给我拿的钱。

我爹就说了，他叫什么名字，我说我也不知道。

我爹就生气了，你说说你人家让你先剪头还替你交了钱，连叫什么名字都没问，你太不懂事理了。你看咱们都挣不到钱，人家给你拿那些钱你也不说声谢谢，太不像话了你！我爹就生气地说我。

那时候的我家，在村里别的排不上，要论穷我家可是村里的头一号。我那放羊的爹说咱家是穷，但咱得穷得有志气，不能就这么占人家的便宜。他唠叨了好几个晚上，非要我去还这两毛钱。

我终于烦了，好好爹，我明天还去你就别说了。

放学我就去找。那时候工地能有1000多人，找个无名无姓的人还不就跟大海捞针一样，我找了几个下午啊！

最后一天下午4点多我又在工地上转悠。

有个工人问我小孩儿你干啥？我说我找人，他说你找谁？我说不认得。那人说不认得你找什么呢，还把我好一顿说。我说我看见他能认识。他说你找他干啥？我说他给我拿钱剪头，我爹说不行，非让我给他送钱来。那人一合计这能不能是小雷子啊？指定是小雷子，小雷子就爱做好人好事。那人手一指，你去推土机那里，就在车底下修车呢！

他的头伸出来了，就是他。他穿一身劳动服，地下都是泥，他说你等一会儿我修完了就上来。后来他上来了。

吕学广呆呆地看着他。

他不知道，这个笑眯眯的人日后会是全国人民爱戴的英雄。

那时我看他就是一个普通的工人，很朴素的一个人。

但是雷锋长得挺美观。

我忍不住哈哈大笑起来。

我还是第一次听一个人描绘另一个人的面貌时会使用这一词汇。

美观。我问："怎么个美观？"

老吕也笑："就是好看，他长得挺好看，梳的小分头，戴着焦化厂炼焦的那个工人帽，始终就戴半个帽子，刘海总是露出来，小脸溜尖，瞅你还微微笑。"

他把小孩子吕学广领到他住的集体宿舍里。

他的宿舍住有6个人，条件也不太好。

他就问我你叫什么名字？你什么成分？我说我贫农，我叫吕学广。

他又问你上几年级啦？学习怎么样？我上二年级，学习不咋样。

你家庭怎么样？我说挺困难。他说我一瞅你这样就挺困难。我的衣服都是补的，哪有现在没有补的衣服啊！我说我回家让我父亲好顿说，非得给你送这两毛钱，要不我爹就得揍我。

他就说你放心吧他不能揍你，你回家跟他说我也是贫农，我比你还苦，我就愿意帮助你这样苦命的孩子，你就别给我送钱了。

他又说你不就在这个学校念书吗，哪天我有工夫上你学校去看你。

小孩子没信，没有相信他说的这句话是真的。

那个时候家里穷，亲戚都不来，这个陌生人怎么会来看这个破衣烂衫的小孩？这天正上着课，就听老师喊："吕学广，有人来看你了。"

小孩子跑出去一看，啊呀，是哥哥雷锋，他笑眯眯地站在门口。

我说哥你干啥来啦？他说看你来了呗。他给我带的是演草本、笔记本、橡皮、钢笔尖、墨水片。他就把我的书本拿出来，看我的作业本。

我买不起橡皮写错了就拿手指擦，那本让我擦得黢黑，课本也不利整。他就说你用完了我再给你买，要好好学习，将来做一个对国家有用的人，你以后每个星期天下午把笔记本带来，我看看你学习进步没有。

第二天雷锋再去时，给我拿的是牛皮纸。

他用那个牛皮纸给我包书皮，告诉我本得干干净净的，别把本弄脏，得讲卫生。以后每星期三、星期六下午放学后，只要天不黑我就到雷锋宿舍去。我去他就给我批改作业教我写字。

那天是中午，我从书包里拿出块地瓜啃起来，见我吃地瓜雷锋急忙到食堂打了两个馒头回来。我家穷，人多，别说吃，看都没有看到过闻味都闻不到啊，人家大馒头这么老大，刷白，我狼吞虎咽地几口就吃完了。

回家不敢给我爹说，怕我爹说我，我吃四五天就跟我妈说我哥每天晌午给我送大馒头，我妈就跟我爹说了。

我爹非常生气，说每天中午厂里只给工人发两个馒头一碗汤，你都吃了人家吃啥？你给他的粮食吃了人家不就饿着了吗？这哪行？人家拿出一半粮食给你吃，他怎么干活啊？我爹就不让我吃了。

我还是想吃那难得的馒头。

我妈就想了个办法，让我给我哥带去嫩玉米、地瓜什么的，我再去他给我大馒头，他吃我带的高粱米饭、菜窝窝头。小孩子奔好吃的，就这样我们换着东西吃，感情也越换越深。

吕学广说到这里有些哽咽。

那时候我以为是雷锋吃剩才给我的，没想到他把自己的口粮给了我，自己挨饿。我没想到的是除了馒头，还有更大的喜事来了。

他给我买的作业本钢笔尖还有橡皮，第三天我就给丢了。雷锋那天又检查我作业，一看我的作业本还是黑黢黢一片，就问我你的作业怎么还用手擦呢？怎么不用橡皮呢？我丢了。你说怎么丢的？我也不知道咋丢的，放书包里就没了。雷锋把书包这么一拎，好家伙，书包下面有碗口这么大的一个大窟窿。雷锋就叹口气,这能不丢吗?

又过几天,雷锋再来时,手里拿着个新书包。

那巨大的喜悦让小孩子惊得半晌不能动弹。

他给我买的书包啊,给我姐我妹我同学都气坏了。

那时候一个小学生背着新书包那还了得,我拿着新书包都要哭了。这么跟你说吧,我从念书起就没看见过书包,我姐我妹都没见过书包。那时候我们都是家里给做的用破布缝的那种书包。

我背着书包这个光荣这个乐啊,我一天老这么背着,上外面也背着,害怕丢啊。

我背着书包回家进门就让我爹好一顿训,谁让你拿别人的东西?我说这是替我交理发钱的那个大哥哥给我买的。

我爹不信,还一个劲地骂我偷拿别人的,我受不了了,第三天放学后我去焦化厂找雷锋,要把书包还给他。雷锋拿起书包说,走,我同你一块儿去见你爹。

雷锋就和我一块儿去了我爹放羊的地方,跟我爹说了给我买书包的原因。我爹就说,孩子啊,给我儿子拿钱理发的好心人就是你啊,我今个儿说啥也得把钱还给你,你挣钱也不容易。雷锋忙说,大爷你可千万别给我啊,我就愿意照顾你们这些困难的人啊!

我在弓长岭雷锋纪念馆看见雷锋与吕长太的雕像时发了许久的呆。

雷锋注视着放羊老者吕长太,老者的膝盖弯着,眼泪汪汪地仰视雷锋。

当年吕长太没有因为放羊而低眉垂眼地活着,他认雷锋做儿子亦没有捡一笔横财的兴奋,而是因为雷锋的孤单,他是以他的单纯倾心于这个可爱的孩子。正是因为这般真挚的情感,才会有后来雷锋去世吕长太拼了命也要将他大儿子尸骨拉回来的举动。

要不怎么说雷锋和吕家有缘呢！

这天雷锋把他平时积攒的劳保服包了个大包，拿到大队问大队书记："姑嫂城谁家最困难？"那会儿困难的人家太多了，雷锋还是想找村里最困难的。大队书记合计了一下就说："俺们这穷的家多去了，要说最穷的，倒是有个老羊头，他家最困难。"那时吕长太不是放羊吗？大伙就都叫他老羊头。雷锋就说："行啊，那就给他家吧。"

大队书记又说了："他家在东沟啊，东沟可远啦，你不怕远吗？""有多远？"书记说："能有2里多地吧。"他就说："我不怕远，我跟你去。"

他一进门就看见了吕学广，小孩子正在院子里剁猪食。

他就说，哎呀，这是你家啊！我扔下菜刀就扑了上去，哎呀哥，你怎么来啦？不是说你们家最困难吗？我这有几件衣服要送人，大队给我介绍，说你们家最困难，我就上你们家来了。雷锋看上去也很激动。

这可是天大的巧啊，没承想咱俩还认识。

当时咱俩就抱在一块儿堆了。

吕长太，姑嫂城村的贫苦农民。

放羊人吕长太，在1959年就已经60多岁了。他那时就已经是个地地道道的老人了。我在弓长岭雷锋纪念馆见过他的照片，那可能是他这辈子仅存的一张照片。他穿着破旧的衣衫，站在自家的院子里，那个院子就是当年雷锋去过的院子，没错，院子也和老人的衣衫一样，破烂不堪。

老人没有几根头发，眼睛浑浊无光，腿是弯的，苍老枯瘦。

这张照片是雷锋去世后部队给照的。

雷锋的牺牲，给吕长太的打击是巨大的。他的儿子吕学广，在多少年后因这段奇遇成为雷锋的见证人，也因此成为雷锋亲友团中的瞩目之人，而他的父亲吕长太，却被人们远远地遗忘在身后，无人提及。

我端详着他的照片，久久不动。

身边的人不解，为何我这样看着。

我看到了什么？自尊。

是的，那是一个男人最后的自尊。

他贫穷，但努力挺直的瘦弱身躯无法掩饰他的威严与倔强，我从他的眉宇间感受得到他极强烈的个性。他平日里一定是表现出恪守的中庸规范，为人处世不轻易放纵自己的脾性。但在紧要关口，隐藏在他身体里的最纯粹的传统便会火山一样爆发。

吕老汉是个真正的山东汉子，即便他是村里最穷的人、最让人瞧不起的穷人，做着村里人都不愿意干的活计——放羊，他也是我最敬仰的真正男子汉。他一定不会占集体一丝一毫的便宜，他是放羊之人，他有机会挤羊奶或薅羊毛，但这个人不会，我没有见过他，但我知道他一定是这样的。

因为什么？就因为他对自己的儿子说，咱穷，咱得穷得有志气，不能占人家的便宜。他不是就那么说说而已，他唠叨了好几个晚上，非要儿子去还那两毛钱。而且儿子不去还钱的话，他会揍儿子。儿子毕竟才10岁，还是惧怕父亲的年龄，他只好去还，这就引来他和这个伟大人物更多的后续故事。在那个时间，两毛钱的价值，那是1959年的货币价值。

这样的价值观从这样最赤贫的人嘴里说出并实施行动，他无疑是最让人敬重的汉子，是最值得被帮助的人。雷锋在报告里也不止一次讲到了吕长太老人。

我在路上看到了一个放羊的老大爷。那个老大爷穿着一件很薄的棉衣。

当时我想到这个老大爷年纪很大了，这么冷的天一定扛不住冻，像我这样一个年轻小伙子不要紧，我就把身上的一件棉上衣脱下来送给了那个老大爷。那个老大爷当时就流下了眼泪，他握着我的手对我讲，他说我死也忘不了你。

随后我又问他一些情况，他家里过去也很穷，他给地主放了20多年羊，在旧社会没吃没穿，连一个老婆都没找上，解放以后党把他拯救出来使他过上幸福的生活，他们家里七口人，老母亲80岁、爱人50岁和3个年幼的孩子，老的老小的小都需要公家的照顾。

他给我讲，旧社会给人家当牛当马，没吃没穿，现在党和毛主席把他们救出来了，大家都在轰轰烈烈地建设社会主义，他如果不给社会主义建设出点力，怎么对得起党和毛主席啊！

这位老大爷的话深深地教育了我。

雷锋没有想到，在这样荒山野岭之处，这样的褴褛之人，居然会说出这样高大伟岸的话来，这些语言，正是雷锋自己也经常在诉说的话语。

无疑，那天的雷锋看见了自己。

我想到这个老大爷的心哪，和我的心是一样的。

于是我就把我的情况也向他介绍了，老大爷说不出话来，约我到他家去。这真是我们穷人心连心哪。后来我有时间就去他家看望这位老大爷，把他当作自己的父亲一样，给他打柴呀、挑水呀，给他做些零活。

雷锋开始一趟趟去吕家，吕学广的讲述开始深入。

他来我家就先把水缸挑满。

当时山区挑水都挺远啊，水缸挑满他再去干别的活，干完活就走连饭都不吃，那天我爹就火了，他说孩子你今天要是不吃饭活就不用你干了，水也不用你挑，啥也不用你干，你走吧。就这么的我爹就给雷锋说得有点吃不住劲了，雷锋就坐在炕沿上，他说大爷我家没有人啊，我就拿你当我亲爹一样。当时把我爹说得非常难受，我爹就问他怎么回事，你家怎么啦？什么都没有了？雷锋说没事，就把话岔过去不说了。

我奶奶就抓着他的手，说孩子你可别走啊，你在这个穷家待一宿吧，奶奶想和你这好孩子说说话啊！那天雷锋就在我家待了一宿，他和我奶奶、我爹聊得很晚，我睡着了。

后来我爹给我讲那晚上他说的话，他爹怎么死的，他妈怎么死的，他怎么受的苦，为什么他要报效国家，他就跟我爹我娘说这些。

第二天早晨雷锋要走了，我奶哭了，说孩子，这就是你的家啊！

我爹也说这就是你的家啊。他就说好，我回去以后还来。回去不长时间他又来了，这次不是给咱家送东西，而是把大队书记给找来了。

大队书记说，老吕头，这孩子想认你做干爹，你看你同意不？我爹说我太同意了，他比我亲孩子都好，他老帮我干活，我亲孩子都不帮我干活。

我不禁愕然："怎么？"我问："你爹好像没有受宠若惊的感觉啊？他不觉得把这么一个年轻小伙子认作儿子是吕家的一种荣幸吗？"

"没有，我爹没有，以后也没有。"

"雷锋可是挣工资的人啊？"

"我爹没这么想，他认为雷锋老帮他干活，孝顺，是好孩子。"

雷锋与吕家的传奇故事就此拉开序幕。

我后来又送了几件衣服给他家，我常到他家，他还要我做干崽，我很爱他家，这是毛主席思想教导我所产生的阶级感情。

吕长太坐在高高的门栏上眯着眼睛边抽烟袋边笑。

他好久没这样舒心地笑了，他无论如何也想不到在此时，在他泥泞的窄院里，忙着砌猪圈的青年将以伟大的共产主义战士形象被亿万人民代代传颂，这未来将要发生的一切，一个乡下的牧羊老汉当然无从预测。他只知道，这个秋日的午后，他难得的快乐和愉悦。

这是我们谁也没想到的，一个从南方来的好青年认北方山沟里又穷又苦的老人做义父义母，这也只有他，重情重义的我哥雷锋才做得到啊。

雷锋搂着我脖子，咱俩就跪下磕头，给我爹妈、我奶奶磕头，以后我哥雷锋隔三岔五地就回家看看，进门逮着什么活干什么活。

雷锋就是坐在这里和我边吃杏边聊天。那杏太酸了，我哥雷锋捧着腮帮子就跑。我在后面哈哈大笑。

2013年的夏天，吕学广和我站在这棵杏树下，一起张望着1959年的那个夏天，此时这里一片废墟，荒草覆盖在上，郁郁葱葱。一株向日葵在不远处孤独地开着灿烂的花。那花像极了那年轻人的笑脸，他那么爱笑，他怎么那么爱笑呢？那是多么令人愿意一遍遍回忆的往事啊！

说实话吧，我那时期待他带来的香香的大白面馒头。

这么说太没意思了是吗？可那会儿，我就是这么盼的。

10月份正是起地瓜瓣苞米的时候，雷锋有空就来给咱家干活，搬石头、砌猪圈墙、刨地瓜、瓣苞米，他还给我奶奶抓虱子，把从厂子食堂里买的大馒头分给大家吃，自己吃家里的窝窝头。他左看一圈右看一圈，看到家里少了什么下次来的时候就都带过来了。

那天他跟我爹说，明天晚上我演节目，你去看啊？

我妈我爹都说，看看，咱一定下山去看。

我爹那天早早就把羊赶进羊圈，换上过年穿的衣服，他还刮了胡子，嘴里叨叨着，我大儿要演节目呢，那天雷锋演的节目是旱船小毛驴。

2013年的那个夏天，我和李景春、刘晓强跟在吕学广的身后走向大山。那里，有他倒塌的老家遗址。

我之所以提到摄像老师李景春、后期制作编辑刘晓强，是因为那时是2013年，晓强还活着，李老师还没退休，而此时，李老师退休，我的晓强弟弟突发心梗离开人间，他是那么好的一个小伙子，现在，只剩下我。

我的泪不听话地掉下来。

时间的洪水，它面无表情地冲走多少岁月啊！

倒塌的曾经充满笑声的家如今已成废墟，仔细寻找，会发现做饭的灶坑，被烟熏黑的墙壁，还有炕的痕迹，一切似乎都会复原，似乎1959年瞬间就会呈现，我只需将头扭向通往山下的小路，就会看见那个南方大孩子正飞快跑来的身影。

到了，这个地方就是我的家，这是生我养我的地方。咱们姊妹几个都出生在这个地方。我家屋小，进门就是炕。雷锋跟我垒猪圈就在这地方，我搬石头他砌，能有五六天才砌完事。猪就不跑了。我爹说，亏这孩子还会砌猪圈，他那么瘦小，怎么那么有劲啊。雷锋说，你别看我瘦，我有劲。雷锋说"我有劲"，他的南方话说得可有意思了，"我有劲"。

后来我爹就去找大队去了，说这小伙子这么好啊，咱们穷人家也不值得他这么一趟趟的，他老来帮我干活。大队干部说那你得去找焦化厂去，我爹就找到焦化厂的支部书记，书记说不知道这个事啊，妥了，明天我就给你上宣传榜，咱们不知道雷锋和你家这情况啊！

站在那里我想，这命运的手该是多么奇妙。

他是怎么安排那个孩子从遥远的南方一路走到这里。他要穿过多少的山峦江河湖海田野才能到达这里，才能与吕家人有这样的相遇？那块大青石是雷锋和那个10岁孩子的情谊见证，如果它会开口说话，它一定能告诉你，吕学广是这世上最幸福的孩子，因为他有个这样的哥哥。

我和雷锋就在这个地方，他辅导我写作业就在这个地方。

他在我的作业本上批改错别字，给我判分。他说学广你告诉我，是先有国家还是先有个人家？我合计一下说先有个人家。那时我是个小孩儿，合计不是个人有家就好吗。他说你错了，有了国家才有个人家。

哥哥仰望凝视着天空，小孩子不知道他在想什么。

是的，没人知道，他此时，已经有了更远的远方。

第七章
温　暖

他们与一个人曾深深浅浅地撞了个满怀　或爱或不爱或擦肩而过或用力拥抱　用自己的不能重复的人生　讲述着他们所认识的那位年轻人

转眼，弓长岭已经是11月末了。

下过头一场雪，地面已开始结冰。

雷锋所在的青年突击队，抢修完最后一栋宿舍，大家就高高兴兴搬进了新修的房子，就盼着新建的焦化厂早日投入生产，好大显身手。

雷锋帮小易搬行李，还是南北大板炕，中间火墙，暖和一些。

安顿好铺位，他们坐在暖烘烘的火墙跟前说笑。

我问他，焦化厂投产以后你是怎么打算的？

他看着我，只是笑，不肯说出自己的想法，而且他那含笑的眼睛里分明流露着一种难以琢磨的神情。看着他的眼睛，你一定会发现，他区别于你周围几千里以外的任何一个人。我有些急了，光傻笑什么，你说呀。

他倒反问起我，你呢？你是怎么想的？

他收住笑容，还没等我回答接着说，小易我告诉你吧，我想去当兵。

当兵？我一下子怔住了。你怎么突然想要去当兵？他看我如此吃惊，就拍拍我的头说，当兵，不是突然想的，是我从小就有的愿望。

我是孤儿，是毛主席共产党救了我，供我念书，又工作两三年。

我非常感谢共产党，感谢毛主席的救命之恩，现在的幸福生活来之不易，这幸福是需要保卫的。现在征兵工作就要开始了，我准备报名。

1959年这一年的冬季征兵，是沈阳军区遵照国防部的指示，从11月中旬开始向各市县兵役局（武装部）做了任务下达和工作部署。

这也是实行义务兵役制和军衔制后，国家组织的第五次征兵工作。

征兵对象是1940年1月1日至1941年12月31日期间出生的男性公民。雷锋出生于1940年12月18日，正是适龄青年。

12月3日下午，焦化厂召开了全体职工动员大会。

会上李钦荣书记在动员报告中讲了征兵工作的重要意义，并号召适龄青年积极报名应征。书记的话刚说完，你一定会知道，谁，又第一个站起发言。没错，就是他。

12月5日，《弓长岭报》第一版报道了《焦化车间召开动员大会》。

报道是这样写的：

焦化车间根据党委关于1959年度征兵工作布置精神于12月3日召开了全车间职工大会，党总支李书记在会上作了报告，当场就有十几名适龄青年向大会提出了决心书。

特别是共青团员雷锋同志在会上表示决心说，我是个孤儿，我的父母都是被旧社会折磨死的。是党和毛主席把我培养大的，因此我要报名应召，做个人民好战士。相继有很多适龄青年都在会上表了决心。

他们每人的发言都很激动，会场响起了春雷般的掌声。

接二连三的就有30多名适龄青年拥向台上抢着报第一名。

动员大会就在这样振奋人心的气氛中胜利结束了。

事实不是这样的，小易再次给我解释：

那个时候当工人很光荣，工人阶级那时候是第一，那时工人都不愿意去当兵，当工人挣得也多，一个月38块5角，在部队才6块钱。

但雷锋就是要去。他表现出的决心异乎寻常的大。

那天傍晚股长陈日东去食堂吃饭，正碰上雷锋从食堂出来。

那孩子一把拉着他的手。

陈股长，我是你从鞍钢化工总厂接来的。

你是了解我的，这次当兵我决心下定了，坚决去保卫祖国。

我说现在征兵才刚刚开始，必须通过市兵役局和新兵体检站进行身体检查之后才能确定。我就跟书记说了这事儿，他们也在谈论小雷，说这孩子要求当兵的愿望怎么这么强烈啊？也难怪，如果我们要是知道雷锋在故乡10岁和14岁时的事儿，我们就不会奇怪了。我说他的政治条件和他的决心都比别人好，但他的身体条件恐怕不一定合格。书记就说让他先检查，再说。

李书记找了雷锋谈话。

这次谈话与雷锋在从湖南即将来东北时与赵阳城的谈话如出一辙。李书记说："小雷，你想好了没有？当兵不但比你现在工资低，还很艰苦呢，你受得了吗？"那会儿，书记真的是太想留下这个孩子了。

他给雷锋算了一笔账，尽管算账不是他喜欢的事情，可是为了留下这个难得的人，他不得不扮演一个近乎市侩的人。

雷锋这时的工资是38.85元，加上奖金有40多元。

而部队津贴每月只有6元，去了一定是很苦很苦的。这样的计算显然也没有任何作用。那个孩子声音朗朗地表明自己的决心："旧社会我什么苦没有吃过？新中国只有享不完的福，没有吃不完的苦。"

1959年12月4日，天还没亮，雷锋就醒了。

这个人，到了青年也和少年一样，保持着闻鸡起舞的早起习惯。

今天一清早，我就到车间报了名。那时天还没亮，哪知道回收工段适龄青年马守华同志比我更早，头一名让他得去了，真想不到我报的还是第二名，头一名让他得去了。

写到这儿，我忍不住笑了起来。

我能想象他当时沮丧的样子，这个极度要强的人啊，仅仅就是一个报名他也是要争的，在这样的人面前就是横着万水千山，对于他，也只是虚设。现在，我不再为他担心，就算是李书记设下几步难走的局。

我想，也没法绊住这只鸟要冲上天空的愿望。

12月3日，当我在焦化厂工地听了李书记的征兵报告后，我的心激动得无法平静下来。夜深了，我翻来覆去睡不着，从床上爬起来，跑到车间办公室，叫醒了李书记，问他我能不能报名参军。

李书记说怎么不能？像你这样年轻力壮的小伙子参加解放军是顶呱呱的呢！他仔细看我一眼说，哎呀你怎么没穿棉衣就跑来了？外面正下雪，不冷吗？李书记顺手把一件棉衣披在我身上，告诉我天亮就报名，让我先回去休息。我回到宿舍，就坐在桌旁写起入伍申请书和决心书。参军，这是我从小就有的愿望，当我在入伍登记簿上写上我的名字，并特别注明我坚决要求参军时，一段辛酸的往事涌上我的心头。

那时我虽年纪小，但对那些要命的野兽般的地主和黑暗的旧社会是多么恨之入骨。那时我真想，要是有亲人来搭救我，给我一把钢枪，我一定能粉碎那些狗豺狼，为爹妈报仇！伟大的党啊，您搭救了我，给我吃的穿的送我念书，戴上了红领巾加入了共青团，参加了祖国的工农业建设，一天天地成长起来。【略】今天您需要我，我一定挺身而出，不怕牺牲和一切困难，永远忠于您，忠于人民，继承长辈的革命传统，为建设现代化的强大的国防军，为保卫社会主义建设、保卫世界和平，我要把自己可爱的青春献给祖国最壮丽的事业，做一个真正的共产主义战士。

这篇一气呵成的激情澎湃的文字无疑是打动人的。

矿征兵办的人看完就说："雷锋写得好啊，给适龄青年带了个好头啊。"就建议雷锋给矿报送去，这让雷锋更高兴了。

《弓长岭报》的编辑刘永春接待了他。

我对雷锋写的这篇稿子印象很深刻，《我决心应召》是用一个（俄）文本纸写的，字写得挺好，就是歪字，我只改了几个错别字，基本上原文刊登。12月10日，文章发表在弓长岭矿的矿报的第二版上。

接下来，雷锋至死也不知晓的曲折便开始了。

2013年的11月末，我和小易坐在窗前，我们谈到雷锋的参军。

我说，这也是我在心里憋了许久的话。

我说："如果当初你们大家一起阻拦他，也许他就不会死了，在工厂，他不会去指挥倒车吧?"小易笑了，那是无可奈何的笑："你根本不知道他有多倔，他要是想做的事谁也拦不住啊！你别看他整天笑呵呵的，上来倔脾气就不是平时的他。"我和小易望着窗外，不再说话。

窗外，那个倔强的小伙子正匆匆跑过。

他正忙着去打听什么时间体检报名。

到第三天，我们就开始检查身体。

在检查的时候，我很早就跑到了体检站。原来我们厂里跟我讲，明天准备派车把你们送去。我怎么也等不得了，半夜爬起来就往那个体检站走。我想体检我一定要搞第一名，第二天半夜我就起来去体检，传达室不让我去，我说是起来解手去，出了大门正碰上一个军车，我就把手一招军车就站下了，我就和他们讲解放军同志你这车到哪去呀，他说他到辽阳去，我说我快要入伍快要当兵了，准备到辽阳去检查身体，想搭你这个车去。那个解放军同志非常好，他说那行啊将来我们都是革命战友了。

这样我就乘车到了辽阳体检站。

而小易的心，此时成了一堆乱麻。

那几天，领导派我回鞍钢办事，我见到了杨必华姐和张月棋姐。

我知道她们都关心雷锋，我就把他要去当兵的事说了，她们听了非常高兴。杨姐说，雷锋当了兵，一定是个文武双全的好战士，将来准能当英雄。你回去代我向他表示祝贺。张姐捉弄我说，雷锋到矿山工地，你也跟去矿山工地。他现在要去当兵，你也跟着他去当兵吧！

我虽然嘴里没说什么，但是心里还真是这么想的。

我还真的去问了，结果被告知今年不招女兵。

如果征兵招女兵多好，我也一定报名去当兵。

这会儿，李书记正和陈日东在办公室商量该怎么应付雷锋。

那天李书记拍着雷锋的肩膀："我一定大力支持你的行动，想办法送你去参军，成为一名战士。"话的确是这么说的，但他是那样不舍得这样好的小伙子离开工厂，用他的话说是百年不遇的好小伙子，可不放他走吧，又很难说服他。他们查阅雷锋的档案，全面分析雷锋的情况。一致认为应采取三招合情合理留下雷锋。一是雷锋身体条件不如别人好，通过体检留住雷锋；二是赞同去找市人武部通过领导说服留住雷锋；三是以档案不全为由不出具政审表留住雷锋。

2013年，我和小易在军分区招待所的窗前望着。

望着蒙在鼓里的那个天真的大孩子在1959年的路上喜悦地奔跑着，他奔跑的姿势就像一只要展翅高飞的鸟。

弓长岭镇工委原主任兼征兵办主任曾宪茹在2003年这样说：

当时全镇总动员，任务量很大，全民在职的职工也在征兵范围。

12月下旬进行体检，体检站设在小屯，给我镇安排三整天。

全天检查我们镇的适龄青年，矿山出的大汽车接送。还带了文艺节目给等待体检的青年们观看。

12月22日，辽阳小屯一个小学校，新兵体检正在进行。

雷锋第一天参加体检体重不够，确定为不合格。

伍哲明，军医，1959年末随驻营口工兵第十团的接兵营到辽阳市兵役局负责应征青年的资格认定和体检工作，他目睹了雷锋体检的那一幕。

只见他在称体重时身体往下使劲压，但还是距离55公斤的标准少了2公斤。我在现场看到他体重不达标，立即告诉他不要再往下检查了。

没想到雷锋一听我的话急得都要哭了。

他连忙对我说，医生，我是早晨没有吃饭就来体检了，如果我吃了早饭体重保证能过关！他这一句天真的话把我逗乐了，我笑着说你的肚子好大呀！一顿竟能吃2公斤饭，真了不起。

雷锋认真地说，医生，我真的很能吃！

我也认真地说，你还是回去吧，等明年体重增加了再来吧！

雷锋作为体检编外人员，心情是很低落的，那天他急坏了，等待体检的人三五成群闲谈，雷锋拿起笤帚扫院子，挨个扫教室临时宿舍。

于泉洋，也是弓长岭铁矿的。

但他与雷锋并不认识，只是对他的名字特别熟悉。

这天，他也在等待体检的行列中。

我们这些应征者，绝大部分是巴望体检合格，光荣地参军入伍，但也确实有个别的人不想当兵，所以在体检时是故意装听不见，故意装看不见。而雷锋，不仅是希望体检合格，简直就是非当兵不可。

那天他一到体检站就在教室用粉笔写下"我志愿参加中国人民解放军！保卫共产党，保卫毛主席，保卫祖国，把我可爱的青春献给祖国最壮丽的事业"。当时谁也没想到做那样的事，就是想到了也不敢写。

一是字写得不好，再就是也没那个出口成章的水平。

他写字说话，尤其是那些富有哲理带诗意的语言一般人是难以比的。

这个时候，雷锋参军的关键人物之一出现了，他叫戴明章。

戴明章，1930年生于辽宁本溪，毕业于东北军区军政大学。1949年参军，1953年3月加入中国共产党。在雷锋生前所在团任军务参谋，是接雷锋入伍的当事者和经办人。

戴明章在辽阳小屯新兵体检站写下日记：

今天进行体检的新兵除邻近农村的外，主要是弓长岭铁矿的应征青年。

小学校的操场上，一大伙人围着一个不太高的小伙子，听他挥舞着小拳头大讲家庭如何贫困，怎样受日本帝国主义压迫，表示参军是为了保卫祖国、为阶级弟兄报仇，等等，慷慨激昂。他见我凑拢过去便靠近我，用手拉着我的衣襟，死命地纠缠住我，非要我批准他当兵不可，逗得周围的人们笑起来。我询问体检组这个青年的名字，有人告诉我叫雷锋。

看得出来，他是一个好青年。

这就是在当天，戴明章有感而发，随意所写下的日记。

辽阳武装部的曾宪茹也在围观的人群里。

当天辽阳市武装部傅部长就把我找去，问那个叫雷锋的家史是不是真的那么苦？他父亲是否真的是被日本鬼子打死的？母亲是否真的是被恶霸地主逼死的？我说具体的谁也叫不准。傅部长说，你们再查一下。

如果雷锋家史是真的，少2公斤体重，我也保送他当兵。

雷锋那天在操场上讲述了他的家史。

于泉洋和几个青年都掉了眼泪。于泉洋回忆说：

起初，我们为他苦苦央求当兵感到可笑。后来听了他的苦难家史我们都不笑了。在场的都看得出来，那位领导也很感动。

这个时候，乔安山也在体检行列。

乔安山，是与雷锋有着太多生死纠结的人。

他现在在全国各地做报告，报告有许多的版本。

我相信他在1993年的讲述是最接近事实的。

入伍前，我和雷锋都是弓长岭铁矿的工人。

雷锋在焦化厂当推土机手，我在第二炼铁厂当炉前工。

我们彼此都认识但不熟。他个子比较矮，又是开推土机的，很多人都知道他，像冒雨抢救水泥的事，我们矿里有个小报也登载了。

我们这些报名当兵的在征兵干事的带领下，坐上运兵的大卡车，来到辽阳小屯征兵站体检。许多项体检项目我都是第一次做，医生给我量血压，我都不明白究竟是在检测什么，那些仪器都是第一次见，我的身体一直非常好，一切检查我都顺利通过了。

吕家人也在等着雷锋的好消息。

等啊等啊，一直等到太阳落了山，才看见了雷锋没精打采的身影。

晚上回来雷锋告诉吕家人体检又没合格，雷锋说着说着就哭了。

兵役局在目测时就把雷锋给淘汰了。

我哥身高不够体重也不够，就不够，就差几斤。

我爹说这孩子这么想当兵，这么个态度怎么就不让他当呢？不行明儿个我领你去。奶奶说得了你别哭了，就叫我妈给他做点小豆饭，硬铮铮的多吃点不就长分量了吗。雷锋说差好几斤呢，我也吃不了那些东西啊。

其实我爹不喜欢雷锋当兵，为什么不同意？我说大实话，当时我家劳动力少，我爹就不乐意让他去当兵，我爹挂着让他干点活。

雷锋说等我当完兵我一定回来给你干活来，这次你高低得让我走。

我爹那时的意思要给他搞个对象，搞个对象不就把他给拴住了吗？

雷锋就对我爹说毛主席就是他的爹妈，党就是他的爹妈，要不他为什么说报恩呢。雷锋要当兵的思想就是要报恩，报效国家，报效毛主席。

雷锋不会就这么认输的，他要做的事，就一定会成功。

1959年12月10日，雷锋去了辽阳市兵役局，与一位中校见面了。

这就是余新元。

雷锋在报告里这样讲述当时与余新元见面的情形：

一进门他就问，小雷你怎么这么早？

我很奇怪，说你怎么认识我？他拿了一张登了我的报纸给我看，说你那次搞劳动就认识了你。他讲你在报名前不是写了一篇稿吗？在报上已经登出来了，我看到了就上你们工厂去了，还见到你在盖房子。

我让厂党委书记介绍了你的情况，就这样认识了你。

他把我带到办公室问，你为什么要入伍？我说为了消灭帝国主义、解放台湾同胞，一定要当解放军。保卫祖国，捍卫边疆不被侵犯。

事实不是这样的，真实的场景是这样的：

12月10日，兵役局和接兵部队在第一轮目测时就把身材矮小的雷锋淘汰了，让雷锋好不沮丧。他向厂里请了假，从弓长岭走了几十里路来到辽阳市兵役局。为了等着见政委余新元，他甚至在值班室里蹲了一宿。

余新元这样说：

1959年时我军衔是中校，雷锋是鞍钢弓长岭焦化厂的工人，他就来要求报名参军。他为啥来辽阳人武部报名？因为鞍钢焦化厂是在弓长岭，而弓长岭这块的地盘归辽阳管辖，所以鞍钢焦化厂在弓长岭片的预征青年就都得到辽阳报名。雷锋因好几项指标不合格，评议时就被拿了下来。

第一次雷锋来找我，我没在。

雷锋来的那天余新元的确不在。

这个倔强的孩子就在值班室蹲了一夜，等候余新元的出现。

第二天早晨，他们见面了，见面的时候余新元是没有笑容的，更没主动打招呼，余新元开始给我讲述：

他问我，你是这儿的什么首长？

我说你是哪儿的你问我这个？他说我是弓长岭焦化厂的，我叫雷锋。我说你什么事啊？他说我要当兵。我说你要求当兵在你单位报名就是了，你上这儿来干什么？他说我在单位报名了，报名嫌我个儿小把我评议下去了。我说那我可没有办法，你个儿不够你能马上长到一米六啊？你也蹦不起来，那有什么办法呢？我很客观地说明了部队要好中选优的原则，我希望这个叫雷锋的小孩儿知难而退。

那时我还不了解他，不知道雷锋不会放弃他的梦想的。

因为接待他我一个多小时的时间就浪费了，说了半天见雷锋还是听不进去劝，我心中起了反感，可我又不好流露出来，于是改变劝阻策略。

我要雷锋先回工厂，我说如果工厂不同意，你也不能直接参军。

这个雷锋很厉害啊，他说我明天还来。

我说你明天别来了，路这么远，我不是给你讲清楚了吗，你还来干什么？他很固执，不远，我明天一早还来，一定来，他就走了。

雷锋走后，余新元立即打电话给焦化厂的李书记。

他说，你们厂的雷锋非要参军不可，但他身体不合格我们不能接受，希望你们劝劝他。李书记说既然身体不合格，我们也绝不同意他参军。

李书记的劝阻显然丝毫没有弱化雷锋参军的决心。

这个雷锋真厉害啊，第二天他真的来了。

第二天上午我刚进办公室，雷锋拎着一个小皮箱已经站在那里等我了。你要知道弓长岭到辽阳那可是几十里的路啊。

那时的交通又不像现在这样发达。

他站在我面前就说，首长我了解了，您是兵役局的，当兵的事儿您说了算，政委，我把我全部家当都带来了，这回您让我当兵我当，您不让我当兵我也当。叫不叫当兵我都不走了。我心想，怎么这人还讹上我啦？

我说小雷子你现在一个月38元8角5分的工资，不是挣得挺多的嘛。现在全国是困难时期，有的地方连吃糠都吃不上，你为啥还要去当兵？

雷锋立即批评我，首长你的说法不正确！现在美帝磨刀霍霍，蒋匪也叫嚣反攻，这个时候我报名参军就是要到前方打仗，要给我的亲人报仇！毛主席都说分前后方，我非到前方去不行，我到前线才能真正实现我远大的理想。这么一个小青年居然敢批评我说得不对。

我是想发火的，可在他的这一番话后我一时竟没了脾气。

我低头看见了他放在地上的皮箱，我说你把那个箱子打开，我看看那里面都装着什么金银财宝啊。

他把箱子打开了，箱子上面放着《毛泽东选集》一至三卷，下面放着一件皮夹克、一件毛背心、一条料子裤，还有牙具什么的。

我把这一至三卷拿出来看了看，几乎每本书上面都画上了红道道蓝圈圈。他把所有的文章都看完了，重点文章像《纪念白求恩》《为人民服务》雷锋做了很深刻的眉批，写了许多的感言和体会。

我翻阅着这些书先是吃惊，接着变成了震惊。

在那个年代单是以雷锋的年纪如此注重政治学习，积极要求进步，实在难得。我对他的态度起了变化，这一点我自己都感觉到了。

我不再着急打发他走，而是坐下来开始和他说话。

我说你这个小孩儿不简单，把毛主席的著作能学到这样的程度，你是了不起的。他说还不够，还要继续努力学习。

说着说着时间就到了中午，到了该吃饭的时候了，1960年吃饭的时候没有粮票是不行的，上哪儿吃去啊？我就让他上我家吃去，其实那会儿我犹豫了一下，那时正是没粮吃的时候，我自己就一大家子的人，有一堆孩子张嘴要吃的，你说再去个雷锋……

我犹豫片刻说走吧，我家就在后面。

后来我发现这个孩子的饭可是真不白吃。

他的勤快让所有的人今天回忆起来还是感慨，雷锋一刻都不闲着，什么活都抢着干，无论是兵役局的玻璃还是余新元家里的玻璃，雷锋都擦得锃亮。整个兵役局三层小楼的卫生他都包了，兵役局楼上楼下没有不喜欢他的。很快，雷锋和余新元的爱人相处得亲如母子。

有天我老伴说给雷锋改善伙食，就包了菜包子。

那时的菜包就是整个榨菜团子上面包一层薄薄的苞米面，放一点盐，这就算改善伙食了。吃饭的时候我随意问，雷锋你爸妈呢？你要求当兵这么积极，你家里人都同意吗？他把菜包放在桌子上，哭了。

我说你哭啥？他说，余叔叔，我没有家。

这是雷锋在北方第二次讲述苦难。

那时，他讲述的目的只是倾诉。

雷锋的讲述，让余新元开始有了真正意义上的怜爱。

我这才知道，他爷爷被地主逼死了，父亲惨死，母亲不甘忍受地主凌辱自尽了，哥哥当童工累死了，弟弟饿死了，他7岁就成了孤儿，没家了。

这时我才知道，总是笑呵呵的雷锋竟这样的不幸，一家六口只有他一个人活了下来。他这一哭我这心里就酸，因为我家和雷锋家差不多。

我是甘肃省静宁县的界石铺人，9岁时母亲被土匪逼得跳井了，父亲带着我们6个兄弟姐妹艰难度日，3个妹妹2个饿死了，最小的妹妹送人了。我俩的苦难童年差不多，所以是阶级感情把我们两个人连在了一起。我无法想象，一个7岁孩子是怎样挣扎活到了解放。

他当兵的目的并不是要为了他自己得到什么，这是我后来一定要帮他的主要动力。雷锋自己也讲他要上前线去保卫毛主席，这是他活着的生命里最单纯的想法，是毛主席给了他现在的新生活，他好像只有这样才能成为真正意义上的卫士。就是从这时起我开始在思想感情上同情雷锋。

雷锋是真心要保卫祖国，思想这么纯正，又是这么苦的一个孩子，我得想办法让他当兵。我下了决心一定要帮助他，想尽一切办法要帮助他。

这一天，已经是12月20日了。

雷锋走在返回焦化的路上，远远望见焦化的烟囱。

他已经认定自己会参军成功，一定会离开这里的，他站下了，这个青年居然有了离别的愁绪，这个愁绪与一年前离开望城县是一样的。

他站在那里凝视着。

明天是弓长岭焦化厂适龄青年体检的日子。雷锋不知道，自己能否通过这一关。

20日晚上，股长陈日东就对食堂班长贾福林安排日程：

"明天是应征青年体检的日子，早7点必须到小屯新兵体检站去检查身体，明早先给我们开饭。"

12月21日，一大群应征青年涌进了食堂。

人们心情很愉快，因为他们被告知今天的早餐是免费的。在喧哗的欢声笑语里，贾班长宣布："今天白糖酥火勺每人两个，另外每人还有一大碗肉片酸菜。"雷锋没怎么说话，他专心地吃着。他不光吃完他的那一份饭，还多喝了一碗没有菜的酸菜汤。

今天的早饭他必须多吃，多一两就意味着离胜利前进了一步。

股长陈日东的回忆还在继续：

我们到了小屯小学校体检站，那里已经站满了人。

我们一下汽车，就有老百姓说，快瞧，那个小个子就是雷锋。我很奇怪，他们怎么会知道呢？就有几个大娘说，这个小伙子在这里讲过他家的事，他命可苦啦，还是个孤儿，就是说话太快我们听不太懂。

这时我才知道雷锋不但来过小屯，还去过兵役局找过余政委。

8点10分，体检开始了。

弓长岭矿应征青年集中在一个大房间里，青年们有说有笑地挤在一起。这个时候，雷锋却东走西窜。受检的青年都是各单位选拔来的，身体个头都符合标准，唯独雷锋身轻个矮，他自己也怕检查不合格，能看出来他很紧张。雷锋对这段经历自然是记忆犹新：

后来他（余新元）带我去检查身体，检查血压的时候，那个医生对我说，小鬼呀，你的血压怎么这么高啊，不行了。当时我的心像压了一块石头一样，我很怕不能合格。后来我就跟他们讲，我等一会儿再检查好吗？医生们同意了。

第二次检查，血压还是很高。余政委来了，和那个医生讲这个小鬼昨天晚上没有睡好觉呢，可能也跟今天早上还没吃早饭有关系。我听到这么一说心里非常高兴，感谢这位首长对我的关怀，第三次检查的时候血压就下来了。

接着检查身高，我怕不够高，趁医生不注意就把脚踮了起来，我往秤上一站只有106斤，我就对医生讲我还没吃早饭呢。他说你怎么不吃早饭，我说我太高兴了吃不下呀，那个医生笑了。

雷锋又把没吃早饭的旧情节搬了出来，剧情正在平静进行。

雷锋和医生正笑着，身后有人开口了：

"谁说你没吃饭？早上我明明看见你吃了两个火勺，还多喝了一碗酸菜。"说话的是陈日东。不用猜，我已经知道了雷锋和医生的表情。

雷锋在这里的讲述是轻描淡写，他的曲折故事还在继续。

余新元还在讲述雷锋体检的曲折。

体检结束了，雷锋没有合格。他的个子不够高，体重还不够55公斤，雷锋身高1.54米、体重53公斤，还有鼻窦炎，这些都不符合新兵身高1.6米、体重55公斤等身体条件。

体检结果报到负责主检的吴春泽院长，他签上了"不合格"三个字。

我看着戴明章，戴明章也看着我，戴明章说我知道你啥意思，但不行啊！他个头体重都不行，还有鼻窦炎，检查的结果一切都不合格。我拿着体检表让雷锋看，我说孩子你一切都不合格，怎么去？雷锋哭了，边哭边说，首长我还是那两句话，让我去我也得去，不让我去我也得去！

那一刻余新元比他还痛苦，这种痛苦，是余新元从没有过的。

他开始打电话找人，包括体检医生，而这种举动也是他从未有过的。他决定争取市委支持，让辽阳市委表示一个赞同意见。因为当时管理体制是向部队输送每个新兵都必须经过中共辽阳市委批准。

这里，我们不能不提另一个关键人物，这就是辽阳原市委书记曹琦。

曹琦这个人一生认真，是个极讲原则的人。

余新元第一次向曹琦汇报雷锋之事，是在汇报整个征兵工作时顺便提了一下，他想先摸摸曹书记的态度。

曹琦沉吟片刻："年轻人想参军是好事，是要求进步的表现，但身体不合格也不行啊，你们再劝劝他，等过一年个子长高点再来。"

余新元第二次向曹琦汇报雷锋之事，曹琦态度与第一次差不多，但对雷锋的思想境界给予了高度肯定："这个孩子政治上很要求进步，出身又苦大仇深，热爱党热爱毛主席，尤其是热爱解放军，你解放军不要还行啊！"

余新元也真是不肯善罢甘休的人，没过多久就又有了第三次。

第三次向曹琦汇报时，他不再是三言两语了，而是坐下来喝起水来，他知道曹琦忙，但他实在不能再含糊地拖延了，两天后接兵的队伍就要出发了。余新元边喝水边把雷锋家境、工作状况、政治表现，尤其是学习《毛泽东选集》的情况以及那些日子雷锋在余家和兵役局的表现做了仔仔细细的介绍。

那天，他好像喝了几大杯的水，一直把曹琦桌上暖瓶的水全喝光才停下。后来的事实证明，这些水没白喝，两个小时过去了曹琦下了指示，先给雷锋体检一下看看到底差多少，再与部队接兵的同志沟通一下。

余新元第四次走向曹琦办公室的门时，甚至有种壮士一去兮不复返的悲壮。事实上，他真的是豁出去了。

为了这个原本一个月前还素不相识的年轻人，他真的要求人了。

你要是爱一个孩子，就得用党性责任来承担，我不给他创造条件他去不了。我为雷锋当兵承担了很多政治责任，甚至我都公开告诉体检员，上面问起你做的那个假的体检表你就说是我让你做的，开除党籍首先开除我。

雷锋他为什么给了我这样一个决心呢？

他非常苦啊，他非常可怜，他憨厚善良，他走到哪儿就把好事做到哪儿，他做的这些事太感人了，旧社会给予他很不公平的人生，为什么到了新社会我们共产党领导的国家不能给这样苦难的孩子一个发展的机会呢？

为什么不可以成就他一番呢？而且他的这些要求都是正义的要求。

他不是为了别的，不是为了个人的某种私欲。

他是真正透明的人，他不是那种龌龊之人，他是那样简单可爱的人，所以我应该承担帮着这个孩子的责任。我要给他一个希望，让他走向他愿意走的光明大道。

这些话，你一定很难相信是一位90岁老人说出的话。

那声音清晰坚定掷地有声，它的确是90岁的共产党员的话。

屋子里所有的人都热血沸腾。

那一瞬间我发现，共产党人，真的是这样的伟岸高大。

最后一次去汇报雷锋参军之事时，余新元是和戴明章一起去的。

这样做，寓意是很明显的，他们要让曹琦重视起雷锋这个孩子。

曹琦同志二话没说。

他从办公桌后面站了起来，明确表态，政治条件很重要，要比身体条件更重要。雷锋是个难得的好青年，人民解放军太需要这样的接班人，何况雷锋还是个孤儿，从小吃不饱穿不暖，他哪能不瘦不矮呢？个头矮一横指，他还能长嘛。曹琦书记手指敲敲桌子，语气坚定。

你们再与部队的首长沟通一下，就说我曹琦请他们特殊考虑一下雷锋。

我得到了主管领导的支持，同所有部门协商的口气也硬了起来。

我先找到吴春泽，请他改写体检表。吴春泽说你是政委，是掌握征兵政策的，你叫我把一个不合格的兵办成合格的兵，我负不起这个责任。

我就做吴院长的思想工作，中央军委说的征兵合格，我领会的是政治上和身体上的合格，二者统一起来才叫合格，身体是肉长的，是自然规律的发展，他才20岁，还是长身体的时期。吴春泽想想问，叫我写合格可以，如果上级追究责任怎么办？

我拍着胸脯郑重地说，我以我22年的党龄担保，如果上级追究责任就说是我让你办的。于是吴春泽拿出新的体检表让各科医生重新填写。

最后他签上，这个应征公民，基本合格。

12月27日，雷锋收到了辽阳市人民武装部为其签发的"入伍通知书"。

但这个通知书并不代表雷锋当兵已成定局。余新元这样给我解释：当年适龄青年体质普遍较差，每100名新兵中留有8个预备兵员，入伍后一旦由于身体等原因退兵，就用预备兵顶替，预备兵也发"入伍通知书"。

事实上雷锋就是其中的预备兵之一。

但是，即便是这样，这张薄薄的纸片也让雷锋欣喜若狂。

在他看来，这就是正式踏入军营的通知书。没有人告诉他，小伙子，你好像高兴得早了，后面还有一堆的罗乱呢！其实，就是告诉他，他也会笑笑。他会说是吗，我不在乎，我不怕。

他第一件事，先是到矿党委尹守烈书记那里报了喜讯。

在这征兵期间，他第一个去找的是尹书记，一遍遍地表达他要当兵的强烈愿望，现在，这张纸发下来了，他的喜悦似乎应先与书记分享才对。尹书记并不清楚这张入伍通知书还有那么多的含义，他亦认为雷锋当兵的事已经板上钉钉，他真心地为这个孩子努力的结果高兴。

尹书记马上给焦化厂的领导打电话，要求他们准备一桌饭，他要过来和焦化厂的人一块儿欢送雷锋当兵。

那天的喜悦还在继续。

从尹书记办公室里出来，雷锋要见的第二个人就是他的湖南老乡小易。她看见他欢天喜地地冲了过来，他总是在跑，像风一样。

雷锋那高兴劲儿就不用说了。他满脸是笑跑来对我说，小易，"入伍通

133

知书"我拿回来了!

我分享了他的那份喜悦。

但我绝对没有像他那样的狂喜,我知道他这段时间都是怎么过的,他这个兵当得太不容易了。焦化厂舍不得让他走,身体检查又不合格,为了能当上兵他不知跑了多少路找了多少人,急得满嘴是泡,直到最后才实现了他的愿望,这个曲折过程我看在眼里痛在心里。

那会儿我甚至盼望他就检查不上,这样我们还能继续在一起工作。

我帮他整理行装的时候,他把自己穿用过的旧衣物包了一包,托我代他送给姑嫂城生产队的困难户牧羊老人吕长太。又把我给他拆洗过的被叠得整整齐齐地交给我,当着大家面让我为他保存起来,过后悄悄对我说,小易,山沟里天气冷,不要再盖我那床硬撅撅的棉絮了。

我吃惊地问怎么你已经知道啦?

雷锋只是笑,你的心意我知道,你帮我拆洗被的第二天,趁你不在屋我去翻看了你的被子里的棉絮,你别以为谁都不知道。我不许他再讲下去了。

除了被子雷锋还送给我一张照片,这个照片署名叫影中人。雷锋给我写了一段话:小易同志,生长在毛泽东时代的我们,生活是何等的幸福,前途是何等的广阔,希望你努力地去追求它,向往它。

1960年1月2日早上,雷锋把不能带到部队上的东西包了一大包放在小易的床上,大家为雷锋当兵高兴,也为他和小易的分别而感到心酸。

这是余新元在1963年3月2日的座谈会上的发言。这个时候,毛泽东还没有为雷锋题词。这也是余新元首次向辽阳人民讲述雷锋的事迹。

那是1960年1月3日的早饭后,当雷锋知道我一个人掌管全市新兵被服工作忙不过来时,便主动征得领导的同意,来到大楼外搭的一个临时借用存放被服的简易教室里。西北风从窗缝里吹进来,屋子里空空荡荡冷冷清清,冻得我搓手跺脚。雷锋一进屋就找我要任务。

我指着眼前堆得小山似的旧军装对他说,为了给国家节约棉布,需要暂时克服困难，这批入伍的同志得穿这些旧的，其中有的原来就小，经洗刷后抽缩得更小了，需要马上拣出来加工得长些。

话还没说完雷锋已经领会了，他说声那咱们就动手吧，随后就跳上被服垛，逐包拆逐套选地往外挑小号服装。

干了一天，雷锋的头发热气腾腾地出了汗珠。

那年是自然灾害的第一年，没有什么新军装了，都是旧的军装，需要修修补补后再给新兵接着穿。军装不是裤子短就是裤腿磨破了的，100套里面有30套需要接袖、领子、裤腿。

雷锋和我们的助理员，用针线缝了63套军装。

雷锋啊，就缝这些军装，用针线一点点地接，那时也没有缝纫机。

针把雷锋那手啊，都磨出茧子了，有的手指扎出血了。

你说一个小男孩儿做着这些本应该是我们做的工作，助理员让我看雷锋这两个手指上的两个大血泡，这给我心疼的，我说孩子你太好了。我把他的手拿在我胸口焐了好一会儿，我非常心疼，这孩子不送他去，谁都对不起他。

1月4日，大家从附近生产队借了辆小毛驴拉的旧花轱辘车。

雷锋来帮助余新元把头天挑出的100条小号的棉军裤装上车，送到站前白塔被服社，小毛驴走了没多远，雷锋忽地跳下车，扶着车上的散乱服装走起来。有人问为啥不在车上扶着，他认真回答："你看小驴拉得这么费劲，我下来减轻载重不就走得更快些吗？再说要是累坏了社员的驴，也不好交代啊！"雷锋一直跟到被服社，卸完加工服装才肯坐上空车返回站里。

恰恰就在他离开的这个工夫，队里有27名青年被批准入伍，编到新兵连去了。雷锋顿时就急了，撒腿就往领导的办公室跑，余新元就坐在戴明章的身边。看见雷锋慌慌张张跑进来，他知道怎么回事，冲雷锋摆摆手。

不用雷锋说了，我比他还急。我说了，我一定要帮助他实现这个愿望。

这个快乐的情绪刚保持一天，麻烦又来了。

这本来是预备兵员最放心的一关，没想到却出现了问题。厂里保卫部门不给出具政审表，原因是1958年雷锋进厂时没有原始档案。

并不是没有档案，前面我已经讲述了原因。

雷锋在不长的时间里就被评为红旗手、先进生产者、社会主义建设积极分子等，给他们厂里争了不少荣誉。这样优秀的人谁希望他走啊！

李书记第一个不想放雷锋走，可他又是党委书记，又不好说别的，就想法儿设置这个障碍。档案丢了，接兵人员自然不肯接收也不敢接收。

这是一个至关重要的问题。在那时候，谁敢胆大包天地冒天下之大不韪，不按规定而接收一名未经严格政治审查的新兵呢？但此时雷锋已用自己的魅力感动了部队的每一个人。

这时的雷锋，无意间已经成了军地两方争夺的对象了。

焦化厂的说明是：

雷锋1958年来鞍钢的时候，他的原始档案没有随着带来，所以焦化厂不能为他出具政审表。组织部门已经向湖南方面进行函调了。

但是在没有得到回复之前，焦化厂不能出具政审表。

小易的心事被周围的人们看出来了。

就在他们分别的前夕，热情的团总支李书记和于姐把小易和雷锋找到一起，问他们在爱情问题上有什么打算，需要什么帮助。

我脸红了，一时不知该怎样回答他们。

雷锋却说，我和小易是同乡，从长沙到鞍钢，我们好得像兄妹一样，从来没有谈过这些事情，我觉得我们都还年轻，谈这种事还早。我参军以后，我们会继续互相关心、互相帮助的。雷锋就说了这两句话，我啥也没说。

"那么,"我问,"找你们谈话又是什么意思?真的是要把你们俩的关系定下来吗?""是啊,他要当兵走了啊!""那就定下来呗,有什么啊?"

"那不能。""你怕那样会影响他政治前途啊?"

"那也不是,雷锋的意思是说我们岁数也小,就没有说定下来,没说。等他第二次回来,这时已经晚了。就后悔了。"

"谁后悔啦?雷锋,还是你?""我们,是我们都后悔了。"

"也许是当时雷锋不敢说,也许书记只是探探你们的口实,并不是真的想撮合你们,所以聪明的雷锋不敢说。"我还在口齿伶俐地喋喋不休。

小易沉默着,半晌才说:"不知道。"

是的,不知道那时的人们都是怎么想的,谁知道那时人们的心思呢?

1960年,在经历了反右之后人们都变得缜密起来,即便是单纯的雷锋也不敢口无遮拦地信马由缰,那样的痛快之后等待他们的或许是无法想象的灾难。所以,他们只能沉默。

团总支李书记后来说,他当时提这个问题似乎冒昧了。

吕学广这样回忆道:

我哥当兵要走的前几天,我到宿舍看他,他说兄弟我有点儿事。

我说啥事?他说我有个小票夹子给你,你要替我保存着。我说在哪儿呢?他就从兜里掏了出来,我看了看说这也不是啥好玩意儿。他说你不明白,你给我保存,等我回来你再交给我,别给我弄丢了。

我说这有啥,也没有钱,啥也没有。他说哎呀你别说了,你给我留着就行了,我什么时候回来你什么时候给我就行,这个票夹你帮我留着,你千万要保存住。里面还有一封信,这封信我小孩儿念不下来,但我知道这票夹在雷锋心中是十分珍贵的,因为雷锋临走时一再嘱咐我这个票夹是传家宝,我当兵回来还要,你现在还小,等你长大了就明白了。

就这么的我就给他留着。

后来让我捐献我也没给,我说不行,人家雷锋告诉我了让我给他留着。

2011年，我在弓长岭雷锋纪念馆里见到了这个绣花的票夹。

我请求工作人员能否让我拿在手里一会儿，工作人员没有拒绝我。

我激动地将票夹捧在手里，那一刻，我感觉我是刚刚从雷锋手里接过。

这个票夹，是谁给雷锋的？是母亲圆满的？

母亲的信物为何要托付给一个10岁的小孩子保管？是哪个姑娘的？

51年了，无人认领也无人知晓，它将会是永远的谜。

1960年1月2日，雷锋当兵临走的那天，小易早早起床为他送行。

焦化厂派一辆大汽车送行，雷锋和几个当兵青年站在车前面，小易和厂里送行的人站在他们后面，团书记特意让小易给雷锋戴上光荣花。

小易，这个文静少言的姑娘，那天一句话也没说。

雷锋就要去部队了，我有好多的话要对他说。

可最终，我什么也没有对雷锋说。就是我给雷锋戴大红花。

戴花时，我心里特别激动。戴他当兵那个花，我哭了，都不敢去瞅他。那时候就是那么封建，也不知道是该笑还是该哭，更不知道对他说点什么。我都不敢，我都没说你给我来信啊，都没敢说，那会儿。

小易，你一定更希望听到的是那样的话。

那是你最渴望的，但他不说。为何你不说，雷锋？不不，他说了，他是这样说的："小易，不要总想家，要看到我们能站在祖国的建设岗位上该是多么幸福啊！要努力学习，好好工作！"这是女孩子小易想要听到的吗？是在那朦胧幸福与痛苦离别间拼命挣扎的女孩子小易此时想要听到的话吗？是说不出任何的话只有颤抖只有泪水只有沉默的女孩子小易想要听到的话吗？显然不是。

参谋戴明章在1960年1月2日的日记里这样写道：

新年伊始，人们都在自己温暖的家庭里，幸福欢快地过着新年。

担负接新兵任务的我们，一大早就冒着严寒由原住的市里第一招待所搬迁到了辽阳的南林子。这一天的上午，各地初检合格的新兵陆续来到了南林子报到集中。一时间南林子沸腾起来了。上午10时左右，弓长岭矿的新兵在大门外下了汽车，列队等候安排，我们出外欢迎。

该矿应征青年初检合格分配给我部的是21名，他们排成两路纵队。

雷锋走在最前头单人成行，因为年前在小屯体检站，我们之间已打过照面有过接触，所以这次彼此一见不由得都会心地一笑。

他的精神饱满，非常神气，露出充满幸福欢乐的笑颜。

他穿的是黑色皮夹克，左肩右胁系着红绸，胸前挂着一朵很大很大的大红花，下着可体的蓝色料裤，右手提着棕色小皮箱，脚穿双黑色高靿皮鞋，走起路来步伐雄健。他头戴顶黑皮火车头式的棉帽，额前露出一绺刘海，显得稚气而又天真，特别惹人注目，十分讨人喜爱。

各公社敲锣打鼓、穿红挂绿地前来欢送。

别人参军有父母、兄弟姐妹送，雷锋虽说是个孤儿，只有工作中结识的伙伴，没有别的亲人，可为他送行的人还真不少。

雷锋加入新兵队伍行列里去了，我们与他告别就回厂子了。

回厂的路上我心里热乎乎的，眼睛也是湿乎乎的，一言不发，总觉得身边缺少很多很多，我感觉从此少了精神上的支柱，少了一个好伙伴。

雷锋太兴奋了，没有时间顾及小易的悲伤。

那天他一直在和簇拥在他身边的人们说话，没注意到一旁沉默的小易姑娘。新兵集中后的第二天，陆陆续续换发了新军装。

但其中的一部分有的是身体条件一般，有的是政审方面缺乏必要手续。因此这些人统一被编入预备队列为复查的对象，在未最后确定之前则不能换穿军装，这一原因给工作增添许多麻烦。有找兵役局吵吵闹闹要求入伍的，也有找接兵人员求情的，这些人中，雷锋比任何人都显得紧张。因为他也被列入了复查的对象中。

这一点，雷锋也在后来的报告里讲述了他的焦虑。

1960年1月7日，我们工厂敲锣打鼓把我们送到了辽阳市兵役局。

到了那还要检查身体，大家都穿上了绿军装，我看到报名处没有我的名，听人说我不够格。看到他们都穿上了军装，我非常着急，跑到兵役局找到余政委。

我不得不承认雷锋的聪明。

他紧跟着兵役局的余政委一步也不离开，这是他最无奈的举措。

他采取抓住不放的对策，致使老政委无可奈何，只好给他临时选定了戴明章，戴明章对于那天余新元的突然袭击显得无可奈何。

新兵集中的当天下午，快要开晚饭的时候，我当时正聚精会神地忙于核对新兵名册、清理入伍新兵的各项手续及档案。突然，辽阳市兵役局余政委手拉着雷锋进到屋。他说戴参谋你正忙呢，我给你送来一个小便衣通信员，这个小雷锋老是跟着我不放，非要闹着当兵不可，你看怎么办？

我看你先收下，完了再说。

就这样老政委把小雷锋交给我，转身走出了房门。

政委转身走后，我看了看雷锋，他用一种期盼的眼神望着我、直盯着我，也许不知道该说什么才好，而我完全能够从眼神里窥探出他的心理活动。我对其安慰还是劝解？如果我向他贸然许诺，他将会怎么样呢？

沉默了一会儿，还是雷锋机灵，他首先开口，戴参谋已经开晚饭了，走，吃饭去吧，我给您拿碗。于是我们一起去食堂就餐。

这就是那个孩子说的话。

走，吃饭去吧，我给你拿碗。我抑制不住地大笑起来。

他不是说我请你吃饭或我给你买个礼物。

他只是想到了给戴明章拿碗这个细节，这个时候，雷锋不是口袋空空的人，小易告诉我弓长岭矿在他离开的时候给了他近二百元钱，这是他在工厂的最后收入的结算，在这个命运又一转折的关口，他完全有能力掏出钱作为突破的工具，但这个叫雷锋的人单纯的脑子里不存在也不可能生成这个概念。这二百元钱他能捐给受灾的地区而想不到用在别的地方。

戴明章望着那盯着他的明亮的眸子，居然站起来跟他走了。

在往食堂去的路上，他紧跟着我，不时地用手拉着我的衣服。

他小声地说，戴参谋这回您可以让我当兵了吧？老首长余政委叫我给您当便衣通信员，若是您一让我换上军装不就是部队的正式通信员了吗？对吧？我行，我当过通信员，还在家乡的县委会当过公务员呢！

我看了他一眼。

他的话是那样单纯天真无邪，他的表情又是那样惹人喜爱。

戴明章继续回忆道：

自从余政委把雷锋交给了我们之后，在南林子工农干校新兵集结点的六七天里，他和我们朝夕相伴，我让他睡在了我的身边，一日三餐乃至午休活动他也都是形影不离地始终跟随在我的身边。

1月2日夜里，我们开完会都拖着疲惫不堪的身躯，一进屋便发现，我们几个人的临时睡铺前，都摆着一盆冒着热气的水。正在我们为之诧异时，雷锋冲着我们说你们辛苦了，请首长洗脸烫脚吧！这么晚了他还没有睡。他的话语是那样亲切，让人感到温暖。

我们几个人对看着，无不产生一种得到安慰而难言的情感。

第二天一清早我们还都没有睡醒，雷锋却早已悄悄地起了床。

在我们睁开眼睛起床时，只见床边洗脸盆里盛着温水，毛巾折成双叠搭在脸盆的边沿上，旁边的杯子已装好漱口用水，杯沿上横放着牙刷，牙膏已经挤在刷毛上。面对此情此景，谁能不为之深受感动？

1月5日，雷锋还在和助理陈丙申忙碌着。

我们用了大半天的时间终于把全部服装按6个连逐套搭配预分完毕。末了，雷锋随手拿了一套小号军服和一顶棉军帽迅速穿戴起来，他随即转向我兴奋地问，同志，你看我像个人民解放军的战士吗？

我理解他问话的双重寓意，但还不了解批没批准他入伍，顺口应着，嗯，像！很精神哪！雷锋好像扫兴了，慢慢脱下军装放回原处，自言自语地说，我一定得穿上一套！他回队了。

他进屋一看，火上得大去了。

你猜怎么着，原来他不在时又批准补入新兵连19名，其余的也都离开了这里，只剩两天了，自己还没正式入伍，雷锋快要大哭了。

戴明章终于无法沉静地坐着了。

按征兵政策规定，有两条是绝对严格不得违反的。

一个是年龄线，前后差一天不准接；一个是政审表，盖章不完全不能征。当时好几个关键人物都在场，我就用商量的口吻跟他们说，雷锋是苦出身，根红苗正，有阶级觉悟，他铁心要求到前方打仗保卫国家，说明他思想上进，在武装部这些天说明他是个懂事的青年，政治上的全面情况都不错，就是身体有点情况，但我看都不是什么太大的毛病。

这样好不好，我们都想想办法吧！

1月6日这天，雷锋加倍热情地做他自选的通信员服务员工作。

他一会儿传信找人，一会儿提壶打水，楼上楼下，里里外外，穿梭似的跑个不停，雷锋的表现，戴明章看得更清楚。

尽管在南林子的那些日子里每天工作忙得不可开交，但每天中午我总要挤出一点时间在干校冰场上溜冰，这个时候雷锋就像是我的小弟弟似的替我背着冰鞋紧跟在身旁。我在冰场滑冰时，看见冰场边上总是有许多的人围着他，听他用激昂的语调，进行为保卫祖国而应征参军的宣传。

他每到一处都无一例外地会招引许多人听他演讲。

我就想，雷锋他若入伍，一定是个好兵。

余新元政委又来了，这次来他的语气变得很生硬。

已经是1月7日了，雷锋的事不能再拖了。

我是那么说的，我说毛主席说过，地方党委和军队有什么问题时，军队在一般原则下，要尊重地方党委的意见。出了问题受处分，我来承担。

我是拍着胸脯对他说这些话的，戴明章就赶忙说雷锋这人吧，除了身体有点小毛病外，其他各方面你挑不出毛病，真是难得。

他说马上打电话向部队领导请示。

那时电话可不好打了，我不知道他哪天打通的。

1960年1月7日傍晚，戴明章通过军用长途电话接通营口，接通了吴海山团长的军用长途电话。

那天晚上吴海山在家吃饭，电话响了。

戴明章用标准的军人请示报告语气对我说，团长同志您好，现在有个问题特向您请示，在新兵复查中有一个应征青年叫雷锋，他的身体条件体重和身高都差点，另外政审手续不全。可是他在地方上的表现突出，被评为模范，是先进工作者、推土机手。因他当兵心切，在新兵集中时，兵役局便把他交给了我们，已给我们当了六天便衣通信员。

因此我与荆营长、李教导员商量，决定收下带回部队。

如果到部队后在检疫和新兵训练期间发现什么新问题，还可以做新兵退回处理，这样做是否可以？请指示。我这个人历来处事果断，不喜欢拖泥带水，我当即答复，一切由你军务参谋看着办好了。

2013年11月，在鞍山的余新元家里，老人这样跟我说：

我今天跟你说，在雷锋当兵这事上，戴明章起了关键作用。

他不点头，我们做再多的工作都白费，雷锋都走不上。

但我还是不放心，最后一次定兵会结束时，我对戴明章说，雷锋到部队后你们把雷锋退回来是你们的本事，如果雷锋不同意回来你们强行退回，出了事你们要负责任。

戴明章那会儿真的是压力巨大。

就这样，我向荆营长、李教导员通报了与团首长通话的情况。

随后，相关人员统一了意见，决定批准雷锋入伍。

我在亲自掌握的留有新兵机动数的名册上填进了雷锋，并最后向市兵役局递交了共358名全体新兵名册。在辽阳兵役局接兵单位和辽阳市委等单位开了28次大小碰头会、协商会、讨论会后，雷锋终于梦想成真。

1990年，戴明章和吴海山在南京见面。

说起1960年的那个电话时，两人感慨万分。戴明章说："如果那次在电话里老首长你不同意的话，我这个军务参谋也不敢带他，那雷锋还是当不上兵。"吴海山就笑："那我这个雷锋团长是天意喽。"

他们都笑了，我笑不出来，这的确是天意。

2009年底，曹琦老人这样解释他当年的这个做法。

这是他第一次这样向媒体讲述他的真实内心。

我当时帮助雷锋主要是同情雷锋。是的，我同情他，他是个孤儿，吃穿无人照料，我想要是这孩子到了部队至少吃穿能有保证。

我没想那么多，更没想到这个孩子日后会有这么大的响动。

那会儿我也是仰仗自己有点儿革命资历，估计部队会给我一个面子。

雷锋参军后辽阳遭遇了百年不遇的洪水灾害，他给辽阳寄来了100元钱。这个事儿我太了解了，灾办向我汇报后，我特意嘱咐他们将这笔钱退还给雷锋。为啥退给他？那是100元呢！那个时候100元那是一笔巨款。雷锋没有亲属生活不容易，我是考虑他将来结婚成家还需要花销的。

我的泪水流了下来。

我不知道，我不知道雷锋若是知道市委书记是这样为他着想，他会不会也像我这样激动。人性的美，原来都隐藏在无人知晓的角落里，隐藏在震耳欲聋的口号里，隐藏在冷冰冰公式化的规则里。

但最终，它固执地存在于这里。

1月7日之夜，戴明章他们因工作忙碌未得安睡。

雷锋愿望终于实现，他的心情无比激动，和我们同样彻夜未眠。

旁边的人已经无法形容雷锋穿上新军装后高兴的样子。那是最后剩下的一套军装，既肥大又多皱，小个子的雷锋穿上那么大的军装，满脸堆笑，手舞足蹈，左一个军礼右一个军礼，对着一个小小的镜子不停地照啊照。他那高高兴兴的样子，乐得满脸堆笑，连嘴都合不拢。

他手舞足蹈，那种欢快劲儿，简直是发了狂。

1960年1月8日早晨，新兵集中在南林子工农干校操场上，雷锋向余新元辞别时，郑重地敬了一个军礼说："谢谢余叔叔！"

近一个月的朝夕相处，我老伴已经把雷锋当成自己孩子了。

我老伴给他买了20个鸡蛋。雷锋这一年刚满20岁，按当地风俗这20个红皮鸡蛋包含着一种特殊的祝福，老伴还给他买了背心裤衩毛巾牙膏牙刷袜子这些东西。我老伴说你到了部队好好干，要听首长的话，多吃饭，你身体素质不是特别好，你要好好锻炼身体，做个合格的解放军战士。

他说田姨，你对我照顾挺好，我叫你一声妈妈吧。

他就小声叫我老伴妈妈。

我嘱咐雷锋，你这次被批准参军不容易，就看你的了，可别让人家退回来。雷锋就说余叔叔你放心，你把我送去我就不能回来。我说你应该感谢辽阳市委，感谢辽阳人民，感谢接兵部队。接着雷锋说出那句著名誓言，我不当上黄继光式的战士不回辽阳！余叔叔我没有别的送你，我就叫你一声爸爸。当时我说他了，我说雷锋啊，你这样对我们称呼不合适吧？雷锋说这是我从内心想叫的。雷锋从上衣兜里掏出一张照片，很郑重地用双手递给我说，送给你留个纪念吧。我接过来一看，雷锋在照片背面还写了字：赠给敬爱的余政委留念。落款是雷锋，时间是一九六〇年元月三日。

这张照片，后来全国的报纸都发表了。中国人民革命军事博物馆及各地雷锋纪念馆的那张照片都是翻拍的。余新元别的都捐了，这张照片他谁也没给，一直自己珍藏着。

送别那天，陈丙申也去了车站，他看见的雷锋着装整齐、精神饱满，俨然是一个英武的青年战士了。1963年陈丙申这样描述雷锋在辽阳的最后情景：

新战士向车站进发了，雷锋走在新兵行列里，他那圆胖的脸庞充满着喜悦，迎着和煦的阳光，昂首阔步，勇往直前。队伍穿过市区成千上万夹道欢送的人群，在文艺大军欢歌起舞和鼓乐齐鸣声中，登上了满载着新战士的列车，随着"呜——"的一声长鸣，光荣地走上了保卫祖国的神圣岗位。

那天的中午，小易坐在弓长岭的一个无人的角落。在远处食堂的炊烟中，她幻想着，在车站火车鸣笛声中，她一遍遍地朝着远去的火车挥手道别。她没有去车站送别，但后来的电影为她实现了这一幻想。

电影里的小易在火车站依依惜别。

小易，而1960年1月8日的小易，安静地坐在矿里一个无人的角落，一遍遍地无声地同她的透明的挚爱说着再见，泪水无声地滚落。

前方，是这个孩子儿时就向往的梦境。军营，绿色的军营，雷锋一生中最幸福与最悲惨的时刻都将发生在那里。是的，就在军营，在军营，他的一切悲欢喜悦都将发生在军营里，不可避免地要发生。这的确是命运，此刻，这一切他都不知晓。他喜气洋洋地奔向这片迷人的地方。

我知晓这一切，然而我只能旁观，而无他法。

第八章
荒 原

雷锋　这个闪光的名字后面
我们真的熟悉他　知道他吗

中午12点半，新兵登上了专用列车。

列车驶离辽阳站以后，车厢内的气氛显得有些沉闷。

个别新兵发出微弱的抽泣声，这个时候的雷锋挨个座位地去同大家拉起了家常。《没有共产党就没有新中国》和《社会主义好》的歌声，是那样嘹亮和令人精神振奋，一下子把全车厢的紧张空气活跃了起来。戴明章默默赞叹，真是一个好兵啊。连续几天来他都未能得到很好的睡眠，雷锋发现了他困倦的狼狈相。

不知什么时候他和列车长取得了联系，告诉我已经得到列车长允许，请首长到最后一节卧铺车厢去休息，我望着他的背影感慨良久。

一起入伍的358名新兵中雷锋并不是最优秀的。

但是这个懂礼貌、知道感恩的人一下子就让所有人记住并喜欢上了他。他注定是要引人注目的。

新兵专用列车当天下午3点30分开进营口站时，站台上的敲锣打鼓声响彻云霄，"热烈欢迎新战友"的口号此起彼伏。列车刚一停稳，戴明章第一个跳上站台，向前来迎接的部队首长吴海山团长、韩万金政委行礼。

吴团长笑容可掬地冲着我们说，同志们辛苦了！我说团长我在接兵上犯了一个错误，没等我说完团长诧异地打断我，什么事？我说我接了一个没有政审表的兵叫雷锋。团长松了一口气说，不就是你昨天傍晚打电话向我报告的那件事吗？不要紧，我知道了，由我负责。

新兵陆续下车后鱼贯地走出车站，径直到了部队大操场。

那里将举行热烈欢迎新战友大会。

团首长开始讲话，他们号召大家在1960年到来之际要争取做五好战士。领导都讲完话了，该轮到新兵代表上场，新兵代表就是雷锋。

有人会奇怪，雷锋是怎么成为新兵代表的？

他怎么会不是新兵代表？经过这么一段时间的折腾，雷锋早已成为受人瞩目的人物，他早已成为那300多名青年里最醒目的人物，这个时候他一定就是那个新兵代表。雷锋没有推辞，他没有丝毫的胆怯，在这样的场合演讲恰恰是他的长项。于是人们便看见一个瘦小的小伙子穿着不太合身的棉军衣，敬了一个刚刚学会的军礼。

有人就在下面嘀咕，这么小？裤腿咋还挽着？

雷锋发言的第一句话是："亲爱的首长战友们！"

声音很大，大家赶紧鼓掌，谁知道还没等雷锋开始念稿子，风把雷锋手里的稿子吹乱了，大家就在下面笑，有人说这是谁家的孩子，咋来当兵的？1月，正是东北最寒冷的季节，人们都冻得缩头缩脑，这个小战士的出现让大家都来了精神。辽河的北风呼呼地使劲吹，小战士把手中的讲稿揣进了裤兜，众人幸灾乐祸饶有兴趣地等着看小战士的洋相。

没想到小战士沉着得让人惊愕。

只见他把讲稿装进裤兜，台上就传来一声高喊，那是夹杂着湖南口音的普通话，饱满洪亮，那声音在风中久久地回荡。

敬爱的首长和全体老大哥同志们，你们好。

首长让我代表新战士讲话。我们这些新战士，能在60年代刚刚开始的日子里，穿上军装扛上枪，真是说不出的高兴。我们当中有工人有社员也有学生，来自四面八方，可我们只有一个心眼，学好本领保卫祖国，当个像样的兵，做毛主席的好战士。（听众鼓掌）刚才团首长讲话，希望我们争当一个模范战士，依我说，有党的领导，有老同志的帮助，什么五好六好七好八好，我们大家都有信心保证当上！（众人大笑）

雷锋的话说到这儿，他停顿了片刻。

他以为大家会鼓掌表示同意，没想到底下爆发出实在不能抑制的大笑。笑声持续了好一会儿，雷锋怔在台上，他不知道自己哪里说错了。

他快速思考一下，没有错的，他没有胡说八道，于是他简洁结束即兴发言。"你们笑什么呀，我讲的是实话。"

人们笑完了，还是热烈的掌声。

刚刚穿上军装的雷锋此时还没弄清楚，五好战士是当时部队倡导的一项专项活动，尽管闹了个哄堂大笑，但事后人们都说，雷锋那一天的讲话很精彩。团长夸赞道，我就是把营长拽出一个来不给他稿子，他都讲不了这么好。比雷锋还小1岁的张兴吉站在人群里。张兴吉，四川人，他给雷锋当过半年班长，雷锋牺牲后他又回到雷锋班，是雷锋班第一任班长。他眯着眼睛看着，觉得这个兵很好玩，有点像个娃娃。

没想到接下来这个娃娃就分到运输连，成了自己班的战友。

1960年1月8日，雷锋那天晚上是趴在自己的床上写下了他在军营的第一篇日记的，他写的时候，手微微发抖。

这天是我永远不能忘记的日子。

这天是我最大的荣幸和光荣的日子。我走上了新的战斗岗位，我渴望已久的参加中国人民解放军的理想实现了，怎么叫我不高兴呢！我恨不得把我的心掏出来献给党才好。晚上我怎么也睡不着，我的心就像大海的浪涛一样，好久不能平静。我，一个在旧社会受苦受罪的穷苦孤儿，居然成为一个国防军战士，得到党和首长的信任，受到战友们的热爱，我真不知说什么好！

为了弥补雷锋参军政审手续不全和清理补办几名新兵团员接转组织关系，在新兵入伍后的第五天——1960年1月13日，戴明章到了辽阳。

在市兵役局纪助理员的帮助下，各项手续总算补办齐全。

就是这次在兵役局他们才对我说，戴参谋你真敢干，不是你大胆确定，雷锋这个兵就当不成了！他能当兵真得感谢你呀！你知道不，原来弓长岭矿不出具政审表并不是因为雷锋没有档案，而是因为李书记舍不得放他走。通过说他没有档案这一办法认为你们也许不会接，以便达到他们的目的，留下雷锋继续在工厂。

我这才恍然大悟。

接下来的1960年，雷锋以风一样的速度创造着传奇。

他在早晨的军号声中醒来，他的情绪是高昂的，他的状态颇佳，未来的目标清晰，因此他对未来奔赴的念头也是坚定的。刚到军营没几天，可能是太兴奋了，雷锋把外衣脱了，半夜他开始咳嗽，发高烧。

特别高兴，不知怎么说才好，一夜没睡，感冒了。

首长半夜来查铺看我咳了几声，马上叫医生来给我看病，并把自己的被子给我盖上，使我非常感动。

在这样的男人一统世界里，在这样硬邦邦的军营里，温情及柔情并不多。大部分人都是以干脆简洁的命令口吻表达着自己。这一点，在东北人看来习以为常，而对于南方人雷锋，就显得难以承受。

但那天的情景让雷锋深深地感动。

第一天晚上张兴吉主持召开班务会，让战友们相互认识一下，同时排站岗的时间表，雷锋当晚站最后一班岗，还给老兵打洗脸水。

这个湖南兵引起了张兴吉更多的注意。

雷锋最大的特点是勤快。我给他总结了三勤：嘴勤，走路时嘴巴也在动，背毛主席语录，见人都问好。手勤，早上起来打扫卫生，几乎都是他打扫，平时积极帮厨房洗菜。学习特别勤快，业余时间都拿着书。毛主席著作那时候很少，一个班才一本，雷锋就给大家一个人抄一本，7个人，这种学习毅力不得了。他白天黑夜都在学习，凡是有灯的地方都在学。

刚到部队，雷锋还没有养成革命军人那种高度的组织性和纪律性。

星期日，他去街上照相，既没有请假也没有告诉别人。

回来后指导员找我谈话。

他亲切地拉着我的手说，军队有严格的纪律，无论做什么都要事先请示报告，如果军队没有严格的组织纪律，就会成为一盘散沙，就不能战胜敌人。他又告诉我革命军人应该自觉地遵守纪律，然后他给我讲了一个邱少云在烈火烧身的情况下也不违犯纪律的故事，我听了难过极了，一头扑到指导员怀里哭了起来。

指导员给我擦干眼泪，安慰我说只要认识到错了，今后改正就行。

我牢牢地记住指导员的教导，从这以后我再也没有违犯过任何纪律。

雷锋当兵走的那几天，余新元和老伴心里空荡荡的。

这个家，已经习惯每日穿梭着勤快又可爱的雷锋的身影。

每天吃饭时田儒文还是习惯地多拿出一副筷子，忽然想起那孩子已在部队了，就又放了回去，坐在那儿眼圈红了。余新元很不高兴："你瞧你这是干什么，孩子去当兵出息了，你怎么还这样？"老伴点头："我是高兴，这孩子命苦，没爹没妈没人疼，现在好了，部队会照顾他的。"

余新元就笑："我看准这孩子错不了，你就等着好消息吧！"

雷锋的堂妹雷正元这样回忆：

1960年1月，雷锋当兵后，给我爸爸写信，说要到1962年底才能回家探亲，回来时还要给我爸爸带件东北的皮大衣，好让他治风湿病。还说如果复员，就回来种田，在农村好好干也能大有所为。

而雷正球更得意雷家还有个兵哥哥。尽管雷正球那会儿在家务农，与远在东北当兵的堂哥渐行渐远。

那时候，我见人就说，我堂哥雷正兴在外面当兵，很威风的。

事实上，雷锋穿上军装的喜悦很快被接下来的一系列训练内容冲淡了，在1960年的1月，他感到了扑面而来的生活严峻的风。

那风，比1月三九天的北风更刺骨。

1960年1月12日，雷锋在这天的日记中写下了他对困难的恐惧。

今天，我看了一篇文章，那上面讲了许多同困难作斗争的道理。

文章说斗争最艰苦的时候也就是胜利即将来到的时候，可也是最容易动摇的时候。因此对每个人来说这是个考验的关口。是光荣的战士还是可耻的逃兵，那就要看你在困难面前有没有坚定不移的信念了。文章还说困难里包含着胜利，失败里孕育着成功，革命战士之所以伟大就是他们能透过困难看到胜利，透过失败看到成功。

他反复地强调困难，我知道这暗示着什么。

初读这些话语，我为其近乎直白的语调感到骇然，这简短急促和陡转跳跃的话令我惊颤，雷锋这样的强调是有缘由的。

新兵集训期间，陈广生认识了雷锋，他大雷锋9岁，生日为3月5日。这辈子他一直坚持做一件事，写了13本关于雷锋的书、60多篇回忆雷锋的文章。这该解释为巧合还是注定了他和雷锋的缘分？

那天雷锋到俱乐部跟陈广生借书看。

他来借书，我发现他眼泪汪汪的像是受了什么委屈。

问他，他不肯说。事后门卫告诉我，雷锋在俱乐部门前挨了负责行政管理的副团长批评，原因是雷锋额前露出刘海，仰戴棉帽，活脱脱像个女兵。副团长说男不男女不女的，回连把刘海给剪掉。

副团长的话重了，伤害了雷锋的自尊心。

春节到了，新兵连文体活动搞得极热闹。

这天我下连，听到一间宿舍传出悦耳的口琴声，我推门进去，原来是雷锋吹的。他坐在床头吹得有滋有味，几个新兵在旁也听得有滋有味。雷锋见我来了，麻溜丢下口琴去抓棉帽戴。我夺下他的帽子笑道，我是被你的口琴声吸引来的，不是来检查军容风纪的，于是他也笑了，这时我注意到，雷锋额前短发依然是刘海式的，只是比以前剪短了些。我抚弄一下他额前短发笑道，还敢留着，不怕副团长再看见？他嘻嘻一笑，没事，再上街我把帽子戴低点。看得出来这个新兵性格很倔强，并不是个小绵羊。

1月19日，新兵训练结束。

这天，几个新兵连集中在团部操场上，军务参谋正式宣布新战士分配到连队的名单。野战工兵部队既有拿铁锹十字镐的工兵战士也有技术兵种，人们都希望在这里学点技术，几年后退伍能找个好工作。

三四百人站在那里，鸦雀无声。

虞仁昌，雷锋所在连原副连长、连长。

那天，他按照花名册点新兵的名。

我一看，有几个新兵个子较矮，特别有一个更矮。我就提意见说，那个小个子兵他能学会开汽车吗？团军务参谋戴明章就说，这个兵分到你们连，你就偷着乐吧。别看他个子小，思想可是高啊，以后你们保证满意。就这样我点了名，当喊到雷锋的名字，他的个子不高，但他回答的声调很高，逗得大家哈哈大笑。

庞春学，家住辽阳，1960年和雷锋一起从辽阳入伍。

第二年年底他们分到一个班，雷锋给他当过一年多班长。

庞春学听到自己被分配到了汽车连，站在旁边的雷锋和他在一个班。

这个时候提在嗓子眼的那颗心就落地了，我高兴得差点跳起来。

很多人都向我竖起大拇指，投来羡慕的眼光，你们汽车兵是坐着走路躺着干活，太棒了。就在这时，在我身边的雷锋讲话了，他问新兵指导员，当汽车兵能上前线吗？上前线？指导员笑了，你在电影里看过志愿军在朝鲜战场打仗的情形吧？打起仗来，汽车兵不上前线，谁把炮弹送到前线啊？雷锋点点头乐了。指导员又问雷锋，当汽车兵还有意见吗？

雷锋说没有意见，只要能上前线，当什么兵都行。

这就是雷锋。

在所有人都在想着自己几年后的退路的时候，这个单纯的人在想前线，在想事实上离他很远的地方。这个地方是他要报答这个社会、报答党、报答毛主席的地方。汽车兵是什么样的兵，它有着怎样的技术含量、怎样的未来，他想都未想。

在多少年后，众多头脑精明到极致的人在网上一次次地质疑雷锋走后门选择了一个时尚的职业，他们把自己龌龊的计算也应用在这个纯净的孩子身上，想当然地认为雷锋就是用他们今天的暗箱操作方式设计的超前人生。为此我要愤怒地大骂，如果雷锋活着，我想他不会上法庭起诉他们，对待这些他永远都是淡然一笑，他经历的误解太多了。

他希望时间为他澄清一切。

而现在，时间的水洗刷生活的岸50多年了，这些质疑的声音还没被冲走，他们还在那里喋喋不休唾沫四溅没完没了地鼓噪着，甚至有许多的人相信了这些道听途说，也跟着信口开河胡说八道地鼓噪。

1960年3月。

新兵刚下老连队不久，庞春学和雷锋一起参加了战士业余演出队。

我们排练中有个节目叫群口词，几个人组成的群体快板，雷锋是这个节目中的一个演员，雷锋说话湖南味很重，要演这个节目难度确实太大了。

　　有一句台词是海水汹涌浪花翻，雷锋总是念海水汹涌浪发发。这句台词真是折磨死雷锋了，他费了好长时间也没有念标准。为了发音，他每天起早贪晚，晚上大家都睡了，他还在那里苦练。我就劝他，雷锋啊，你不能操之过急啊，看你一脸的汗，这样下去身体受不了啊。但他有一股犟劲，谁的话他都听不进去。

　　这个节目刚刚通过，雷锋又要参加另一个节目，是大型莲花落《大战一八三》。幕启后四束红色聚光灯从不同角度同时射向舞台，20多个演员用工兵不同施工动作合成雕塑群像，一阵雄浑的打击乐过后，快板同时响起。湖南人雷锋上前一步，他的台词是：

七月施工是雨季，三天两头下大雨。

大雨一下心着急，又湿又滑满地泥。

　　结果，雷锋一张嘴倒是背得很熟练，但意思完全变了。

七月施工是米季，三天两头下大米，

大米一下心着急，又湿又滑满地泥。

　　队长，就是后来写雷锋的陈广生，笑得不行了，他就说："小雷，你老下啥子大米嘛，乱弹琴，你要好好学习普通话嘞。"

　　合计来合计去，演出队就把雷锋撤了下来，让他去拉大幕。

　　雷锋很上火，但还是坚决服从，开始他不会拉，出了好几次笑话。按照设计，器乐合奏的引子一开始帷幕便应该徐徐拉开，然而直到引子结束，雷锋也没把幕布拉开。下一个节目是木琴独奏，舞台上放置木琴的桌子还没摆好，帷幕突然又让雷锋拉开了，面对台下的观众，工作人员不得已就钻进了放木琴的桌子底下，这一幕逗得观众哈哈大笑。演出结束，雷锋以为一定会被陈广生严厉批评。结果队长没有发火，而是耐心地告诉他，拉幕的事儿小，却关系到整个演出的效果，容不得马虎，雷锋后来的做一行爱一行就是从这时开始的。

每次演出，雷锋会一遍遍问导演幕起幕落的最佳时间。这个节目在文艺汇演中获得演出奖，得了个大奖状，大家都非常高兴。雷锋更是激动得热泪盈眶。

1960年4月初，一位叫高士祥的年轻人从中国人民解放军高级工程兵学校政治营毕业，被分配到了沈阳军区工程兵工程第十团运输连任政治指导员。

那天我背着背包来到连部门口时，被黑板上写的"向雷锋同志学习"七个大字吸引住了，我就想谁是雷锋？他是干什么的？上去细看才知道雷锋是运输连的新兵。他天天做好事，早晨起来为同志们打洗脸水，打扫室内外的卫生，连厕所都扫得干干净净。

晚上干部战士都来看我，大家都做了自我介绍。

连长指着一个个子矮小的战士说，这是雷锋同志，我们就认识了。我和他接触多了就发现他非常勤快没有休息的时候，我从没见过他闲扯的时候，一有空闲就帮人干这干那。谁有困难他就帮谁解决。我问他你为什么这样做？雷锋想想说我也不知道怎么回事，我就知道我生在旧社会成长在新社会，只知道共产党好社会主义好，我这样做就觉得很幸福。

雷锋不仅当上了军人，还拿到了他最渴望的枪。

今天连长发给我一支新枪，我真像得到了宝贝一样，乐得连话都说不出来。看看那锋利而发亮的刺刀，摸摸那光滑的机柄，数着崭新的子弹，简直高兴得不知如何是好，生怕把枪弄脏了，看到枪机上落了一点点灰尘，我立即从衣兜里掏出自己心爱的手绢把灰尘擦得一干二净。这支枪是我的，是革命给我的！谁要想从我这里夺去，我宁愿战斗而死！

此类感恩和表决心的话语，几乎贯穿雷锋日记的始终。

尽管大多数的时候对雷锋而言，毛主席、党、祖国、政府、人民，这些词语的概念也许并不清晰，甚至混淆不清经常替换，然而这并不影响这个苦孩子出身的年轻战士向祖国表达自己的虔诚信仰，他甚至希望自己可以在伟大的革命事业中做一个永不生锈的螺丝钉。

1960年的夏天到了。

这天是星期天，连队正常休息。

一般星期天部队都是两顿饭，早晨8点早饭，下午3点晚饭，早饭后到晚饭前战士们可以自由活动，上街的同志要求必须在3点前赶回，否则按超假论处。下午，雷锋肚子疼得厉害就去看病，路过一处工地，是本溪路小学正在盖房子，工地大喇叭喊："砖头供应不上了，请同志们加油啊。"

1960年，中国人这时候基本上处于饥饿之中，工地上的人们也是没有力气了，都坐在那里歇息，雷锋就过去了，推起一辆车运起砖头来了。

晚饭哨音响了，全连集合站队。

值班员清点人数，唯独没见到雷锋，这时大家都猜测不解，说什么的都有。庞春学也在其中，他觉得雷锋不会无缘无故就超假，一定是有什么事。

晚上5点多钟，雷锋回来了，他看上去很疲惫。

我们几个人就问他你怎么才回来？雷锋就说我肚子疼去卫生所看病，医生给拿些药，让我在那里休息一下，我觉得稍好些就回来了。

第二天中午，大家正在午睡，一阵锣鼓声把我们惊醒。我们跑出去一看，看见指导员正在发火，声音很高地在连部门口大声问，是谁中午不遵守午休时间规定打打闹闹，成何体统？你们不睡觉不要影响别人休息。

这时锣鼓声近了，大家仔细一看，是附近工人敲锣打鼓，还拿着一张足有2米长的大红纸写的感谢信。这时我们才知道雷锋干什么去了。

1960年中央发出以保粮保钢为中心的增产节约的指示，要在部队中进行教育，增产节约对我们来说主要是爱护武器装备、节约粮食和经费开支。

这个教育对雷锋是个震动。他看到连里每个干部战士无论吃的穿的都很简朴，这时他就想到他的那个手提皮箱，皮箱里的皮夹克、料子裤、毛线衣还在连里存着，还有那块手表。雷锋很是惭愧，这些东西显然与当前的节约精神不相符啊，可这些东西又怎么处理呢？

扔了吧不舍得，那是他这辈子唯一像样的衣服。

不扔，他又如坐针毡，他的喜怒都是形于色的，班长发现他的情绪不好。问之，他如实说了，向党交心，这些东西既然不符合节约精神，他准备送给别人或者上交，班长便继续如实汇报给指导员，指导员来找雷锋。

我站在1960年的窗外，战战兢兢地望着指导员走进四班的门。

雷锋正趴在床上写他的日记。我不知道指导员要对他说什么，他是不是又要批评雷锋，怎么参军了这么久才把皮夹克的事说出来呢？不对，好像不是这么说的，我站在窗外，看见那个孩子听着听着笑了。

他这样对这个孩子说："这些东西是过去买的，不要为它苦恼。我们讲节约是要从思想上提高认识，以后在日常生活中保持和发扬艰苦朴素的精神。"这是多么好的指导员，我深深地鞠上一躬。在这之后，他少领军装鞋袜，自己缝补衣服制作针线包，个人生活更加节俭，瓷缸的瓷几乎都脱落光了他还在使用，肥皂盒破了几处也不换一个。

1960年7月，部队要参加沈阳军区的体操比赛。

比赛项目比较多，有单杠双杠吊环木马等。雷锋没有基础，吊环体操木马都没有接触过，训练确实很苦。军事训练主要是队列射击投弹，雷锋队列射击问题不大，投弹就很困难，投不远，成绩不好，老是落在别人的后面。投弹训练一开始雷锋就不及格。他力气不大，端起枪来不一会儿胳膊就酸麻了，投弹也不过25米。看到战友们有的投40米，有的投50米，他急得直掉眼泪，中午偷偷地跑到操场上自己练。

他在伸展的双手上各放一块砖头练臂力，还用根细绳一头拴住手腕，另一头拴在树干上不停地向前练习投掷动作。

雷锋很着急，班排干部也觉得是个问题，怕他影响整个成绩。

又是他们班的一个人,当着他的面说:"你长得矮,再练也白费。"这句话深深地刺激了他,他的倔劲又上来了。

他白天练晚上练,最后练到脖子都肿了。干部们都不忍心了,生怕他把身体练坏了。那天指导员找他谈话,问他:"脖子疼吧?可不要把身体搞坏,不能一锹挖个井。"雷锋说:"是有点疼,这不算什么,比起我小时候好多了。我心里难受的只是我好不容易当了兵,却连投弹都不合格,对不起那些帮我的人啊!"训练完以后,他累得都爬不上铺。

雷锋开始有了要退出比赛的念头,他给团里写信要求回去开车。

信没发出去就被班长薛三元知道了。

他说我想回去,我说,什么?想回去?我很生气,这点苦都吃不了,我批评他说我们从部队出来训练,你怎么不坚持就这样走啦?我把他批评得大哭呢!雷锋当着我的面大哭了一场。他想了一晚上,第二天早上当着我面把信给撕了,一直坚持到训练结束。

其实薛三元并不清楚雷锋泪水的含义。

今天回望这些我非常难受,雷锋站在薛三元面前,低头听着他暴怒的低吼,这个南方青年的心一定被这暴风雪一样的怒吼吓坏了,他无法对他解释清他要退出的理由,他是在担心自己会给部队带来不好的成绩才会有这样的想法,而不是怕吃苦,什么苦会比他幼年独自一人在山上两年野人般的生活更苦?

他后来对脾气比较柔和的指导员说:"共产党解放了中国,才使我有了幸福生活,可是我现在连投弹都不及格,怎么能对得起党对得起毛主席?"今天我在这里写的这些已经成为过去时的往事碎片,眼睛被什么缠绵着,我的心脏又在疼痛。我为他承受的各种不公正的刁难指责而心疼。

这个纯净的人此时正从我的键盘上立起。

我几乎要冲过去紧紧地拥抱他。

还是在这次运动会上，雷锋又做了和别人不一样的事。

天很热，大家都去买汽水，雷锋也想喝，于是掏出3角5分钱，轮到他时，他看看汽水又看看钱，转身走了。

接下去，就有人说他小气鬼，没家没业的有钱不花是傻子。

接下来，雷锋就有了下面的日记。

那时天气比较炎热，好多同志比赛完了都出去买汽水喝。

当时我也很渴，也想买一瓶，我掏出了3角5分钱，但是我舍不得这钱啊。一分钱一角钱都是来之不易的，这3角5分可以买一个小笔记本子，学习文化，我就没有买，到外面找了一个凉水管子漱一下口。

我这样做有的同志说我是小气鬼，太熬苦自己了。

我是想我们不能好了疮疤忘了疼，国家有困难大家来分忧，就要一点一滴地做，这不是小气不小气的问题，部队发给我的袜子、发给我的毛巾、发给我的衣服、发给我的皮鞋，用不完的我都存起来，当辽阳地区遭受灾害以后把这些东西支援灾区。后来上级号召救灾我就交了一套衣服一双皮鞋，毛巾袜子手套都支援了灾区。有些人说我是傻子是不对的，我要做一个有利于人民、有利于国家的人，如果说这是傻子，那我是甘心愿意做这样的傻子的。革命需要这样的傻子，建设也需要这样的傻子。

我就是长着一个心眼，我一心向着党，向着社会主义，向着共产主义，我从小受的苦是永远不会忘记的，部队首长经常教育我们不要忘记过去，忘记过去就意味着背叛。我们的国家不富裕，还有困难，一定要发扬勤俭节约艰苦朴素的优良传统，我每花一分钱都很自然地联想起过去的生活，告诫自己不能忘本。这个春节我只花了2角5分钱理发，别的钱分文未花，同志们说我穿的袜子不像样子，应该换双新的了，但我补了补还照样穿着。每月发6元津贴费我只留5角钱零用，余下的都储蓄了，入伍半年多节约了32元，加上我在工厂节余工资现在储蓄了200多元。

1960年5月的一天，雷锋驾车到庄河守备三师执行运输任务。

这天，该师官兵在师部大礼堂召开忆苦思甜大会。

完成任务后，雷锋进了会场，他也想听听忆苦思甜报告。

台上一位地方老乡正在忆苦。

雷锋开始还平静地听着，很快，他便克制不住自己的眼泪。

开始还是小声地抽泣，渐渐地他的哭声变得很大，以至于旁边的人都纷纷看他，等雷锋发现这一点时，身边已经站着兄弟部队的首长。

那人是该师的副师长。

我想，那会儿雷锋并不是故意要在众人面前做戏，他不是喜欢做戏的人。只是当时的讲述让他想到了自己。是的，在这世界上像他家这般凄惨的事情很多，但大多数的人在苦难过去多少年后，就会被时间打磨得麻木不仁。而雷锋，恰恰是个感情细腻的人，他太容易触景生情，几乎一句话一个声音都会让他的思绪走得很远，这也就是为什么人们的一句稍有暖意的话语就会让他眼泪汪汪，一朵路边的摇曳的野花也会让他凝神半晌。

忆苦思甜大会结束后，副师长将雷锋带到办公室，问雷锋为何哭成这样。雷锋说："我听了他家的事，就想起了我家里的事，我的家比他家苦多了。"领导说："你给我们讲讲你家的事吧！"

雷锋说："我啊，小时候太苦了，没法说啊！"

说着说着眼泪就下来了，"我家的苦难同样深重。但我不是为悲惨的命运家史哭泣，而是想到党对我的养育恩情时感动得流泪。"

听罢，副师长说："目前国家面临困难，为了提高部队的抗灾能力，刻苦练兵，部队还想搞些活动，你明天就给全师做个忆苦思甜报告吧！"经请示雷锋所在部队，同意雷锋为守备三师做忆苦思甜报告。

从这场忆苦思甜报告会开始，雷锋便开始了他的演讲之旅。

第二天一早，该师礼堂悬挂上"欢迎战士雷锋做忆苦思甜报告会"的标语。这是雷锋有生以来第一次走上正式的讲台。他开始面对数千名官兵正式讲述自己在旧社会的悲惨经历。在讲到母亲含冤自尽时，雷锋不能自已，他放声痛哭，台下的官兵也无不流泪。

从小到大，我印象中的雷锋一直在微笑。

他的微笑已经成为中国最神圣的标志，我怎么也想象不出，我心中的偶像会哭，会大哭，并且是号啕大哭。而那天，我意外地看到他痛哭的照片。端详照片的刹那，我有五雷轰顶的感觉。

雷锋，你居然也会哭？

他站在那里，大概是冬天，他站在一群战士中间，在露天的汽车停车场上，一群官兵围坐在四周，他的确是在痛哭，他哭得五官都变了形。

最后一张照片，是他痛苦到极点伏在桌子上大哭的照片。

我望着照片，隔着时间的河。

站在彼岸的我，还是听见了他哀哀的哭声。

那声音，没有因为他变成了青年而减弱，此时的哭声和他7岁时一样撕心裂肺。他的泪，不是落给谁看的，他在那会儿，一定是又回到了他的黑暗的7岁，回到了母亲离世的那个黑夜。

事实上，他最爱的是母亲。

他对母亲的想念从未停止，而忆苦思甜的这个机会，让他对母亲的思念在这讲述中爆发，他积攒了太多的泪了，但从没有机会痛快地宣泄，现在，他终于能在众人面前以革命的名义倾诉了。

沈成章，雷锋生前所在部队团俱乐部主任。

1961年，我陪雷锋来到抚顺市望花区的一所小学。

雷锋给全校师生讲了全家人在三座大山的压迫下，父亲、母亲、哥哥和弟弟先后被吃人的旧社会夺去生命的过程，雷锋边讲边哭，泪流满面泣不成声。台下的师生被深深地感染了，整个会场哭声一片。

学校教导主任举起右臂高喊，不忘阶级苦，牢记血泪仇！师生们与他一起高呼口号，雷锋说是共产党救他出了火坑，他打心眼儿里感谢党，感谢毛主席。回来的路上我对雷锋说，你以后做报告时尽量不要哭，你的湖南口音加上你哭泣哽咽，别人就不容易听清楚你报告的内容了。

雷锋对我说，沈主任，你不知道，我只要一想起死去的父母兄弟，就控制不住自己的感情！这时我才真正体会到，他的哭泣是发自内心的。

为什么雷锋能成为忆苦思甜的典型？

爸爸被日军殴打而死，哥哥被资本家虐待而死，妈妈被地主虐待上吊自杀。这些悲剧都是发生在万恶的旧社会，雷锋的家史正是旧时代受苦受难的象征。雷锋家人的死，正好分别对应了毛泽东所说的压在中国人民头上的三座大山，即帝国主义、封建主义、官僚资本主义。

雷锋的忆苦思甜影响很大，沈阳军区先后有20多个部队请他去讲。

沈成章来到炮兵部队，听雷锋讲学习毛主席著作的体会及自己由一个苦孩子成长为毛主席的好战士的过程，他看到了一幕激动人心的场面。

报告在"向雷锋同志学习"的口号声中结束。

战士们兴奋地把雷锋从地上托起抛向空中，嘴里还不停地喊着，向雷锋同志学习！我担心万一把雷锋摔坏就不好向首长交代了，于是拼命高喊，让大家住手，可战士们根本没听见我的喊话，继续高兴地抛起雷锋。可见当时战士们是多么喜爱和崇拜雷锋啊！

此时的雷锋很希望自己的讲述能为那些和他一样历经苦难的需要温暖的人们送去爱的启迪，他并没想到这苦难的家史在某种意义上让他从后台走到了聚光灯闪烁的前台，他想的只是报恩，只是感谢，党需要他做什么就做什么。这一点，在他的日记里不止一次地明确表明了。

可以说在我的周身的每一个细胞里，都渗透了党的血液。

为了忠于党的事业，永远做党的驯服工具，今后，我一定要更好地听从党的教导，党叫我干什么，我就干什么，绝不讲价钱。

"永远做党的驯服工具。"

这是雷锋的掏心窝子的话，不是口是心非的话。

他的确是这样想的。

在今天回望这句话，你会觉得可笑。

一个人，一个活生生的人怎么会甘愿做一个工具，一个类似螺丝钉的工具？如果不是对共产党的情深意切到了极点他怎么会有这样的语言？

雷锋，对共产党的感恩之情已经到了无以言表的地步。

倘若一定要有一个形象的比喻，那么他对党的情感已经到了爱情一般生死相依水乳交融的深度。

那天，我意外看见雷锋在做报告时展示他背上的疤痕的照片。

第一次看到这张照片的震惊感至今记忆犹新。

我反复端详，甚至伸出手指试着触摸。

原来雷锋真的是血肉之躯，不是人们后来看到的钢筋水泥铸成的雕像。但有一点是今天的人们忽略的，在他讲述苦难家史的几年里，雷锋并不快乐，他甚至比以往更痛苦。一个人如同祥林嫂般天天讲那些泪水往事，他怎么会有快乐的感觉？讲到悲伤时他一定要号啕大哭，讲到解放时他一定要放声大笑。这戏剧般的讲述时间长了，一定是痛苦的折磨，这一点，我肯定。起初他拿着讲话稿，但讲起来就不看稿子了，可还是那么生动，雷锋讲得实在是太好了，部队就安排雷锋到各地去做报告，但他不断地做忆苦思甜报告，每次回来后他都有几天心情不好。

那段时间，雷锋脸色苍白。

1961年春天，雷锋在兄弟部队巡回报告10多天后回来了。

连长虞仁昌发现雷锋脸色不好，异常消瘦。

他向我汇报了一路上在兄弟部队受到的教育和热情的接待。

我打断他的话，雷锋你是不是病啦？他轻快地回答没有什么，只是近来晚上常常睡不好觉，到12点还睡不着。我知道雷锋每天都要回忆自己在旧社会的悲惨生活，情绪激愤，以致过度疲劳而失眠。

当天我就命令他休息。

我又告诉四班长，不论是公差勤务还是体力劳动都不让他参加。

我觉得雷锋睡觉的地方不安静，就叫他睡到连部我的床上，我睡到别的地方。他再三要求准他仍睡在班里，经我说服终于睡到了连部来了。

第二天我起床他也起床了，我问他昨晚睡得安宁吗？想不到他说连长真的我昨晚比前天晚上睡得还不好，你还是准我回去睡吧，什么工作你也别让我干了，你叫我睡这里我思想上更安静不下来。我听着心里难受极了，心想这么好的同志眼看着身体瘦下去怎么办？我把这情况告诉指导员高士祥。他说你还不知道雷锋那个劲儿？叫他不工作怎么做得到啊？

这是雷锋的选择。

两个月前的一个星期天，雷锋上街去理发。

看到成千上万的人正在热烈庆祝望花区人民公社的成立。

我想一个新成立的人民公社，一定会有很多困难，我是一个人民解放军战士，一定要以实际行动去支援。想到了这些就到储蓄所取了200元钱。我到了望花区公社说明了来意，公社干部只说收下我的心意，但是不收钱。我说这钱是人民给我的，我现在把它还给人民，支援人民公社发展生产，你们一定要收下这笔钱，就像做父母的收下自己儿子的钱一样，是不必客气的。说了半天，公社只收下100元。

不久报纸上有消息说，辽阳地区遭受了百年不遇的特大洪水灾害。

我是从辽阳参军的，对那里的一切怀有很深的情意，那里受了灾我不能袖手旁观。想来想去，也没有别的办法，我就把公社没有收的100元寄给了中共辽阳市委，请他们转交灾区人民。

雷锋第一次给望花区人民公社捐款200元时，返回来100元。

第二次给辽阳灾区捐款100元，辽阳市委退了回来。辽阳市委办资料科的科长李绍信被抽调到秘书组接待群众的来信来访。

2008年6月，李绍信这样回忆道：

辽阳遭灾不久的一个上午，市委传达室给我送来雷锋给辽阳市委寄来的一封信和一张绿色的汇款单，汇款金额是100元。在汇款单附言里雷锋写道，我是从辽阳参军入伍的，辽阳是我的第二故乡，辽阳遭受水灾，作为一名中国人民解放军战士我要挺身而出，以实际行动来支援灾区人民。

那时辽阳市委还没有发出为灾区捐款的号召，我就此事请示市委领导。领导们看过汇款单和信很受感动。但同时认为部队战士每个月的津贴只有几元钱，要攒100元至少得一两年，他们实在不忍心收下雷锋寄来的钱。领导便指示我将雷锋的汇款退回去，并给部队写封表扬信。

我写了表扬信，连同汇款一起寄回了部队。

20年后，李绍信去抚顺雷锋纪念馆参观。

在馆内的一个显著位置，他看到了当年的那封表扬信，他寄回的那100元钱雷锋并没有取回，这笔钱至今仍存在抚顺邮局。

我在50年后跟小易坐在她家的沙发上聊起这件事。

我们沉默了许久。

小易最终长叹一口气："你说他那时也20多岁了，他就不想想以后他也要成家也要过日子，他从来也不想自己，心里从来也不想这个，这有事他捐款，那有事他捐款，他就是为别人活着的人。"

小易不知道的还有一件事。

除了捐款，雷锋最喜爱的那点衣服差点也要送了人。

雷锋1961年9月19日的"入党转正申请书"中提及了这个。

我接到河南省一个民办小学校的来信，他们说因几年遭受自然灾害，造成了一些暂时的困难，要我给予他们以经济帮助。

我看了这封信后，就向首长请示，准备卖掉自己的衣服和皮鞋，以支援他们办学。首长没有同意我这种做法的时候，我心里感到很不安。

后来拿出自己在部队一年零九个月积攒下来的全部津贴费（一百元），支援了干沟民办小学校。我把钱寄出去了，心里也就快活了。

罗叔岳，驻营口工兵第十团卫生连的军医。

1962年3月中旬的一个星期六上午，部队后勤处——卫生连和运输连都归后勤处管辖——组织党员在上石碑和下石碑村之间的野外上党课。

会刚开不久雷锋就向领导请假说有点事儿很快就回来。

原来距离上党课的地方不远处有一条小河，河对面有位老大娘带着个小女孩准备过河，这一老一少在河对岸踱来踱去，无法过河。

这一情景被雷锋看见了，于是他请假脱下鞋赤脚蹚过河去，将老大娘和小女孩儿背过了河，这件事给全体党员上了一堂生动的党课。

在这冰冷的3月天里，河水冰凉刺骨，这么多党员在开会，为什么只有雷锋看见老大娘和小女孩儿要过河，并且把她们背过河？

这说明雷锋心里有老百姓，有人民群众。

这个将心都给了人民的人，现在他的成绩越来越突出，嫉妒的人也就越来越多，这个时候背后各种声音四起，我不知道雷锋听到了多少。

有人说雷锋没什么了不起的，不过就是两双破袜子几个牙膏皮，雷锋没有家，有钱花不了不给公社给谁，我要是没有家也能做得到。

庞士元在雷锋所在连当代职副指导员。

他在1994年这样回忆雷锋那段艰难的日子：

晚间班务会上，雷锋以毛主席的教导为准则，向班长提了意见。

当时的班长在工作生活中有一些毛病，会上是接受了意见，心里却不痛快，就这样雷锋得了个贬义的"马列主义者"的绰号。当时训练驾驶员有个规定，理论部分学完后，要实际驾驶几千里才能正式上车。有一天轮到雷锋实际驾驶，我也跟车去了，坐在车厢内从玻璃窗中看他，总觉得他手忙脚乱满头大汗。

回连后问他为什么那样，他说驾驶时间少，抓住方向盘心里有点慌。问他为啥驾驶时间比别人少，他说几次该他开车时，班长就派他去搞卫生或到菜地里除草。我心里明白了，他是穿了小鞋了。

我为雷锋不平，问他为啥不提意见。

他说搞卫生拔草总要有人去做，别的同志多上车先学好，也是对连队有好处，我慢慢来还是赶得上的，不应该为这对班长有意见。

我看他那认真而毫无做作的表情，自己倒感到难为情了。

这，就是雷锋，可当时部队只是认为大家对雷锋本质的认识不足。

事实上他们的确不认识雷锋，不知道他有着怎样的灵魂怎样的头脑，他实在不适合这个复杂而浑浊的世界。

第一次连支委会讨论研究发展雷锋入党时，有人提出，他是不是做样子给大家看，出风头搞名堂？还有人对雷锋说，要是大伙都像你这样报纸上就登不下了。

雷锋参军以后，给小易来过几封信。

我也回过信。我们通信都是相互鼓励，一直保持着真挚的友情。

每当得知他在部队立功受奖的消息，我和周边的人都特别高兴。他果真成了文武双全的好战士，也证明了我没有看错人。

这一年，中秋节到了。

那天晚上，司务长分给每人4块月饼，大家有说有笑边吃边谈。

雷锋领到月饼后一口没吃，坐在那里发呆。中秋之夜，十几年前那个中秋之夜，这是他和妈妈诀别的日子，你要他如何吃下这团圆月饼？

他包起来放进挎包，战友问他为何不吃，他说医院躺着许多伤病员，我想把这些月饼送给他们。在那个夜里他写了封慰问信：

亲爱的阶级弟兄，为祖国社会主义建设负伤和有病的休养员同志：这4块月饼是人民给我的，它使我想起了过去的苦，体验了今日的甜。因此，我自然地想起了你们，请接受一个战士的心意吧。

第二天，他抽空儿来到驻地附近的抚顺西部职工医院。

摄影记者季增得知此事时雷锋已经开车拉粮去了。

他灵机一动，直接去雷锋经常去的一家医院门口守株待兔。

等了一小时，雷锋背着挎包，拎着一个小包走过来。

他来了，他在医院的门口停下来，他在端详着医院的牌匾，他在盯着"抚顺西部职工医院"几个字发呆，他为什么要这样发呆？

他盯着医院的牌匾木木地站立了十几秒。

我远远地望着，悲伤地远远地望着他。

我几乎要一个箭步冲过去告诉他，他的生命，将要在一年之后终结在这里，但是，我该怎样穿越到1961年呢？

雷锋抬起了头，他大步走进了病房。

在他停留的那十几秒的时间里，摄影记者季增将这个瞬间定格，这张照片是雷锋照片里少有的偷拍。

我立即抓拍了这张照片。这时候他还没发现我呢，后来我跟他一起走进病房。他看到我挺吃惊，问我你也是来看病的吗？

我说不是，是来拍你的。

雷锋就无可奈何地笑了。

这件事，雷锋也写在他的日记里了。

写日记是他的习惯，他记的大多是他这一天又做了什么样的好人好事。

他记下这些事情只是因为这个单纯的人自己高兴，并不是要写给任何人去看的。那个时候，日记，事实上已经是他最倾心的伙伴，唯一可以诉说衷肠的伙伴。但是，这一点，被后来的人及当时的人无数次偏颇地理解。他们一再地质疑，为何雷锋做好事不留名却都要写在日记里？

我想此时，我应该解释清楚了。

第九章

挚 爱

这个讲述　是给对生命失望的人　也是给仍对
生命怀抱希望的人　生命仍在闪闪发光

雷锋没有让我们失望，才半年，他就立功受奖了。

1960年11月6日，对于雷锋是重要的一天，但他不能写得太狂喜，他便以流水账的形式记录了他一天的行踪。

昨天我向于助理员请好了假去辽阳化工厂看我原来的厂领导和工人。今天早上从沈阳乘火车到了辽阳市。因没赶上火车，我到了辽阳市武装部，见到了于政委。

而多少年后，余新元说成雷锋是专门回去看他。

我不知道老人是不是仔细看了雷锋那天的日记，如果知道雷锋只是没赶上火车才去看他，老人心里是不是会有一丝的不悦。

上午9点钟，雷锋走进余新元的办公室。

1960年11月6日，那天，他到辽阳办事，他专门来看我。

当时我感到很突然，我没想到啊，突然他进来了。

哎，我说，雷锋你怎么来啦？他说我来看你。

我说我感谢你。我摸着他的脑袋。我就问他，你吃饭了吗？吃了。你在部队学习还那样啊？还那样。部队累不累啊？累。你开车，听说开个苏

170

联嘎斯，怎么样啊？我想法把它改造了。我又向雷锋叮嘱了几件事，第一要好好学习，第二要注意锻炼身体，第三要团结同志，严格要求自己，管理自己。我说我希望你把学习毛主席著作永远坚持下去。

他说余叔叔你放心。我还跟他讲了，我说你要争取当五好战士。

我不知道，他那时已经是五好战士了。

事实上这里我要说的是，雷锋是诚实的。

我们看到的雷锋日记也是诚实的。我们知道了雷锋为何要去看望余新元，也知道了余新元在雷锋心里的情感分量，知道了他们之间的深深的挚爱，尽管雷锋把"余"写成了"于"。

他像父亲一样，左手握着我的手右手抚摸着我的头，微笑地说小雷锋，我昨天在日记本子里还看到了你以前给我的那张相片，我还想起了你，真想不到你今天来这里。他带我到办公室，亲切地问我在部队的情况，我激动地向首长汇报了自己的工作和学习情况。

于政委听了说好，应当好好干，把自己的力量献给党的事业。

下午7点钟我乘火车到了安平。7点半钟就到了我原来的工厂——焦化厂。我走进党总支办公室，熊书记、李书记、吴厂长看见是我回来了都很高兴，我也非常兴奋，好像见到了自己的亲人一样。他们真是热情地招待，给我倒茶，还给我做了饺子和鱼吃，把我安置在很温暖的房间里睡觉。

还带我到厂内参观了现代化的机器生产。

我见到了许多以前和我在一起工作的同志，感到高兴万分，新建的焦炉都出焦了，想起自己为这焦炉建筑贡献过汗水，从心眼里感到骄傲和自豪。

在这许多以前一起工作的同志里，就有小易。

但雷锋没有提到她的名字。在他的22年中，一定是有若干让他喜悦并刻骨铭心的事情，但是，这个青年并没有一一呈现在本子上。

11月7日，小易陪同雷锋在弓长岭各处走了一天。"他回弓长岭那天，你过得是不是非常快乐？"我问，我的声音开始放低，我们此时的谈话已经变成"他"，而不是雷锋，我们如同年少的女子在低声谈论自己倾心的人而不是其他，小易先是沉默，最后使劲地点头，用力地点头。

"你请了一天假？"小易点头："是。"

"他穿上军装以后更帅了是吗？""是。"

那一天，陈日东股长给我一天假。我陪着雷锋参观焦化厂。陪他到了安平，陪他吃饭。还陪他去了一趟吕长太的家。

他和小易一起去了吕家看望吕长太。

他回来那天，吕家跟过年一样的乐。

他胖了，说话跟在焦化厂也不一样了。

那时说话有点南方味，在部队待了一段后差劲了。他告诉我爹，部队天天奖励他有奖状，他高兴他得好好干。他就告诉我爹这样的话，他没说他是名人，他不说，雷锋不说这个，他就告诉我爹我一定要好好当兵。雷锋给我爹带来些礼品，给我爹一套单衣一双鞋，送给我一个笔记本。

他们走后，爹对我们说，雷锋可能搞对象了。

爹说这话时那个高兴啊！

事实上，这一天最快乐的是小易姑娘。

厂里放了我一天的假，我们都好高兴啊。

一年多不见了我们有说不完的话。那是多么快乐的一天啊，那天的阳光格外地明媚，我们有说有笑玩了整整一天，他戴个帽子，穿个大头鞋，显得他个子好像长高了似的。

小易想了想，又肯定地点点头。

他是长高了一点，比以前更漂亮了一些，我有那种感觉。

参了军的雷锋在部队这一年的确长高了。

战友王鸿沛后来也这样回忆道：

我发现雷锋个子长高了，我就问他，你长了多高？现在体重有多少？

雷锋说，个子有1.58米，体重超过110斤了。

2013年的11月中旬，我和小易阿姨早晨醒来边整理床铺边聊天。

"我特别不喜欢别人总说雷锋个子矮，尤其一提雷锋就是'那个矮个子小战士'。"我说。"可不是，我也特别烦别人这么说雷锋。"小易阿姨说。

"那天弓长岭雷锋纪念馆不是要建雷锋塑像吗？我就建议把雷锋塑造得高大一些，有人在一旁说雷锋那么点儿小个塑那么高干吗？这把我气的。"

我回过头去仔细端详着阿姨。

小易，这时候的小易分明是少女小易，她的眼睛瞬间明亮，那明亮的光芒让我望不到她脸上的皱纹，望不到她头上白发。

19岁的姑娘，你是多么美啊！

我们俩一起爬上了姑嫂城的烽火台。

那烽火台上一定还回荡着我们当年的笑声。

那个山我过去了，就是吕大爷的家，那个山很难很难走的啊！

那两个美好的人啊。

就站在姑嫂城的最高处，朝着他们喜悦的未来方向张望。那时，你们多么年轻。一切都是那么新鲜生动，欢乐的风从水面上滑过，摇曳的花朵和蝴蝶认得你们，在夕阳燃烧最猛烈的时候你们站在这里。

2013年的秋天，我也站在弓长岭了。

我迎风站着，眼里噙满了泪水。

就是在这里，雷锋和小易也这样喜悦地站在这里。山野里有两棵高高的山楂树，正值春天，山楂树的花开得正浓，如同大团大团的白雪堆积在枝头，那会儿谁能知道在接下来的时间里会发生那么多的不可预知的事情，会知道分离遗憾还有死亡就等在不远的地方吗？

而此时她与这个穿白衣深色裤子的人已经阴阳相隔51年。

51年的时光已经融化在时间的水面上，最终凝固成一扇没有开启的窗。顺着高高低低的房屋檐角望过去，51年的旧时光正摇晃成悠悠流水从很久以前流过来。还是回转到1960年11月7日吧，这一年的深秋。

我送他到车站的时候，我们俩并肩走的。

晚上我送他去火车站，在车窗里他递给我一张照片，那是他在部队怀抱手风琴的黑白照片，上面写着"青春之歌"几个字。给我照片的时候雷锋也没说小易你等着我啊等我当兵几年回来，他没有说。

火车开走了我还傻站在站台上。

天已经黑了，晚风有点冷，我紧跟火车远去的方向，心里期待着一封表白的书信。就是因为误会啊，就是因为少了这句话，我们擦肩而过。

这是命运吗？后来的生活就发生了巨变。

弓长岭的焦化厂解散了，小易没有了工作。

那个时间，我成了茫然孤独的树叶，不知要被风吹向何处。

在雷锋的日记中，你看不到一篇与爱情有关的文字。

整整4年，在他的日记中，没有一篇涉及，无论是谁拿起他的日记，都希望在这里面看到有关爱情的描写，最终所有希望看到这些的人都一无所获。雷锋的情感，一直是所有媒体含混或避而不谈的事情。

似乎一触及这个话题就是绯闻，"情感"二字会令雷锋的形象不再高大完美。他们似乎忘记了，爱情是人性的本能，就像春天的小草一定要萌芽、秋天的果实一定要成熟，所有的人，似乎都忘记了。

关于这个困惑，雷锋所在团政治处原主任刘家乐回忆道：

雷锋那时越来越突出，我感到有了压力产生了"怕"字。

主要是因为一个青年人出了名又住在城里，青年男女都喜欢雷锋。雷锋又是个年纪轻轻的人还经常单独外出做报告，而且军队地方都去，谁能保证他不发生任何问题呢？我当时主要是怕出两个问题，怕他骄傲，怕他谈情说爱，一旦发现这两个问题那就必须立即采取措施。

因为骄傲会使人落后。不注意影响过早谈起恋爱不但军队中不允许也影响斗志难以挽救。所以我必须想到这些，哪怕是想得严重些，以防万一。后来我发现雷锋严以律己，他的行为根本用不着担心。

此时，是1960年的8月。

雷锋的事迹越来越多，在军内外影响也越来越大。

而在当时，雷锋已经是全团的节约标兵，同时训练刻苦热心助人，是全团学习的榜样。他主动申请驾驶从抗美援朝战场回来的"耗油大王"13号车，经他的保养调理，该车的油耗降低了35.7%。加上一封封的感谢信一件件的好人好事，雷锋几乎要形成一股强大飓风。

在和平时期入伍不到一年的新兵，一般是不考虑作为党员发展对象的，而支委会还是决定要发展雷锋入党。

雷锋接过入党志愿书时，他激动得手在发抖。

他拿笔就填写，填完自己念了一遍，觉得不理想又向文书要了一份。

第二次填写时他心情平静了一些，在入党志愿书上又填写了申请书上没有的新内容，这次他满意了，郑重地交给了党支部。

尽管如此，第一次连支委会讨论研究发展雷锋入党时，有人提出，他是不是做样子给大家看，出风头，搞名堂，还有人对雷锋说，要是大伙都像你这样，报纸上就登不下了，说这话的人并不是说自己的意见，而是说成群众反映。

没有人在他活着的时候告诉他，雷锋不要在意。

领导们只是问他："你听到这些话有何感觉？"

战士无奈地回答："他们说我，是我做得不够，没很好帮助他们，等我做得更好了，他们就会明白是自己错了。"

既然是群众反映支部就做了认真分析。

折腾了一遭，最后还是认为雷锋出身好热爱党、热爱社会主义，做好事也是实心实意的。结论是雷锋同志说得对，一切身在福中不知福的人是要好好想想的，但是——我是这样讨厌"但是"两字，生活就是这样，它总是在关键时刻一次次地但是。

果然，支部考虑他军龄短，还是准备再考验雷锋一段时间。

最后雷锋的入党过程，就太富有戏剧性了。

1960年11月，沈阳军区工程兵在军区招待所召开政工会议。各团政委教导员指导员参加。会议期间，军报记者问工程兵政治部宣传处的人雷锋能不能入党？我们听过他的报告，准备在《解放军报》发表他的事迹，他若是党员就更好了，能否尽快解决组织问题，我们希望支部研究一下。第二天，也就是11月8日，韩万金政委把指导员高士祥叫来。韩政委说："你今天下午赶回抚顺连队，争取今天召开支部大会讨论，解决雷锋的入党问题，明天赶回沈阳。"

11月8日下午，指导员高士祥火速回到抚顺。晚饭前召开了支委会。

会上，我念了雷锋的入党申请书，介绍人介绍情况。大家异口同声地同意雷锋入党，紧接着又召开支部大会，24名党员到会8名，其余16人夜间执行任务，9日早晨我征求他们的意见都表示同意。

我在入党介绍人一栏郑重写道，雷锋同志牢记我党宗旨，全心全意为人民服务，爱憎分明，有坚定的政治立场，我自愿介绍雷锋入党。11月9日我赶到沈阳，通知正在辽宁省实验中学做忆苦思甜报告的雷锋要他到招待所找我。

傍晚，雷锋在招待所的楼梯口被一群年轻的招待所服务员给围住了，请他签名。这时候的雷锋已经有了名气。

服务员在走廊里碰到了他。

姑娘鼓起勇气问："你是雷锋吗？"见到小战士微笑点头，姑娘仿佛瞬间抓到了宝贝。她拽着雷锋直跳："你们快瞧，这就是雷锋啊！"

这是一种分享珍宝的感觉。很快，又有更多的年轻人都过来了，大家看到雷锋，既好奇又亲切。面对追捧，年轻的雷锋只是抿嘴微笑，摆了摆手，他还有重要的事情，他歉意地摆摆手。

这是一场青春的相识，时至现在，老人还能忆起那个画面。

55年前，那个穿着军装的大男孩儿匆匆往楼上跑。

而她，站在楼下，朝着他大声喊："你是雷锋吗？"

雷锋在门口喊着，报告！

我知道是雷锋来了，他进来了，立正，敬礼，报告，我来了。

我从床头柜里拿出他的入党志愿书给他看，他的眼睛紧紧盯着不挪开。

雷锋，从现在起，你就是中国共产党的党员了，我严肃地说。

他好像久别母亲的孩子一样哇的一声哭了。我们在场的几位指导员和教导员全被雷锋对党的赤诚感情所感动。雷锋用手翻动着他的入党志愿书，哽咽着断断续续地说，我终于是共产党员了。

党是我的再生父母，今后我坚决听您的话。

雷锋从入伍到加入中国共产党，只有10个月的时间。

1960年1月入伍，当年7月上报发展党员名单，全团100多人中，运输连的雷锋是唯一一名新兵。这一天，雷锋在日记里记录了他激动的情绪，写下11月8日的巨大幸福。

1960年11月8日，是我永远不能忘记的日子。

今天，我光荣地加入了伟大的中国共产党，实现了自己最崇高的理想。

我激动的心啊！一时一刻都没有平静。［略］

在您的不断培养和教育下我从一个穷孩子成长为一个有一定知识和觉悟的共产党员，伟大的党啊，您是我慈祥的母亲，我所有的一切都是属于您的，我要永远听您的话，在您的身下尽忠效力，永做您忠实的儿子。

1960年11月9日的深夜，他还没睡。

这一夜他写了几封信，都是在讲述他成为共产党员后的巨大的喜悦心情，在这些信里，有一封是写给弓长岭的书记的。

在这封信之前，他已经寄过一封。在那一封信里，雷锋请书记将他在工厂的情况写成材料寄来，是因为部队需要了解他在弓长岭为何被评为标兵红旗手、先进工作者、党的优秀宣传员的细节，等等。

但不知为何没有回音。

敬爱的熊书记、李书记：

你们都好吗？

我给你们的来信是否都收到了呢？今天我怀着万分高兴和激动的心情提笔给你们写这封信。首先让我向你们报告吧。我于本月8日加入了光荣的中国共产党，成为一个新党员，我是何等喜悦啊。

这几天晚上我激动得连觉也睡不着，我今天能成为一个共产党员，这是和你们对我无微不至的关怀和教导是分不开的，光荣应归给党和你们。

由于党和人民对我的极端重视和信任，现在北京来了新闻记者，解放军报社、前进报社、辽宁日报社都来了记者，在沈阳军区收集我的一切材料。我于本月7日就接待了他们汇报了我的一切情况，各位记者们给我拍了二十多张各式各样的照片，现在我寄给你们两张照片。

现在军区的文艺工作者正在把我所做的一点点工作编成剧本和图书，我们军区首长说，还要给我拍电影，这一切真是做梦也想不到啊。

我这么一点点贡献比起党对我的要求和期望还是不够的，我决心继续努力，忘我地工作和好好地学习，练好本领，时刻准备着为党和阶级的最高利益献出自己的一切直至宝贵的生命，永远做毛主席的红色战士。其次，请将我在工厂工作的一段情况，整理成材料寄来，新闻记者等着需用。

此致　敬礼

雷锋

60.11.9晚起草

早晨，河里蒸腾起水汽，太阳的光照得人人都眯着眼睛。

人们不知道这个春天过后，生活将会发生怎样的巨变。

原沈阳军区工程兵政治部副主任王寄语这样回忆：

1960年的11月，我为了进一步了解雷锋这个先进典型，了解他的成长过程，便给韩政委打电话，让他转告雷锋来沈阳时把日记带来。

雷锋按照要求，把他的日记本和笔记本带来了四五本，开会的人员住在军区第一招待所。一天晚饭后雷锋带着日记本直接送到我住在和平广场一号楼的家。雷锋对我说首长，我现在就这几本了，其实在鞍钢的还有，一下子找不到了。我笑着说我就看几天，保证一页不会少，给你写个保证书都行。就这样，雷锋的日记到了我的手里，我连夜看了一遍，越看越感到一个普普通通的战士，在日记里竟能记得这么好，不仅思想境界高，而且富有哲理性，我被日记深深地打动了！

在看完的第二天，我们组织成立一个小组，让他们对日记进行一次摘录整理，并明确要求不准修改不准补充，一定要实事求是地原文照抄，随后我把日记还给了雷锋。

1960年12月1日，雷锋日记在《前进报》首次以一个版的篇幅被摘录发表。编者在按语中写道：

雷锋同志的事迹，在本报1309期上已做了些介绍，这里再把他的日记摘录一部分发表。当我们翻开他的日记本开始阅读时，就把我们的精神完全吸引住了，每一篇每一句都对我们是一个极大的教育和鼓舞，使我们久久不能动笔割爱。

雷锋同志的确是我们祖国的优秀青年，是毛主席的好战士。

他热爱祖国，热爱人民，热爱我们伟大的领袖毛主席，热爱自己的阶级兄弟，热爱社会主义，热爱新生活。他用毛主席的思想武装自己的头脑，指导着自己的行动，处处把方便让给别人，把困难留给自己，大公无私舍己为人。他真正做到了对同志像春天般的温暖，对工作像夏天一样的火热，对困难从不畏惧，对敌人恨之入骨。他没有好了伤疤忘了疼，时时刻刻都保持着劳动人民艰苦朴素的美德，雷锋同志的行动，具体地表现了这些先进思想和高贵品质，他的日记又真实地记录了他的内心情感和具体行动，言行一致，表里如一。

希望同志们再仔细地阅读一下这组日记，把雷锋同志作为一面镜子，来对照检查自己，学习雷锋，赶上雷锋，发一发阶级之愤，图一图祖国之强！

我之所以把这篇按语原文抄录，是因为这个按语在发表之前，经过了沈阳军区政治部的敲定和审阅，它反映了当时军区领导机关对雷锋这个祖国优秀青年、毛主席的好战士的基本认识和基本态度。

日记发表时标题醒目：听党的话，把青春献给祖国——雷锋同志日记摘抄。这一版上共摘抄了雷锋1959年8月至1960年11月的日记15篇。

发表之后在军区部队引起很大反响，最令我欣慰的是，这些文字雷锋都看见过，我一次次想象他阅读这些文字时的感受，他一定喜悦至极，一定在这一刻又想起了他的母亲张圆满，我在他的脸上又看到了隐隐的忧郁。

1961年的第一场雪纷纷扬扬地下了起来。

雷锋抬起头，看见了元旦的红灯笼在飞舞的雪花中摇曳着。

1961年1月1日

1960年已过去了，新的1961年在今天已开始。

今天我感到特别的高兴，入伍一年来，我在党和首长的培养教导下，由于同志们的帮助，使我学会了很多军事技术知识，刚入伍时什么也不懂，手拿着枪还心惊肉跳只怕走火。【略】我从一个流浪孤儿成长为一个共产党员。这完全是党的培养教育同志们帮助的结果。我要永远忠于党，保卫党的利益，为党的事业奋斗终身。

1961年春节过后不久的一天，他又被接到沈阳做忆苦思甜报告。他到军区工程兵司令部机关办公大楼去看望了戴明章。

中午我留他在军官食堂吃的饭。

就在这一次他兴高采烈地对我说戴参谋，不，首长，我得感激你呀，若不是多亏了你，我就不一定当上兵了。接着他显得不好意思似的，低声细语地告诉我说，我向你报告一个好消息，我已经在去年的11月8日，光荣地被批准为共产党员了，同时还问了一句，你替我高兴吗？

这是雷锋的习惯用语。他在快乐的时候，会像个孩子似的，一遍遍地确认这种幸福。这种确认方式就是问你："你替我高兴吗？"和这样透明的人在一起，谁会说"不替你高兴"？即便你是妒忌心极强的人，也不会忍心让他伤心。

戴明章发自内心地替他开心。

说话间，他是那样充满着快慰和幸福感。

我也为他感到无比高兴。

在他离开我们军务处的办公室时，我们一直是手拉手的，我把他送下楼。走到大门外，他向我行了举手礼，道声再见。我也说了一句再见。

没有料到，这次离别成了我与雷锋的永别。

这时，雷锋和已回湖南望城的张建文还在保持书信往来。

就在这一年，雷锋在给张建文的信中，提到部队正掀起向某某学习，你在地方也要努力工作，干出成绩。张建文当时没在意，后来雷锋牺牲后他才反应过来，雷锋信上所写某某应该就是雷锋自己。

这一年的2月3日，雷锋见到了他最敬仰的战斗英雄。

今天我到达海城部队后，上午做了一场报告。

下午我和郅顺义老英雄见了面。老英雄抚摸着我的头，紧紧地握着我的手，亲切地问我多大年纪？什么时候入伍的？同时还倒给我一杯茶。

当时，我的心像抱着一只小兔子一样，怦怦直跳，有一肚子话可不知咋样说好。我听说老英雄是董存瑞的亲密战友，我的心像压不住似的要往外蹦，万分敬佩和羡慕地叫他给我讲董存瑞的英雄事迹。

我听到老英雄讲完董存瑞的英雄事迹后，我的心像大海的浪涛一样，久久不能平静，我感动得满眼热泪直掉。

老英雄郅顺义，我两次见到他。

1992年，我还在学校，那天似乎是青年节，他和我们一起过节，初夏的阳光很好，我还怯生生地和他照了张相，那照片，至今还在。

再次见到他，是2000年，我拍开国战斗英雄的纪录片。郅老英雄就是其中一位人物。这时候的郅老英雄变得很衰老，他眼睛昏花地打量我，问我需要他说什么，我有崇拜英雄的情结，采访时一直紧紧握着他的手。

但那时，我不知道他见过雷锋。

那天，我看到他在1993年写的回忆文章。

老人的叙述，让我的眼睛瞪大了。

我和同学们参观了雷锋事迹展览馆。

一位女同学问道，老英雄，您见过雷锋吗？见过，那是1961年2月。雷锋个子高吗？一个调皮的男同学问道。中等个儿，长得可英俊，帅极了。

这是我11年来第一次见有人这样形容雷锋的身高，而这句话出自老英雄之口，我几乎要脱口而出：谢谢，我要替雷锋说：谢谢。

身高，又是这个身高。我很想替雷锋展示他祖辈父辈的身高，相信那身高会在某种程度超过讽刺他们的人，如果让他们重复雷锋的流浪生涯我相信他们会是真正的侏儒。为什么人人都要盯着他的身高，而无人注意他的精神高度？何况，他在后来真的长高了。

就在雷锋与老英雄见面的十几天后，雷锋又因为他的快速成长而被他的某个战友嫉妒，这巨大的嫉妒情绪就是由雷锋的身高而引发的。

敬爱的毛主席，我看到您写的《纪念白求恩》这篇文章，深受教育。我被感动得流下了热泪。有人讽刺我说，你积极有什么用，那么点的小个子，给你150斤重的担子，你就担不起来，我听了这话，还埋怨自己为啥长这么点小个子呢！可是您老人家说一个人能力有大小，但只要有这种精神，就是一个高尚的人，一个纯粹的人，一个有道德的人，一个脱离了低级趣味的人，一个有益于人民的人。这话给我很大鼓舞。

个子小，我也要尽我自己最大的力量，做到毫不利己专门利人，向伟大的国际主义战士白求恩学习。

1961年，谢迪安进入长沙市一中读书。

这天，他在报上读到一篇《苦孩子好战士》的文章，心里一震，文章里的雷锋，不就是当年的雷正兴吗？谢迪安马上给雷锋去了信。

居然很快就收到了雷锋的回信，果然是他，两人都按捺不住喜悦。

谢迪安知道雷锋和他那次分别后，去了团山农场，招工进了鞍钢，后改名为雷锋入伍，雷锋的前进脚步无疑是飞快的，谢迪安在心底忍不住赞叹道。他有一种模模糊糊的感觉，正兴，这个庚伢子还会做出更大的事情来。是什么事情说不上来，反正，雷锋不会平庸地度过他的青春，果然。

雷锋所在团政治处原主任刘家乐回忆道。

当时雷锋有两个活思想，一个是一心一意要求参加中国共产党；另一个是想见到伟大领袖毛主席，他说过，夜间睡觉梦见了毛主席。

这一年的2月20日，毛泽东再次进入雷锋的梦乡。

也许也是因为饥饿，雷锋在梦里还和他最敬爱的人一起吃了顿丰盛的饭。雷锋，这个可爱的人，他如实地记录下这个美妙的梦。

我睡入甜蜜的梦乡，见到了英明的毛主席，他像慈父般的关怀我，和我一起吃饭，同时还拿很多好菜给我吃。一面吃饭，主席一面教导我说要好好学习，听党的话不断进步，我回答主席说一定做到，我要永远忠于党。

60年代初，正在望城一所小学当老师的雷孟宣翻看军队文艺杂志，看到一篇署名为雷锋的文章，开始觉得这个名字起得不错。

紧接着发现雷锋竟是同族的雷正兴，这个时期，全国各地给雷锋的信如雪片飞来。他们对雷锋的崇拜溢于言表，他依然是温和和温暖的。

1961年4月27日日记里，我看到那个充满爱的战士在传达着他的热。

下午1点钟，我乘火车离开旅顺回沈阳。

在列车上看到一位有病的老大爷，我把座位让给了他老人家，并问他是什么病，他半天才说了一句，痨病十多年了！我问他在旅途当中有什么困难？他说我到安东还差一元钱买车票，我还没吃午饭呢！

毛主席教导我们说，我们的同志不论到什么地方，都要和群众的关系搞好，要关心群众，帮助他们解决困难，于是我帮助他解决了旅途中的困难。

1961年5月，雷锋被提升为副班长。

晚饭后，指导员集合全连的同志开了一个会，布置下礼拜的工作。

同时还宣布了上级的一个命令，提升我当副班长。今天首长提升我当副班长，完全是党对我的高度信任和大力的培养。

我决心不辜负党和首长对我的期望。

我端详着1961年5月他的照片，还是那样的笑容，还是那样的眼神，还是那样的一颗对人真诚的心。正是初夏，他的脸已经没了当年的稚嫩，剩下的只有干练和可掬的笑容。

他是个副班长了，站在那里布置任务。

他指挥着大伙干活，所有累的重的活他都自己干。

仅仅就是一个副班长，却在四班掀起了那么大的波澜。

这让窗外凝神张望的我惊讶。

有个和雷锋一起当兵的人，有点缺点，雷锋在班务会上批评了他。

本来两人都是一个起跑线上的，雷锋当了副班长而他还是个战士，本来就很不痛快，受了批评就更憋气，第二天不起床说病了，雷锋几次叫他他也不理睬。雷锋，这个时候脑子里并没有闪现各种英雄人物丰润而高大的形象，而是和我们一样生气不解委屈，他没了笑容，在屋子里不安地走来走去，终于，他沉不住气了，推门出去径直找到了连长。

他不是打小报告，而是没了主意。

虞仁昌笑了，他不能不笑，这个小副班长，此时的表情就像一个跟母亲诉苦的孩子。他实在不会当领导，这个时候他更是忘了，他是个领导。而领导又该如何去解决这件事？如果他真的是去告状或打小报告，就不会有以下的对话：

连长，请你去班里一趟吧，把他叫起来吃饭吧。我怎么也叫不起来，他老这么饿着不行啊！

我就跟他说我去叫，他一定会起来，可是以后你们还怎么相处，只怕今后你们的团结就成了问题。雷锋没有吭声。我又说咱们现在不是正在学习三十条（《中国人民解放军连队管理教育工作条例》里面有30条规定），那三十条怎么说的，你考虑考虑。要我说，你还是先回去找他谈谈是什么问题，征求一下他的意见。

雷锋又想了想点点头，连长你说得有道理，我连他为什么不起床都没有搞清楚，就来找连长，太简单了，我这就回去。

那孩子又跑回去了。

回去后雷锋问长问短打洗脸水搞卫生做病号饭。

那人看见雷锋一头汗地跑来跑去，躺不住了，起了床吃了饭干活去了。

过了一天，雷锋找他询问才知道那天是怎么回事。

升了副班长他没有一点儿领导的架势，一如既往地和从前一样，而这样柔和的军人在部队是多么稀少，他的温柔就和今天的大熊猫一样稀少。

东北的冬天非常冷，士兵轮流站岗每人一个小时。

别人站岗回来赶紧钻进热被窝，但雷锋却把每个人鞋里的鞋垫掏出来烤在暖和的地方，第二天穿着舒服，时间长了大家才知道是雷锋干的，特别感动。

雷锋是四班的，五班战士私下悄悄议论过他。

我们都觉得雷锋和气亲切。

我们都说，晚间站岗时最好是雷锋带班。

原因是有的同志带班叫岗时使劲地晃你的枕头，大呼小叫把你叫醒，然后他扬长而去，可雷锋带班叫岗时，他总是在你耳边轻轻地小声唤醒你。

生怕吵醒别人，他让你穿好衣服扣好纽扣防止感冒。

扎好子弹带背好枪才把你带到哨位上去。

接下来的一件事，就更让我震撼。

在采访余新元时，我听到雷锋第二次到他家，临走时老伴给雷锋带了7个咸鸭蛋，后来在1963年部队撰写的雷锋同志在部队的成长汇报提纲里，我发现那里也提到这个细节，只不过不同的是松花蛋。

时间太久了，余老也年迈，记成鸭蛋也无伤大雅。

让我震惊的是，那是在1962年的春天，那个时间，正是雷锋最痛苦至极的时刻，这一点，在后面我将有详细的讲述。就在那般苦痛下，这个世上心地最纯净的人还会记起战友病了想吃松花蛋，他跟雷锋说过，在家有病时母亲总要给他买上几个松花蛋，雷锋为这跑了几个商店都没买到。

这个世上最纯净的人啊，忍着内心最刺骨的痛，一路上还要去鞍山、沈阳、抚顺做报告，途经几个地方后回到部队，就拿着松花蛋去看望佟占沛。小佟知道松花蛋的来历，抓住雷锋的手，哭了，我也哭了。

四班，我看到了四班，全班包饺子。

乔安山怎么学也学不会，就负责烧火。

运输连的车都很破旧，新兵都想多开车，好提高技术，雷锋就专门和乔安山开一台车，有意识地多教他，东北的冬天，寒冷至极。

这天，平日里老是跟雷锋较劲的一个人的棉裤破了。

昨晚我连车辆紧急集合，×××同志搬电瓶发动车时洒了一些电瓶水，衣服上沾了不少。因电瓶水是硫酸和蒸馏水混合而成的腐蚀性大，结果他那条新棉裤烧了几个大口子。今天我看他很不高兴，着急找不到黄布补裤子。我立即拆掉自己的棉帽衬洗干净，夜里他睡着了我用棉帽衬那块黄布偷偷地给他把新棉裤补好了，×××知道这件事后激动地对我说，班长！你对我太关心了。

一个22岁的青年，纯洁地生活着，犹如一团烈火，除了燃烧还是燃烧。

1961年的10月13日，雷锋在日记里写着这样一件事。

今天可有意思，×××同志出车回来，惊奇地问这个问那个，不知是谁给他洗了一条衬裤和一双穿得发臭的袜子，可是没有一个人说话，究竟是谁给他洗的呢？只有我知道，但我没有说，我觉得这是我应该做的。

我要牢记这样的话：永远愉快地多给别人，少从别人那里拿取。

这种共产主义精神，我要在一切实际行动中贯彻。

今天，我听战友×××说：没有日记本了，手中无钱买，我立即把自己一本新的日记本送给了他，这仅仅是一点儿小意思。

我愿意把自己所有的东西，包括生命献给党和人民。

我班×××同志的母亲病了，今天来信叫他请假回家看望。首长批准了他3天假。可是他着急回家缺钱，想买点东西给母亲吃，钱又不够。正当他为难的时候，我想他的母亲就像我的母亲一样，他有困难也等于是我的困难。我和他是阶级兄弟，应当互相帮助。想到这里我立刻拿出了自己的10元津贴费，还买了1斤饼干一齐交给他，叫他带回家给母亲。

×××同志接到我的钱和饼干后激动地说班长，我太感谢你了。

雷锋，他仿佛是来自另外一个星球。

他清爽甜美，从不失礼，浑身散发着让人愉快的气息。

若在夜晚，你会看见星光在他的瞳孔里反射着一个耀眼的亮点，他冲你笑着，然后又像一尾鱼消失在水里，他不知道他生活在复杂的人世吗？他当然知道，他比任何人都清楚这一点。

部队掀起了学文化的热潮，我们运输连开了初小班、高小班和初中班。连里缺少文化教员，动员大家兵教兵。我自告奋勇当一名兼职小教员。连首长分配我负责高小班。开始碰到很多困难，主要是事情多，忙不过来。每天要学技术专业，我是技术学习小组长；大家还推选我当了连队俱乐部学习委员，每天给大家读报、广播、教歌。我教高小语文课和算术课，多数同志反应还好，但有个别同志就是不用心听讲。

他还是那样，还在忙碌。

战友范世坤那年因为一点事情挨了批评。

他不服，谁说都不服。雷锋去找他，他的语气是绵柔的，比起他人的口气，战友更爱听他说话。我又想起了圆满，那位柔弱的母亲张圆满，她是不是也是这样说话呢？他的语调实在是太让人难忘了。

以至于在过去了许多年后，战友范世坤默记于心并将它回忆着写下来。

雷锋这样说，领导和同志们帮助你是对你的关心和爱护啊。

你应该很好地承认错误，你想，我们来到部队是干什么的呀？

咱们过去都是穷人家出身，吃不饱穿不暖，解放以后在党和毛主席的领导下，才过上了幸福生活，再也不用为吃穿发愁，我们今天来当兵就是要保卫幸福的生活，要是不听党的话，这对得起谁呀？

再说，我们入伍的时候，父母亲又是怎么嘱咐的呀，他们是叫我们在部队里加强锻炼，使自己成为一个有政治觉悟的人，难道我们能够忘记这些话吗？

这的确是雷锋的口吻。

2013年的11月，我和小易在谈到这些的时候，她笑了。

"雷锋说话的时候，可愿意说'呀'字了，他总是说，你什么什么呀他什么什么呀，那个呀字让人心里可愉快呢。"

雷锋参军走后，易秀珍经常暗地里流泪。

团总支李书记知道易秀珍一直惦记着雷锋，就问："雷锋留下的一些东西是不是由你保管？"易秀珍低声说："我们又没订婚，我怎能保管他的东西呢？"小易显然没有说真话，她几乎保存了雷锋留给她的所有东西。

雷锋的工装照片、几本小说，还有，那床棉被，那被已经失去了它原有的功能，它已经成为雷锋舍己为公无私奉献的历史见证。

更是她和雷锋真挚情谊的见证。

雷锋入伍后多次给我来信又赠送照片，我都失去了。

这床被是雷锋留给我的最后一件纪念品，我再也不能失去了。

多少年来我没有向任何人透露，包括我爱人和子女都不知道，丈夫去世我才告诉孩子，在女儿的支持下我才将这床珍藏了整整50年的棉被送给辽阳弓长岭纪念馆。

这一年，1961年10月3日的日记，雷锋提到了死亡。

人生总有一死。有的轻如鸿毛，有的却重如泰山。

我觉得一个革命者活着就应该把毕生精力和整个生命为人类解放事业——共产主义全部献出。我活着，只有一个目的，就是做一个对人民有用的人。当祖国和人民处在最危急的关头，我就挺身而出，不怕牺牲。

生为人民生，死为人民死。

信念，就像生长出的肌肉充满着力量，从前那些点点滴滴的梦想，已经生龙活虎地呈现在他的面前，他还是那个认真执拗的人。

那一年，他被邀请到辽阳做报告。

做完报告，部队首长特意炒了几个菜外加一个汤。

领导陪雷锋到了食堂，他一看桌上摆的几个菜就说什么也不吃。雷锋这样说："现在我们国家正处于困难时期，我不能吃。"陪他的几个领导再三劝说他还是不吃，弄得几个领导非常尴尬，下不来台了。

结果雷锋回来又挨批评，说他不应该让领导感到难堪。

在雷锋死去多少年后，这些人开始回忆他。

是的，开始真正地回忆他，开始真正地说出隐藏在内心那些现在叫作忏悔的话，雷锋确实是优秀的士兵，更是好战友好兄弟，时光过去多年，大家回忆起雷锋那些事就像是在昨天发生的一样，几个人谈着谈着都止不住地流泪了。

第十章

深　情

如果你是一滴水　你是否滋润了一寸土地
如果你是一线阳光　你是否照亮了一分黑暗

余新元96岁了。

他那天说，人老了，就总爱回忆过去。

我现在就是这样，我总觉得这辈子认识这么个人，没白来世上一回。

1962年4月，雷锋公出路过，专门抽出时间到我家来，还给我们带来两个面包。雷锋是个闲不住的人，到我家就把院落收拾得干干净净。

临走时我老伴还特意给他带了7个咸鸭蛋。

谁能料到这一次的分别，竟成为我们的永别。

雷锋和一对农民装扮的老夫妇照片，挂在吕学广的家里。

吕学广说这是雷锋和他父母的合影。

我起初不明白他怎么要挂在隔壁的储藏间里，我偶尔看见便执意要他放在我要采访的位置上，要他坐在这幅像前给我讲述。

后来我明白了，这个照片是他自己PS出来的。

我问他："这么珍贵的照片为何不在弓长岭纪念馆展出？"

他不语，沉默，我又问："这张照片是真的吗？"他支支吾吾地点点头。我马上指给他看："不可能，这是你妈妈和你爸爸的单独照片合成的，这个雷锋也不像。"他就转过身，不再理我。

那会儿，我很生气，为何要撒这个谎呢？和一个美好的人结识已经是很奇迹的事了，一定要用什么东西来确定这个事实吗？

但现在，我懂他了。

他太希望他的家与这个可爱的人有这样的影像了。只有这个，才会一次次提醒他，这一切，都是真的。这个人，的确来过他的家。

就像彗星，光顾过这个星球。

这位戴着红领巾的小姑娘，与雷锋一起看《解放军画报》。

摄影师张峻定格了这一瞬间。她是我少年时嫉妒得要死的人，雷锋，是我崇拜的英雄，你为什么会和她一起看画报？

那会儿，强大的妒火已经让我忘了他们拍这张照片时我还未出生。

2010年，这张照片里的小姑娘陈雅娟站在我的镜头前。

她已不再年轻，但还能看出小时候的俊俏模样，我专注地打量着她，有那么一会儿我甚至忘记我来这里是要做什么。

我开始提问，那问题愚蠢至极："陈老师，雷锋喜欢你吗？"

陈雅娟愣了一下，很快就反应过来："喜欢啊，他喜欢所有的小孩儿，他对小孩子特别有耐心。""那，他长的是什么样子？"

"就是照片这个样子啊。他个子不高，我那时五年级，我们总喜欢跑到他背后偷偷和他比个头儿，他就比我们高不了多少。"

"他真那么爱笑吗？""是的，他爱笑，他眼睛虽然不大，但是一双笑眼，一笑两眼就眯成一条缝了。"

她还等着我接着问学习雷锋的意义，但我没问。

问完了这三个问题，我示意摄像关机，然后我和陈雅娟握手："谢谢陈老师，感谢你接受采访。"陈雅娟一脸困惑地瞧着我。

我可能是她见过的最莫名其妙的最没有礼貌的记者。

雷锋，无意中给这个女孩儿打开了一扇幸福大门。

1962年大年三十晚上，陈雅娟带着班级同学到雷锋部队联欢。

联欢结束雷锋送同学们回家，路上雷锋问大家："你们长大后都想做什么呀？"陈雅娟说："辅导员，部队要不要女兵啊？我也想像你一样当兵。"过了几天，陈雅娟到部队找雷锋，正赶上宣传干事张峻在拍照。

雷锋想起陈雅娟要当兵的这件事，就指着正在拍照的张峻说："你将来想当兵，就去找张叔叔。"

1966年，雷锋已经去世4年，陈雅娟想去当兵。

她想起雷锋说的话，张峻是军区政治部的干事。

她就去找张峻，最后还真成了。陈雅娟在部队近20年，当过话务员、炊事员、饲养员。1969年，陈雅娟写血书主动请缨，参加了珍宝岛自卫反击战，被评为军区学雷锋典型五好战士。

1973年拍摄的纪录片里，我看见了青年的陈雅娟。

她这时已是军官，年轻的姑娘一身戎装，飒爽英姿，旁白道：

当年的陈雅娟，现在是某通信连的区队长。她也像当年雷锋那样，热情关心青少年的成长，给他们讲雷锋事迹的时候，孩子们最爱听，孩子们也最羡慕雷锋，立志以雷锋为榜样，当一名好学生。

她和她当年的辅导员一样，也是某小学的校外辅导员。

孩子们围拢在她身旁，凝望她的目光与她当年凝望雷锋的目光一样。2004年，陈雅娟从抚顺烟草专卖局副局长的位置上退休。

赵桂珍，望花区建设街小学少先队原大队辅导员。

1960年9月的一天，她拿着学校的介绍信去驻军部队聘请解放军担任校外辅导员，她见到了指导员高士祥。

指导员看了介绍信问我，什么叫辅导员？辅导员是干什么的？我把辅导员的职责作用说了一遍。指导员说雷锋最合适，他出身好苦大仇深又是五好战士。第二天他来了，孩子们就把他围住了。

雷锋忽然问我，赵老师你看咱们这个图书馆是不是还有什么问题？我说这不挺好吗。雷锋说还有个问题，孩子们都爱看小人书，看毛主席的书很少。雷锋从书架上拿下一本书问孩子们，你们知道这本书是谁写的？

同学们都摇头。

雷锋笑着说，来，我告诉你们，这本书就是我们天天想夜夜盼的伟大领袖毛主席他老人家亲自写的呀！你们不是常说要听毛主席的话吗？毛主席说的话就在这里面哪！同学们听了都争着抢着要看，每个人都拿了一本，可不一会儿，就有同学说雷锋叔叔，我看不懂啊。

雷锋说不要着急，咱们一起学。

多么希望，这里面欢笑的孩子，有一个是我啊！

多么希望，我能和这样的一位人间天使，在苍茫的岁月里，在时空隧道里撞个满怀。

有人质疑，雷锋牙缸至于那么破旧吗？

才入伍一年牙缸会破成那样吗？

这一点，应该是雷锋纪念馆宣传不到位的问题，1960年国家正处于经济困难时期，战士只发毛巾不发刷牙缸，那个牙缸是雷锋入伍时带来的，洗脸盆刷牙缸本来就很破旧了，但他一直在用一直用到去世。

袜子补了又补，衬衣是从湖南老家带来的，补丁摞补丁仍然舍不得扔。

1961年4月28日

现在，我们国家处于困难时期。我们是国家的主人，应该处处为国家着想，事事要精打细算，不能今朝有酒今朝醉，明日愁来明日忧。我们要奋发图强，自力更生，克服当前存在的暂时困难，坚决反对大吃大喝，力戒浪费。

我终于在这里看到了饥饿的影子。粮食紧张，每人每顿饭只有固定3

两的供给，而这点粮食远远不能满足平日高强度劳动的需要。

1961年正是中国自然灾害最严重的时候，这时部队出了新规定，规定每人一天吃9两粮食。后来又继续减粮，战士们根本吃不饱。

部队终究是部队，总不会束手待毙的。

于是部队开展类似南泥湾的生产自救活动，搞点小开荒种点自主地，种的白菜起初长得挺好，有天忽然发现白菜生虫了，菜就一片片地烂了。

雷锋这时已是班长，他去找老农问怎么能把虫子消灭，老农就出主意："你买点农药，农药效果很好。"当兵的买不起，雷锋说："还有别的什么办法？"老农说："用烟丝，把烟丝熬成水喷洒在上面就能把虫杀死。"

星期六晚上，雷锋开了班务会。

没错，雷锋此时是班长了，但他和以往的班长不一样，永远都是笑呵呵的。因为这笑容，他的威慑力就远不如历届的班长，几乎他总是在和大家商量，而且还给大家服务，印象中都是战士给班长洗这洗那，到了雷锋这儿，一切都是反的。大家自然也不怕他，雷锋表情还是笑呵呵的："我宣布一个事情。"大伙儿忙问："什么事情？""我明天带你们集体上街。"

这下可把战士们乐得不行了。

每天都很忙，即使到星期天上街也要请假，请假半个小时还得写请假条，他说上街战士既兴奋又奇怪："怎么全班可以一起逛街？"

大伙儿乐得不行，异口同声："班长，你可太好了。"

雷锋又说："慢点乐，我话还没说完呢。"他停下来，"我们明天去，不光是上街还有任务。""什么任务？"看着大家急切的表情，雷锋忍住笑说出后面三个字："捡——烟——头。"

班长当时那说话的神态、活泼的样子清晰地印在大家的脑海里。

我们既然买不起农药，就得用烟，咱们哪里有烟，就得到街上捡烟头去，不然白菜就要全部烂在地里了。这时有两个战士站了起来，报告班长。什么事？那两个人一个说我要洗衣服，衣服都好久没洗了，另一个说我也有不少自己的活，明天我肯定不能去了。雷锋急了，不行，你们都得去。

又有两个人站起，报告班长，我怎么怎么的。

好几个人都不想去，堂堂军人去捡烟头，太影响他们军人形象了。

这时，雷锋不笑了。

他仔细地望着他视为兄弟为之呵护并热爱的班里的战士。

他的眼睛里闪过一丝困惑与失望。

他平静地坐在那里想了片刻，最后站了起来："不行，一个人都不许请假，谁都得去，明天，坚决不允许你们请假。"

我第一次听见雷锋这样坚定地行使着他的权力，这让我很是惊奇。

在我印象里，他除了给战友洗衣服、补裤子、缝被子、晾鞋垫、理发，母亲般的照顾着他们，好像就没对他们发号施令过，雷锋好像是这群战士的保姆兼奶妈，对他们好之又好柔之又柔，这次雷锋斩钉截铁的坚决口气让今天的我闻之，实在是大快人心。

开完班务会雷锋就忙开了，他用报纸做一个小盒。

他只给自己做而不是像以前给众人各做一个，我知道他压根就没奢望别人能去认真捡。即便不捡，他也一定要这些人一同去上街。

天亮了，集体上大街捡烟头，他们去的是望花区最繁华的地带，街上并没有想象的那样有那么多烟头。不要忘了，此时是1961年，吃都顾不上，哪里还有钱去买烟。乔安山走在最后，抱怨军人上街捡烟头实在太硌碜。

我第一个看到烟头的时候，我都没敢捡。

我用脚踩上，踩到旁边没人了，我就把这个烟头捡起来，捡起来才把烟头搁那盒里去。到中午时，雷锋已经捡了一兜子烟头，其他人捡得很少。

雷锋就开了个临时会，刚开始找党员开会，后来全体人员开会。

雷锋进行总动员，号召大家下午接着捡烟头，一直捡到下午3点多钟才回营地。之后把烟丝熬成水后浇白菜，还别说，真起了作用。那一年，部队楼前楼后白菜大丰收。

60年代初，杜平将军听说沈阳军区工程兵十团运输连四班有个节约标兵叫雷锋，他用节约出来的生活费向灾区人民公社汇款，同时做了许多不留姓名的好事。这位曾成功宣传黄继光、罗盛教、邱少云、南京路上好八连的将军，当即意识到：雷锋的事迹在和平时期建军史上是罕见的，是一个很好的典型。

在宣传雷锋之初，他们遇到相当苛刻的阻力。

客气的说法叫作——部分同志有不同的看法。

所谓不同的看法，在今天看来那么的可笑。比如当时部队刚实行军衔制，大家都换上了新军装，但雷锋却还穿着打着补丁的旧军装，有的人就说，雷锋穿成这样会影响军队形象。总是在紧要关头有人说这说那。

事实上，雷锋有任务外出时就穿上新军装。但在平日干农活时他就穿着旧衣服，这和我们在单位穿的正式些而在家里会随意些是一样的，这，居然也会成为某些人挑毛病的事端。

好在正义仍无处不在，杜平将军便是。

他认为雷锋这样的做法不但一点问题也没有，反而更是他艰苦朴素的体现，是值得学习的榜样。

1960年11月26日的《前进报》，用两个整版的篇幅，套红宣传雷锋的事迹。在一版，发表了《毛主席的好战士》的长篇通讯，报道了沈阳军区工程兵党委决定授予雷锋同志"模范共青团员"称号的消息，同时配发了《不忘过去 发愤图强》的社论。这里，还刊登了意义深远的杜平中将的批示。

这，无疑是揭开学习雷锋序幕的重要批示。杜平将军写道：

雷锋同志的苦难是整个阶级的民族的苦难。

在解放前像雷锋同志那样遭遇的人比比皆是，他只是千千万万受苦受难的人中的一个，解放后全国人民在党和毛主席的领导下彻底翻了身，正为建设美好幸福的生活而忘我地劳动，可是有的人在短短的 11 年中忘了本，身在福中不知福，因此，雷锋同志这种精神显得十分重要，值得学习。

现将此材料印发军区部队，结合"两忆三查"运动进行教育。

我没有见过杜平将军，只看过他的照片。

杜将军中等身材，微胖，貌清神朗，动静有度。

1955 年他被授予中将军衔。将军谨慎，做报告必深思熟虑言之有据，发电文字斟句酌，细密小心。就是这样一位严谨的人，在任沈阳军区副政委兼政治部主任时，他竭力坚持要进行雷锋事迹宣传，雷锋殉职后也是他力排众议主张继续宣传。这样的美好的人也必长寿。

果然，杜平将军生于 1908 年，逝世于 1999 年。

我在这里，替雷锋向他鞠躬致谢。

还有一个人，一定要提，韩万金政委。

在所有宣传雷锋的文字材料中，很少有人提到韩万金这个名字，原因是他不许别人宣传他。陈广生最初写的报道雷锋的通讯提到过韩万金，但他坚决反对：写雷锋就是写雷锋，提我干什么！

韩万金 1974 年逝世。

同他长年共事的老战友们说，韩万金本人就是个雷锋。

在国家经济生活最困难的时候，雷锋省吃俭用节余 200 元钱全部支援了社会主义建设，而韩万金在先已将省吃俭用节余的 2000 元全部交了党费。他弥留之际还嘱咐，雷锋是党和人民培养的，我们不能沾雷锋的光。

张峻，82 岁，生命终结在 2013 年的 3 月 5 日。

他的一生，真的是彻底和雷锋生死在一起。

用今天的语言，他就是雷锋的星探。

他珍藏了自己和别人拍摄的 348 张照片，从雷锋在鞍山、辽阳当工人到参军入伍，每张照片背后的故事他都历历在目。世界上恐怕再无一报道者像张峻这样，与报道对象的关系连贯终生。

张峻第一次见到雷锋是在1960年8月下旬。

他是沈阳军区工程兵政治部宣传处报道干事。地方连队将两封感谢信发给了团里，宣传处便派张峻过去采访。

这两封感谢信都是关于雷锋捐款的。

一封来自抚顺望花区人民公社，一封来自辽阳市委。

张峻来到雷锋所在的连队，正好遇见一拨群众敲锣打鼓，喊着感谢解放军的口号来到门口。他便跟指导员说现在是午睡时间，外面敲锣打鼓的，你出去接待一下，别影响战士休息。指导员说，群众感谢的肯定是雷锋。

这就是后来流传很广的雷锋看病的故事。

他长得个子不高，很可爱，很腼腆，平时什么话也不说。

我对雷锋的第一印象就是他特别喜欢照相，相处之后他就跟我提出来，说张助理员，你给我拍张照好不好？我那时候是大尉，他只是上等兵。第一次见面他就敢提这样的要求，我就觉得这个小战士胆子挺大。

张峻显然很不高兴，但他的任务是来采访雷锋。

他不好表现得太拒人千里之外。

我就寒暄一下，为什么要照相啊？

小战士没感觉对方的不悦，还兴致勃勃地讲让张峻照相的理由。

他说我以前的相片都是当工人时照的，我当兵8个月了就在照相馆照了两张，但都不是扛枪的，部队的枪不会让我们拿到外面去。我就问他想照什么相？他说想照张雄赳赳气昂昂的，我说好，你去拿上枪吧。

十几分钟后雷锋回来了，不仅把枪背上了还挂上了两块章，那是他在弓长岭得的奖章，估计他是想让自己形象更好点吧。

张峻举起相机，这是他拍摄的第一张雷锋照片，成为日后的经典影像。

那天，他在照相前又把获得的各种奖章挂在胸前就引来了非议。

有人在旁边说整景呗！哪辈子的奖章挂在身上。又有人说多假，谁干活还戴着奖章？我就对雷锋说你下回照相别戴奖章，以后就没见他再戴过那些奖章。

1961年夏天，雷锋到沈阳军区工程兵驻地开会。

这天中午，雷锋来我家，一进门看我穿着背心正在擦照相机，就说张助理员，有空教我照相吧，等我学会了就来当你的助手。

我笑了，雷锋你现在是名人了，我哪敢让你当助手！

雷锋又问，学照相是不是很难？我告诉他学照相有文学和武学，两者不一样，武学学上半个小时就毕业了，但文学不是一天两天就能学会的。我已经照了20多年相了，按照文学标准还不会照呢！

雷锋站起来高兴地说那我就先武学吧！我劝不动他就教他拍照。

我告诉他在屋里要用3.5倍的光圈，用1/20秒，要对好焦距，三点成一线后，像打枪一样按下去。说话间他啪一声摁下去了，把我给拍了进去。照完以后洗出来，他乐了，我问他为什么乐？他说起个名就叫赤膊上阵吧，因为光着膀子嘛，那张照片我还留着。

张峻等人的采访报道在1960年11月26日以"毛主席的好战士"为名发表在《前进报》上，随后新华社、《解放军报》、《辽宁日报》、《共青团员》、《辽宁工人报》、《沈阳日报》等纷纷转载。

1961年2月，《解放军画报》让张峻为雷锋拍一组专题。

按张峻的说法，入伍1年零1个月就上了《解放军画报》专题，这个奇迹到现在都还没再出现过，专题影响巨大，《中国青年报》对其进行了转载。雷锋的名气开始走出军队走出东北。

4月，张峻又接到任务，沈阳军区发给他两卷从德国进口的彩色胶片再次为雷锋拍摄专题，刊登在6月的《解放军画报》上。

当时给雷锋拍过很多照片，但都没有突出他的工种。

他是个工程兵，又是司机，所以，想到了拍一组他跟车的照片。我有意让他在车头擦车，这样可以突出解放牌国产车。

这张雷锋微笑着面向前方擦车的照片，我在余新元家看到过、小易家看到过，凡是与雷锋有过交往的采访人物家里几乎都有这张照片。5年前中共辽宁省委宣传部委托我制作辽宁精神宣传片，雷锋，又以这张照片的形象示人。

那天，张峻站在这辆车旁。

当年，雷锋就是这个姿势，让他拍下了那张著名的照片。

张峻端起相机取景，恍惚中，那个爱照相的小伙子复活了。一样的车子，一样的军装，一样的笑容，但一切都面目全非了，他和雷锋之间横亘着几十年的时间河水。雷锋还是那么年轻，而张峻，已是耄耋老人了。

有记者问张峻，您宣传雷锋这么多年了，这么多年里有没有人能够比得上雷锋？没有。又问，全社会呢？也没有。

张峻以他斩钉截铁的语气总结道。

从《解放军画报》创刊到现在，没有一个战士或者一个干部在两年半内能像雷锋一样上过两次《解放军画报》。三代领导人给一位士兵题词，是空前也是绝后的，中华人民共和国成立到现在都没有，以后也不会有了。

因为张峻这些话，我感谢他。

他终于说出我一直想说却无法在媒体上公开说出的话。

2013年3月5日，张峻在沈阳军区学雷锋座谈会上发言时突发心脏病去世，那天得知这个消息，我恰好就在他去世的那座大楼里采访。

在"入党转正申请书"中，雷锋自己寻找自己的缺点。

因工作的需要，经常外出汇报，在生活上形成了一种自由散漫的作风。比如，有时候不请假外出，礼节不够周到，军容有时不够整齐。

他说自己个性急躁，办事一口气得成。已经是闻名全军区的先进了，雷锋，还是那个雷锋，他与同志们还是相处得那么好，班里的战士星期天放假去逛街，跟他说一声："班长，我的衣服帮我洗了吧！"

雷锋就吭哧吭哧全洗了，没有一点不高兴的样子。

1961年2月25日，雷锋出席沈阳军区首届共青团代表会议，他与沈阳市各界青年一起开联欢会。联欢会前，雷锋受到沈阳军区政委赖传珠，副政委杜平、曾绍山等人的接见。赖传珠、杜平把苏民叫去："怎么雷锋还是个班长？应该把他提起来，先提到连队领导岗位上锻炼锻炼。"

回到机关，苏民向王良太汇报指示。

没过多久，军区工程兵党委召开了党委会，研究雷锋的提干问题，并责成政治部做具体安排，同时将上级和工程兵党委的指示和决定向工兵十团党委书记、政委韩万金做了传达，并让团里尽快将提拔雷锋的报告送上来。但，这些报告被搁置了。

委屈，误解，无处不在。

有人说，熄灯就应该休息，他却跑到路灯下读毛选，这不是违反了内务条令吗？还有，雷锋为减轻炊事班的劳动强度，琢磨出一个切菜机。他到一家工厂去取回加工好的切菜机时超假了，受到了严肃批评。

一是说他外出没请假，二是说他不务正业，多管闲事。

连排干部的座谈会中，有人对雷锋处处节约把省下的钱寄给灾区的事，还有点微词，说这是想出名，等等。

早在1962年4—5月份，沈阳军区工程兵党委就两次催促工兵十团，赶快把提拔雷锋的报告送上来，但团党委思想就是不统一。有人说："雷锋连个班长都当不好，怎么能越锅台上炕一下子提升为连的副指导员？"所以团党委会上就是通不过。

我到了××部队，好几个战友的眼睛出神地看着我。

其中一个同志说是雷锋，一个上士说不是，雷锋一定是下士了，哪能还是一个上等兵呢？他可能是雷锋班里的战士吧！他们都不敢肯定我是不是。和我一同去的同志对他们说你们不认识他吗？他就是雷锋。

我笑着和他们握了手并问好，其中有个战友可有意思了，他伸出大拇指对我说，你是这个呱呱叫的，起先我们都不敢认你，想必你一定是个下士了。我笑着回答说当兵很好嘛，都是为着一个目标——实现共产主义。

我仔细分析了一下，他们想我一定是下士了也许是有点根据，因报纸上都宣传过，同时党和首长都很信任，一定要提升得快一些，可是他们没考虑到工作需不需要的问题，为了党和人民的事业，我总想多贡献一点力量。

那些个人的军衔级别，我真没时间考虑。

1961年5月，雷锋被提升为副班长，6月又调任四班班长。

刚上任，就碰了一个大钉子。

这天下午，排长派四班出车给团后勤拉菜，四班只有13号车在家，雷锋就自己开车，两个新调来的战士跟车，3个人一起前往后勤农场，车在路上出了点故障，修好后赶到地方天色渐晚。

雷锋一边装菜一边想，午饭吃得早，别让两个战友饿着，就找农场管理员联系一下，人家很热情，马上就准备了晚饭。

雷锋让战友去吃，两人不去。

他们的对话如下：

忙了一下午，你们不饿吗？这里已经准备好了饭，吃完再走，也免得回连队再麻烦炊事班的同志。麻烦自己总比麻烦别人强。

要吃你去吃，我们干活。

雷锋只好再找农场管理员，表示谢意。

回到连队，雷锋还没来得及报告，那两个人已经先汇报去了。

说班长办事主观，不和他们商量就让农场做饭。

结果就这么点事，排长找他谈话，连长找他谈话，本来是出于对战友的关心和爱护，才硬着头皮请农场的人做晚饭，谁知人家非但不领情反倒有怨言，还把意见捅了上去。

换个人，都会受不了的，一片爱心对人，最终换来这样的结局。

但是雷锋，他还是那样的笑容，还是那样纯净的笑容。

我对排长说，如果我不是班长，拉菜吃饭的事就不是事了。现在我当了班长，对于战士的反映和意见，丝毫不能轻视，今后一定注意。

有人反映雷锋驾驶技术不好耗油多，还损坏了汽车零件。他们找雷锋的茬儿，几次要将雷锋调离运输连。韩万金政委为此专门派人调查情况，据理批驳了他们对雷锋的不正确指责。尽管如此，这一时期还是使培养雷锋的工作受到了干扰，在最后的一年多的时间里，又有人形容雷锋像风箱里的鸡毛八面来风。

1961年的3月，雷锋的知名度已经达到了一个小巅峰。

他的"粉丝"已经遍布辽宁。

亲爱的雷锋同志：

也许你还不知道，当你的事迹在报纸上出现时我们是怎样的激动。

同学们一遍又一遍地读着，报纸被同学们装进口袋，走路时也要掏出来看几眼，也有的同学把你的照片剪下来，贴在自己最漂亮的笔记本上。我们很多同学要给你写封信，到处打听你的地址。经过讨论后，为了不影响你的工作以减轻你的负担，我们才写了这封代表50多人的心的一封信，在这封信里，同学们一致表示向你学习。学习你那种听党的话，跟党走，党指向哪里就奔向哪里的高贵品质，学习你那种对党对革命对人民无限忠诚的事业心，学习你那种不怕困难，敢于战胜困难的革命精神；学习你那种毫不利己专门利人的共产主义风格，也要学习你那种艰苦朴素的工作，恳求你在思想上多给我们以指导。最后提出全校1000多名师生的恳求，请你一定来我们学校做客，我们多么希望见到你啊，朋友！你一定要来！

顺致春安

复县四中高中

1961年3月20日

1961年倏地过去，1962年倏地到来。

1961年已经胜利度过。

回顾入伍两年来，在党和上级的耐心培养教育下不断地提高了阶级觉悟，懂得了热爱同志和集体，懂得了怎样做人，懂得了党的号召就是我们的行动指南。在新的一年中我决心继续努力，做各项工作中的红旗手。关心同志关心集体，处处事事时时起模范带头作用。

1962年如期来临，如果我们都是先知，我们一定会争先恐后地跑去告诉他这一切，然而，谁是呢？谁都是活在当下的凡人而不是预知的神。

那天，吕学广爬上离家不远的姑嫂城的城墙上。

那会儿天近黄昏，他站在那里吹响了他的唢呐，斜阳打在他的脸上，看不清他的表情，他一段段地吹着，音乐从管里倾泻就像山涧里的泉水涌出，生涩而奔突。看不清他的眼睛，但看得见他遍布筋络的粗糙的手。

他面对着大山，径自表达着他的喜悦。

吕学广此时就是一个被无意播错地方的种子，在废墟里又蓬勃生长起来。事实上，他是在废墟的腐烂中长成的野草，并生机盎然地重生了。

吕学广，弓长岭矿区工人，退休在家，日子是宁静的无风的。

老伴在门前洗着衣服，老狗没精打采地打着盹儿，院子里的豆角土豆在阳光下争分夺秒地向上生长着。此时是2013年的秋天，和51年前的秋无异。草枯黄的颜色，风吹石头的劲度和51年前一样，不一样的是人。

吕长太早已经不在人世了。

坐在院子里发呆的是他的已经当了爷爷的儿子吕学广。

这时你才能真的感觉，时间的确像一匹野马，速度飞快得可怕。

我站在1962年的抚顺的街头上。

到处张灯结彩地悬挂着大红灯笼，上面写着：元旦快乐。

那喜悦的气氛不亚于春节。街道很窄，也没有多少人，远处的大喇叭正放着《让我们荡起双桨》，白衣蓝裤子的少先队员欢笑着从我身边跑过。

我在路边等待雷锋。

刚刚和他的连部通了电话，我告诉他我是报社记者。

如果我说我是电视台记者，他一定会认为我是个骗子。那时还没有电视，雷锋没有见过电视，我更无法向他清楚地解释电视为何物。

天冷，路上行人不多。

那个时间抚顺是辽宁最寒冷的地方，现在依然如此。

我站在1962年的望花公园，看见雷锋从马路对面匆匆过来，这是我们在电话里约好的时间约好的地点，他准时出现。

我惊喜地望着他，惊喜此时，他还活着。

他气喘吁吁地跑过来："你好。"我和他握手。

"你是记者吗？你是哪个报社的？"

我有太多的事情要对他说，时间紧迫，我只有10分钟的时间。"雷锋，你认识小易——易秀珍吧，我刚才从她那里过来，这是她的照片，你要看看吗？"我递给他的是78岁小易的近照。

雷锋吃惊地望着我："这是，小易？"

"是的，小易78岁了，现在是2017年，不是1962年，小易今年已经78岁了。"

雷锋困惑地打量着我："同志，你到底是谁？我听不懂你说的话。"

"听不懂也得听。"我无情地打断他的话，"在1962年的2月，她要嫁给你们焦化厂的一个技术员了。"

"不可能，这个我怎么不知道，小易没写信告诉我呀。"

"写了，你没收到，信都被你们连部的人扣下了，你快回去查一查。"

雷锋沉默，半晌："你到底是谁？"

"你的崇拜者。"

"你，崇拜我，为什么？"

"因为，你是我的英雄。"

我看下手机，还有1分钟。"雷锋，你回头看看这里，你现在的时间，是1962年，而我和小易，是在2017年，2017年这里的望花公园，已改名为雷锋公园，你脚下站着的地方，是你的纪念馆。"

"纪念馆？"

"是的，雷锋纪念馆。"

"什么？"

"毛主席给你题的词，他给你写了7个字，'向雷锋同志学习'。"

"毛主席给我题词？为什么？"

"因为你死了。"

雷锋瞪视着我，那神态简直就是打量一个疯子，他不停地在摇头。

"记住我的话，8月15日，那天你一定不要站在汽车旁！"

雷锋还是摇头："抱歉，我不认识你，听不明白你的话，再见，部队还有事情，我得回去了。"

我放声大哭："雷锋，我说的都是真的啊！"

我望着雷锋匆匆远去的背影，就像他童年牧牛的情景一样缓缓地消失，如同雪花融化在水里。

此时，是1962年的1月，初春的阳光柔和地洒在院子里。

1962年的春天。春天，即便是在贫瘠年代，它也是清脆优美的、明亮动人的。但此刻，在小易眼里，弓长岭的春天不再美了。

这中间出了什么情况？

三年自然灾害，国家调整改革国民经济，一批工人下放，小易也下放了。没有了工作也就没有了工资。她居无定所地四处漂泊，想回湖南，可她连回湖南的火车票都买不起，生活非常困难。

她给雷锋写了信，雷锋没有看到。

为何雷锋没有看到？

那个时候雷锋是闻名东三省的名人了，有来信求助他的，有感谢他的，这样就成立三个人信件处理小组，有选择地把来信给雷锋，大量的信就剔出去了。这些信可能因为是女青年来的没给雷锋。但雷锋还是知道了小易的一些情况，有人已经在信中告之他小易的近况。

小易的眼泪开始汹涌。

我想要上部队找他啊，我没有什么理由。

我怕影响他的工作影响他的前途，怕影响他的发展，没有那个勇气去找他，我要是去找他了，他要是点头了，我可以等他，就是哪怕我去捡破烂，在弓长岭我可以等他，但是我没有这种勇气。

1962年8月，经工程兵党委研究决定，调吴海山重新回工兵十团任团长。王良太专门同吴海山做了一次细谈。鼓励他发扬成绩，保持荣誉，再次同韩万金合作，把雷锋的旗帜举高。吴海山一到任，就同政委韩万金召开团党委会议。把提拔雷锋的报告报到沈阳军区工程兵政治部。可惜的是，上级的任命还没来得及下来，就到了8月15日。

第十一章
执 着

青春啊　永远是美好的　可真挚的青春　只属于永远
力争上游的人　永远忘我劳动的人　永远谦虚的人

此时，是1962年的4月。

雷锋依然在忙碌，并且比以往更加忙碌。

他不停地出差，他的足迹遍布辽宁各地，甚至在轮船上、大海中，他的主要任务就是讲演，讲述他的苦难家史。因此，他每次出差，并不是快乐的事情，几乎每次，到了悲痛的时候，他都要大哭一场，有段时间，讲的次数多了，雷锋的脸色很难看。

是的，没有人能受得了天天活在悲哀的情绪里。

这一年，是雷锋的情感与生命的劫数。

整个采访过程小易的头没有抬起来，她一直低垂着眼睛，泪水汹涌。我坐在那里木然，此时我是站在时间彼岸无可奈何的人，是对着河水仰天长叹的人。小易继续说：

弓长岭焦化厂停工后，他不是没有给我写过信。

给我的信我收不到，因为单位没有了。

我自己心里很苦，你说那时我没有工作了，你说我不得找个落脚的地方吗，要不然我就得回湖南，我还不能回去，因为户籍也不能回去了。

我没有工作了，所以我必须得找个落脚的地方。

经人介绍，我结识了焦化厂的一个技术员，那个人雷锋也认识。

1962年2月，我结婚了。

当时，弓长岭焦化厂下马，炼铁厂也下马，人员特别多。1958年以后参加工作的女同志一个不留。所以我被弓长岭机修厂精简下放。下放后，我整天待在家里发愁，心里憋屈得要发疯。自己放弃在校学习来东北，结果现在工作也没有了，真想了却自己的生命，想到距离几千里的父母，还有弟弟妹妹等着我给他们邮学费，我停止了这种疯狂的想法，万般无奈之下我结了婚。一切，还是怪我。

没想到的是，两个月后，雷锋回到弓长岭来看我。

雷锋这次回来，没有想到弓矿焦化厂已停产。

全厂只留下十来个人护厂，领导和工人都各奔前程。

雷锋一一打听，听说小易没回鞍山而是调弓矿机修厂工作，住在苏北街。雷锋从安平坐小火车到苏家站下车，下车后正好遇上石素芹。

我那天是到苏家门诊上班，到苏家火车站下车后突然看见雷锋。

我不相信自己的眼睛，向前快走几步，一看果然是雷锋。

他身上穿着绿色军装，正在注视着什么，我喊了声雷锋，紧紧握住他的手说小弟你好，雷锋说石姐好。我们非常高兴，互相问长问短。

雷锋说我今天去了焦化厂，厂子已经停产了只剩下几个护厂的，书记厂长和工友同志们都到哪里去了呢？我一一告诉了他。

我问，雷锋你这次回来有什么事吗？你——

雷锋打断我的话，石姐，小易还干什么呢？

我说小易在农场上班呢，她已经结婚了，雷锋浑身一震，小易同谁结婚啦？同焦化厂詹技术员结婚了。这时雷锋低头不语，沉默了好一会儿。他再抬起头时，我看见了他眼里的泪水。

我告诉雷锋，小易就住在苏北，离这不远，但我不知道是哪家，我领你去找。我们走进趟房，边走边打听果然找到了，雷锋紧握我的手说，石姐，你真好，再见石姐，我转身走了，这是我最后一次见到雷锋。

那是小易一生都不能忘记的悲伤的会面。

这天丈夫回寒岭小沟子看望他父母去了，小易一个人在家。

她正在打扫院子，听到有人喊："小易。"小易回头，是雷锋。

她非常震惊，她无论如何也没想到，雷锋回来了。

虽然焦化厂已停产，工人被分散，他还是找到了我，我感到很意外。

我俩紧紧地握着手谁也不说话，也不知道说什么。

我心里有愧，很不自然地看着雷锋，他惊讶地看着我，他的眼睛一下子就让我明白了，他心里是有我的，我的心一下子碎了。雷锋这次回弓长岭的目的，我能猜透几分但是已经晚了，我已结婚两个月了。

1962年4月14日，这一天我们手握着手痛哭。

这一天我们第一次倾诉了彼此的心声。

我们俩都哭了，他哭我也哭，哭得不像样。

只有哭声，没有语言，只有眼泪，只有悲伤。

积攒了那么长时间的痛苦一起倾泻出来。

雷锋边哭边说，小易，我没有想到你就这么结婚了。

我们从长沙到鞍钢又到弓长岭，这么长时间我们是好朋友，有些话我不说你也应该明白，你应该能理解我的心意。

我也哭，我说1962年初焦化厂下马没有选择回鞍山，想在弓矿等你退役。后来我又被弓矿机修厂精简下放，生活实在没有着落，我又不能去部队找你怕给你增添麻烦，怕影响你的前途影响你的进步，我举目无亲，只好就结婚了。

雷锋哭得更厉害了，他说我那时是这么想的，我的理想是先有国家人民立业，最后才能考虑我们自己。雷锋这情真意切的话，又一次狠狠地刺痛了我的心。那一刻我后悔透了，我后悔透了。我哀哀地哭着。

我说你也应该理解我，你写信一字不提也不表明态度，我只好自己做决定，你哪怕说小易你等我啊，老老实实等我啊等我回来，在信中你哪怕写上一句我们将来的打算我心里就踏实了。

你没说，你说我该怎么办呢？

那个时候，正是1962年生活困难时期，家里什么都没有。

我翻箱倒柜找出一点面，给他做了一碗面条，面条里放了两个鸡蛋，他吃了一个还给我留一个，你说我能吃下去吗？他当时带回来很多东西。我什么礼物也不能收，我说我没有资格再收你的礼物了。

两个年轻人相对无言，就此分别。

他们不知道，这将是永远不能相见的分别。

他转身离去的背影成了小易永远无法忘却的定格。

那悲伤至极的背影。

雷锋回弓矿探望这件事，已成为我的终身遗憾。

我几次写回忆录都没有提到这件伤心的往事，这里有我难言之处，我不想暴露我俩伤心的事。我怕人指责我，怕有人说我背叛了雷锋。

现在我承认，是我是我是我背叛了雷锋，是我埋没了他的一片心意。雷锋的牺牲，对我打击太大了，总觉得自己有责任，一想到他就眼泪哗哗直流，只有眼泪只有悲伤。我不敢把雷锋来我家的事说出来，更不敢把我与雷锋的真实情况说出来，拒绝采访，隐姓埋名30年。

当晚，雷锋没赶上回部队的火车。

他便去了吕长太的家，一大包点心和水果都送给了老人。

吕学广那天看到的是情绪低落眼睛似乎哭过的哥哥。

我哥晚上到了我家。他说他公出顺路到我家，带来一些吃的，送给我一个旧军帽和一张穿军装的1寸照片，还在我家住了一宿，第二天我爹起早送他到安平车站。我因为上学就没去送他，4个月后雷锋牺牲。

雷锋，不会忘记这一天的。

他无法倾诉他的苦痛，尽管他那么爱说话，但这样的话，就是死也是绝对不能说的，他只能将悲伤倾诉给他的日记。

他说他失去了黄继光这样的好兄弟。他这样记录了他4月14日的心情。

我失去黄继光这样一个好兄弟，心情是万分悲痛的。

我的眼泪忍不住地直流。我是人民的战士，我不能再哭了，我要控制自己的眼泪。我要化悲痛为力量，我要更加坚强勇敢起来，我要刻苦练好本领。我要更高地举起毛泽东思想红旗，坚决革命到底，不消灭帝国主义和一切反动派决不罢休，一定要讨还敌人的血债，坚决为黄继光报仇，为人类的解放事业——共产主义贡献自己的一切。

第二天，他的情绪依然不好，他再次提到黄继光。

《黄继光》这本书，我不止看过一遍。

而且是含着激动的眼泪，一字字一句句地读了无数遍。

甚至我能把这本书背下来。我每当看完一遍，就增加一分强大的力量，受到的教育也一次比一次深刻。

此时，1962年的4月14日，雷锋用他的从来都是赞颂毛泽东时代的笔艰难地记录着他从心底涌出的泪水。

这个时间，雷锋还在各地做着报告。

奉军区首长指示，我要去长春机要学校做报告。

今天中午12点乘25次快车从沈阳出发。

火车上的人很多，我让座给一位老太太并给她老倒一杯开水。

因她老人家没吃午饭，我又拿出自己没舍得吃的面包送给她吃，这位老太太很受感动，紧握着我的手说好心人哪！当时我也很激动不知说啥好。

雷锋在参军走后的一年里，隔三岔五地就给吕家寄信。

可是到了1962年的下半年，吕长太一直没有收到雷锋的信。

连续多少天，老人晚上都做着噩梦，醒来后惊了一身汗。

我爹就说赶紧吧，我赶紧给你哥张罗找对象，等明个儿你哥回来，咱们得给他定下来婚事，就在这儿安个家完事。你哥总在外面我这心里头总是有个事啊。我爹老跟我说，给我哥在弓长岭安个家是他的理想。

你瞧，我爹一点不落伍，他还知道"理想"俩字。

这时，雷锋在铁岭单独带着一个班执行国防施工任务，带着5辆车十几个战士组成的加强班，为施工部队拉粮拉菜，做一些后勤保障工作。

这里，陈广生的报告文学《向阳坡上长劲苗》已经写成。

我反映了我当时对雷锋的初步了解和认识。

正如这个题记所说，我觉得雷锋那时候就像向阳坡上一棵顽强的小草小苗，正昂首向着灿烂的阳光在茁壮成长之中。其实《向阳坡上长劲苗》这部报告文学早在一年前就完成了初稿，领导很重视。

军区工程兵政治部宣传处于1961年3月打印了几十份征求意见稿。

分发有关同志和雷锋本人征求意见。

1962年的夏天，陈广生回到团里。

韩万金政委说，你离开一年多雷锋又有新事迹了，荣立三等功当了副班长和班长还是抚顺市人民代表，我看3.7万字不是长了而是短了。

我就把别的工作放下专门写雷锋。

那段时间雷锋特别忙，陈广生去了几次都扑了空。

有一天终于赶上雷锋和乔安山要出车执行任务，他跑了过去。

我抓到车门敲窗，我说要跟雷锋出趟车。

雷锋不和我谈，说忙没空儿，毫不客气地拒绝了。

我也不客气了，我把小乔拉下去说我给他当助手，路上问他啥雷锋都不吭声，那会儿雷锋在铁岭带着十几个战士和几辆车，在执行国防施工任务——为部队拉粮拉菜，山区盘山公路弯多路窄坡陡凹凸。

雷锋手握方向盘脚踩刹车，聚精会神小心翼翼地开车，越过一大段危险路段后我敢开口了。我写的文章印出来了，工程部没给你一本？

给了，我又问读了吗？雷锋平淡地回答，读了。

我写得怎么样？像不像你？

路面稍宽了点儿，雷锋侧过头望着我说，写得挺好。

我进一步说你把这一年多来的事儿给我讲讲说说，雷锋没有吱声，仍谨慎地把握住方向盘。车行驶到一段比较宽阔平直的干道线，雷锋换挡减速。他说话了，陈主任别写了，别再写我了！我被写怕了！他这样急切地恳求我不要再为他写什么稿子了，这是我万万没有想到的。

我问他你怕啥呀？

雷锋说你瞅瞅，我现在一出名，军队地方谁开会我就要去陪会，坐在主席台上成一个景观了，你看我领着一个班，十来个人五六台车，你看这路，万一哪个战士我管理不善，翻车出事，我还先进不先进？你说我干点儿事，我干啥啦？你写了大篇稿子，我干了别人没干吗？不都干了嘛！你看看，把我的照片登在报纸上了。

雷锋很激动，他干脆把车靠边停稳转身面对我说，陈主任我说心里话，我不愿意出什么名，有啥名可出？如果不是新中国成立不是共产党救了我，我早死了早就跟我妈妈去了，能活到现在吗？我没别的心情，就想好好干，做点实际事，报答党对我的抚育之恩，就这么简单！

陈广生回来向政委汇报："人家都说不愿意我写了，就算了吧！"

政委态度十分坚决："他不愿意写他自己，我作为团党委书记不能这样，党委决定这样的典型就得宣传，有人想出名却出不了名，他不出名是我的责任。"陈广生就照这个指示，到了营口写报告文学。

1962年7月，到了。

这个时候，雷锋天天和乔安山在一起。

我们在沈阳北郊施工打山洞，我俩同开一台车同住在郊区一个老乡家里。那天夜里回去时都两点多了他还要记日记，我就劝他说这么晚了就别写了，他说当天的事就得当天记，不记睡不着觉，接着拿张纸把灯罩住让我先睡，他就写上了。

我俩没红过脸，唯一一次招致雷锋不悦是我将雷锋教我学文化的本子当了卷烟纸，他看到我没有笔记本就去给我买来了笔记本和笔，手把手地教我学写字学算术。当时我吸烟特别厉害也没有钱去买烟，就把他给我买的笔记本撕下来卷烟吸，没多久一本笔记本就被我撕完了。

那段时间，雷锋除了督促我学文化就是劝我戒烟。

部队驻地有名负责校团委工作姓张的女教师。

听说雷锋是模范标兵，一心想向雷锋请教经验。

两人邂逅在马路上，张老师就把班长雷锋拦了下来。

他们俩就那么站在马路边，两个初次见面的人被驻地群众看见。

他们后来的描述是，发现他们俩聊得火热。

雷锋和驻地张老师搞对象的消息就四散开来，部队的军纪是要求战士不能和驻地群众谈恋爱，雷锋当即被喊去谈话，不明究竟的乔安山和他开玩笑，是不是又要你去做报告？

稍后却看到雷锋耷拉着脸走了回来。

1962年7月29日

今天，指导员找我谈话。他说现在有人反映，说你和一位女同志谈情说爱，是否有这么回事呢？

你好好谈谈。指导员提出这个问题，我感到莫名其妙，不知风从何起。

我想自己年轻，正是增长知识的好时候，应该好好学习，好好工作，更好地为人民服务。我还这样想过，我是在党哺育下长大成人的，我的婚姻问题用不着自己着忙。

现在有同志说我谈情说爱，没有任何根据，完全是误解。

我是个共产党员，对别人的反映和意见不能拒绝，哪怕只有百分之零点五的正确也要虚心接受，现在有的同志还不了解我冤枉了我，使我受点委屈。这也没什么，干革命就不怕受委屈，没做亏心事不怕鬼敲门，我没有这回事，就不怕人家说，有则改之无则加勉，事情总会清楚的，让组织考验我吧。

这的确是冤枉了他。

"婚姻问题"四个字，第一次出现在他的笔下。

雷锋不愧是成熟而理智的，就是与他朝夕相处的上下铺的战友都没有发现他的异常，他照例微笑着，给战友洗衣缝被，去外面辅导孩子们，去帮大娘收拾菜园子，他是血肉做成的人，但他要求自己变成机器打造的钢铁，他只能这样来排遣自己的痛苦。

他活着的时候，不能和任何人诉说这些。

那个时候，他只要和任何一个姑娘有片刻的交谈，就会被人报告给连部，就会挨批评，这种方式，就是在今天都显得有些过分。但那会儿，他们都认为这样做是正确的。是英雄就不允许有丝毫的错误，即便是思想上一秒钟的错误也不可以。

梅忠华，文化干事，雷锋生前战友。

1962年6月的一天，我接到让我陪同雷锋到某炮团做报告的通知。

我接受了任务，但心里存有疑虑，与雷锋同时入伍的战士有的军衔已被调为上士，而雷锋在1962年1月27日被批准晋为中士军衔后再也没有调整。这时的他已是全沈阳军区闻名的典型战士，立过功当了标兵还被选为抚顺市人民代表，这次在军衔调整中却无其名，他会怎么想呢？情绪上会不会有所波动？能不能影响这次外出做报告？对此，我有些担心。

雷锋的军衔未被调整。

据说是组织上有意考验雷锋在个人问题上的态度，又据说当时政治处的所有同志都知道。这又是我一直疑惑并困惑的事情。组织为何要在这个

217

时候以这样的方式考验雷锋？有什么意义还要在这个时间考验？

梅忠华来不及多想，匆忙同雷锋登上吉普车向兄弟部队驻地驶去。

一路上雷锋谈笑风生，看不出有任何情绪成分在里面。

见此，我的心绪才算安定下来。

到了目的地我们受到兄弟部队官兵的热烈欢迎，雷锋还很有礼貌地接受了部队首长的接见。住下后我想找机会再做做雷锋的思想工作。

晚饭后他开始研读毛主席著作，我没有打扰他的学习。

第二天清晨我还未起床，雷锋就已把院子打扫得干干净净，把缸挑满了水。我问他怎么样？他满怀信心地说，实事求是地向首长和同志们汇报自己的工作和学习，不需做什么准备，请您放心吧。

我看他一副自信的样子，心里也就踏实了。果不其然，历时两个小时的报告始终呈现在悲愤、肃穆、欢欣、敬仰的氛围中。

1962年7月底，雷锋的战友杨德志在驻地接到雷锋从抚顺打来的电话。雷锋在电话中以难以抑制的激动的声音告诉杨德志："8月下旬，组织上将选派我去北京开英模会，去首都见毛主席。"

听到这个喜讯，杨德志也为雷锋高兴得整个晚上都没睡好。

他一直记得雷锋这句话："这不仅是我个人的幸福，更是我们全体部队官兵的幸福。愿你与我共同分享这份幸福与激动。"

但在我采访的人群里都这样告诉我，雷锋并不知道这些。他是在一无所知的时候离开这个人间的。

王寄语，原沈阳军区工程兵政治部副主任。

军区给我们工程兵部队一个名额，让在先进模范人物或突出典型中推选出一名，作为参加1962年北京国庆观礼的代表。我们研究决定让雷锋参加。这件事机关的少数人员已经知道，而且也向工十团领导打了招呼。当时没有向下做正式通知，更没有通知雷锋本人。

目的是由组织上掌握以便对雷锋做进一步的考验。

多么希望他知道这个巨大的喜讯啊!

多么希望有人能告诉他这一期盼了多年的愿望啊!

但是,没有人告诉他。

雷锋,的确还有45天就能见到他最想见到的人了。

1962年8月6日,雷锋在日记里反复写到了"活着"两字。

而他的活着的时间,已经呈倒计时状态,他只有9天的生命了。

我今天听一位同志对另一位同志说:人活着就是为了吃饭。我觉得这种说法不对,我们吃饭是为了活着,可活着不是为了吃饭。我活着是为了全心全意为人民服务,是为人类的解放事业共产主义而斗争。

8月8日,雷锋出车给一营二连拉粮食。

路上出了点事情。

上午8时从下石碑村出车,9时半左右就到达了抚顺粮站。

这趟是副司机开的,因他缺乏驾驶经验,遇到紧急情况就手忙脚乱起来,因此轧死了老乡的一只鸭子,我立即叫他停车,向老乡道歉,并给老乡赔偿了两元钱,使老乡没意见,很受感动。

8月10日,雷锋写下人生最后一篇日记。

这最后一篇日记,依然写的是毛泽东。

1962年8月14日晚。

雷锋在铁岭下石碑村接到团后勤处的任务。

要求第二天一早就赶回抚顺营区,对13号车进行三级保养,以迎接秋季更繁重的运输任务。

第十二章
出 发

我愿做高山岩石之松　不做湖岸河旁之柳　我愿在暴风雨中锻炼自己　不愿在平平静静的日子里度过自己的一生

时间就到了1962年的8月15日，就到了那个中国人众所周知的黑色的8月15日。15日早晨，铁岭山里的天还刚蒙蒙亮，雷锋忽然在睡梦中哭醒，习惯早起的房东大娘听到雷锋的哭声赶忙跑过去问，看到大娘进来问，雷锋摸摸后脑勺，笑笑。"没事大娘，没事。"

就跑出去为战友准备洗脸水去了。

我想知道的是，这个灰蒙蒙的黎明时分，雷锋梦见了什么？他又为何哭？我猜，他一定梦见了什么可怕的事情。

是梦见了母亲，还是预知了将要发生的事情？

指导员高士祥看见雷锋和乔安山在后勤处正往车上扛被服等物。

我就问，你们什么时候走？

雷锋说，吃过早饭就走。

你们俩一定要注意安全啊！

雷锋笑呵呵地说，是，指导员，请你放心。

我转身离开时雷锋还很有礼貌地说，再见，指导员。我怎么也想不到，这是我跟雷锋的最后的对话。

下石碑村的村民李维国回忆。

那天早饭后，我老伴看见雷锋正在给汽车加水，雷锋还笑着向她打招呼说，今天我回抚顺，您有什么事没有？

7时，雷锋和乔安山出发。

出屯子的路上正好是农民下地干活的时间，乡亲们与往常一样有说有笑地与雷锋打招呼，但谁也没有想到，这是他们与雷锋的最后一面。

乔安山此时还睡眼惺忪。

8月15日一大早，雷锋就催着我起床，去装卸冬季要用的棉被等物品。刚从下石碑村出来的时候是雷锋开车。我在后边车厢里躺在满车的棉被棉衣上，走到半路，雷锋下来让我去开车，说让我多实践提高驾驶技术。

说心里话我当时挺高兴的，那时候连里的车少，我们这些驾驶员都是好几个人开一辆车，因此驾车的机会非常难得。雷锋经常外出做报告影响了正常的驾驶时间，连里为了照顾雷锋才给配了这辆13号车，并让我做他的助手，为这事其他驾驶员还闹过意见呢。可是我又犹豫了一下，那几天接连下雨，路面泥泞，我担心自己的技术不过关路上出问题。

雷锋就说你小心点开，路况不好，正好可以练习一下技术。

是，我就把雷锋换下来，一直把车开到营区。

到了营区之后，雷锋说他去连长那报告一声，请示一下保养车的事。这事以前他也多次跟我提起过，说连里车少任务重，车一送去保养至少需要一星期，耽误了不少事情，如果能自己保养就好了，不仅能节省时间，还可以提高修理技术。他去报告，我就坐在车里等他。

连长虞仁昌听见门外喊："报告。"一回头，是雷锋回来了。

那天早上，他和乔安山把车从下石碑村开回连队停车场后，雷锋到连部向我请示说，13号车已经到了该三级保养的时候，车况也不太好，请连里安排保养，处长说洪水期快来了，需要把粮运足，车子不够用。

我说好的，我知道了，你先回去休息。

他又建议说，连长，我建议这次保养不要送修理所了，我们自己干，这样既可以学点技术又可以快点保养好去承担任务。

我同意了，并表扬了他这种对工作积极主动的负责精神，雷锋高高兴兴向我敬了个军礼就回到了车场。

雷锋回来了。

他说，乔安山，连长已经同意咱们自己保养车了，咱俩先去把车冲洗一下。我边答应着边下车，想让雷锋开车。可是雷锋坚持让我开。

接下来，我们两人争抢手摇把子摇车，结果还是让雷锋把手摇把子抢过去，他还是要我开车，摇完车，汽车发动起来后雷锋拿着手摇把子就从近道赶到九连伙房门前等候，他先去前面把拦在道上的铁丝网摘下来。

我们要到九连前面的水龙头那里去洗车，因为九连出外执行任务去了，怕附近的小孩儿进去玩，就利用道口的几棵树拉上了铁丝网。

这时的时间，是10时。

雷锋在这个世界上的生命，还有10分钟。

他的战友乔福才刚好10时下岗，他返回营房路旁时，看见雷锋独自在即将发生灾难的地方站着。没有谁能够预知这黑色，没有人啊！

如果能知道，乔福才会不顾一切把他的班长推到任何一个地方，推到只要能远离那根夺命木桩的地方。可是，我们谁能够知道啊?!

乔福才走过去和雷锋打招呼。

他不知道，他是这个世界上最后和雷锋对话的两个人之一。

四班长，你干什么呢？

雷锋扭过头，还是那样可爱的笑容，啊，我们先冲刷一下车辆，完了对车子进行检查保养，发现毛病及时修理，好执行新的任务。

我说，你和乔安山开的这车，已经是咱连的标兵车了，还用得着洗刷保养啊，休息休息吧！

　　雷锋说按要求还差得远呢，若真是标兵车那就更应该车容整洁，车况良好，不注意随时检修怎么行呢，一旦发生机械事故不就麻烦了吗。

　　我们正说着，乔安山开着丁7-24-13号嘎斯车过来了。

　　我也扭过头去，我和卑福才一起扭过头去。

　　是的，那辆车开过来了。在10点钟的夏天炽热的光线下，它看上去就是一头嗜血的恶兽，我每次看到它都是这样的感觉，那车头，就是张开的吃人的大口。而在1962年的这个时间，它完全是要凶狠扑过来一般。

　　我拼命地厉声大叫："雷锋！快离开，快离开这辆车！"

　　他没听见，他身边的卑福才也没听见，那个时间，我还没有出生。

　　我和雷锋，隔着触摸不到的时间的岸，我只能绝望地望着，绝望地望着丁7-24-13号嘎斯车轰隆隆地开过来，绝望地望着那死神的车子一步步靠近。靠近我们的我们的我们的最后的永远的雷锋，雷锋啊！

　　车子到了雷锋跟前，乔安山把车停下来问他："能不能过去？"

　　雷锋说："没事，直接开就是了。"

　　我就挂了一挡拐那个直角弯。那个弯很不好拐，我记得还打了一个倒车，拐过直角弯后就直接往前开了。车开进的是一个较窄的人行道，道口的左边有一棵大树，以这棵大树为起点，用8号铁丝连着一排1.5米高、小碗口粗的方木杆子，平时用来晒衣服用。

　　右边是九连连部的房子，我犹豫了一下，心里没有把握是不是会蹭到连部的房子，我开车到九连房后，拐90度的弯，我把头探出窗外喊了声，班长！雷锋跑上来问怎么啦？我对雷锋说你拐弯。

　　雷锋说，你来，一样的。我说班长，你看会不会撞上房子？雷锋左右仔细看了看，然后又问道，方向盘打死了没有？打死了，我说。

　　雷锋走到车的左前方，向我打着手势走吧，没事，倒，进，进，于是我挂二挡起步，迅速打死方向盘。车轰地向前开去。

他们最后的对话是——打死没？打死了。

几十年后，我反反复复地重复着这对话。

乔安山是挂二挡起步的，而且方向盘回轮很快。

那个上午，驾驶室里的乔安山不知道，在他起步的那一刹那，悲剧发生，而他，将以自己的一生来饰演悲剧中的重要角色。

灾难降临了。车左后轮将木杆子给挤断了，杆子在撞力与拴在杆子上的铁丝所产生的张力共同作用下，猛地向左前方弹了出去，拴在空中的铁丝被扯断，巨大的弹力将断木砸向雷锋，砸中他的太阳穴。

雷锋没吭一声，倒在地上。

雷锋他们在山区行车2.6万多公里往返奔波从未发生过任何事故，可1962年8月15日上午，最大的事故却在空无一车的操场，发生了！

那一天，张兴吉在营房窗户口看到了事件的整个过程。

雷锋不是很快地倒下的，他是慢慢、慢慢、慢慢地向后倒下的。

张兴吉反复跟记者说着这句话。

在后来的50年里，这个镜头常常出现在他的梦境中。

雷锋站的地方后面是条尖石子铺的小路，他的后脑勺正磕在那条路上。我后来常想，如果不是这样，他也许不会走得那样快。

他以有生以来最快的速度飞奔到事故现场。

倒地的雷锋还有气息，但是已经说不出话，血灌在他的喉咙里，呼呼啦啦地直响，悲惨的样子，张兴吉有了不祥的预感。

卑福才也飞快地跑来了。

我把雷锋抱了起来，这时他的鼻子嘴都在往外喷血，喷了我一身。

真是天不留人，就那么巧，雷锋要是再高一点，或者再矮一点，都不会正好打在太阳穴上，我拼命喊，班长！班长！

这时，乔安山已经把车开到九连炊事班水管前。

他跳下车来，扭头发现班长躺在地上。

我心一沉，急忙跑过去抱起雷锋。雷锋左侧太阳穴上起了个大包，鼻子和嘴一起往外喷血，双眼紧闭，急促地喘着气，我抱着雷锋大哭。

鲜红的血水从雷锋的面颊喷涌出来。

在菜园干活的战士也跑了过来，乔安山大叫，"班长！雷锋！"没反应。乔安山大叫，"快去找连长来！"

卑福才以最快速度跑到连部报告雷锋出事了！

连长虞仁昌望着报信战士变形的脸，不相信雷锋出事。

10分钟前雷锋还活蹦乱跳的呢！

我当时就吼他，他刚刚汇报完工作，好好的出什么事?!

我跑到雷锋跟前，看见血泊中的雷锋，急得直打自己的嘴巴。我声嘶力竭地喊着，快把教练车开过来！我又让文书用电话向团部汇报，告诉团部我们正全力抢救。车来了，我抱起雷锋急速赶往抚顺望花西部医院。

送雷锋进抢救室的路上，我看到雷锋全身都在抽动，抽得非常厉害。这个时候，雷锋只是在出气，鼻子嘴都在出血。

救护车不到一个小时就驶进了西部医院的大院。

到医院后，虞仁昌跑步把他背上二楼抢救室，病床上雷锋高烧40摄氏度，因为体温过高甚至忽然一下子就坐了起来。虞仁昌跑到楼下去买了一箱冰棍，放在雷锋的头上和脖子上降温，温度刚降下去，呼吸突然停止了。

一个医生赶紧做人工呼吸，他的呼吸又恢复了。

这时医生问："你们谁是负责人？"

连长应声后，跟他进了一个小房间。

医生这样对我说，这个人伤势很重，是颅骨骨折内部出血，生命有危险。我吓呆了，眼泪唰地流了下来。

我对他说，医生，他是毛主席的好战士雷锋啊！请您无论如何要千方百计地抢救他呀！他听了我的话就提笔写了一张便条，得立即做手术，我们医院开颅手术不行，快派车去沈阳军区总院，把脑外科主任段教授请来。

我拿了字条折返小路，脚不沾地地跑回连里。

连里的同志们一下都围上来问我，雷锋怎样啦？

我顾不得回答，忙对副连长白福祖说，你快点，马上带着抚顺医院院长写的条子，开车到沈阳陆军总院请专家，拉最好的医生过来。白福祖接过便条激动地说，只要能把雷锋救活，我死了也要让他活过来。

我看他那激动的样子忙说不，雷锋要救，你也要注意安全。恰好这时候，团司令部的军务股长来到连里，我用请求的口吻说，股长同志，我们白副连长的心情太激动，能否请你跟车一起去趟沈阳，以便坐在驾驶室里帮助指挥一下？股长接受了我的请求，他们迅速驾车走了。

这时，时间为上午10时30分。

指导员高士祥正在后勤处张协理员宿舍开会，突然电话响了起来。

协理员拿起电话，里面却没有声音，气得他把听筒扔到了一边足足有五六分钟，张协理员说，总机搞的什么名堂？

有人就说，是不是听筒坏啦？你再摇摇看看。

张协理员拿起电话一听，不是话筒坏了，而是总机把各级领导的电话全都接通了。这时他听见里面有人在讲话，通报一个不幸的消息，雷锋发生了重大事故。这句话连续讲了好几遍，听到这里张协理员的脸都变色了。

开会的同志都愣住了，张协理员最后结结巴巴地说，雷锋，雷锋发生——我更蒙了，半晌说不出话来，一个蹦高从炕上跳下来，心想，雷锋和乔安山开车，是不是掉到山沟里了？

连长虞仁昌再次飞也似的奔回医院。

我再次飞也似的奔回到医院。

我一再央求医生要想尽一切办法抢救，医生特别认真负责地接连做了几次人工呼吸，可是效果不佳。院长指挥主刀医生把雷锋的脖子切开一个口，院长上前把氧气插上，雷锋的腹部起伏了一下，给在场的人们带来了希望。可是他很快又停止了呼吸。

乔安山泣不成声。

指导员高士祥正着急时，团里领导来电话，让他赶快回抚顺运输连。

我回到连队，只见干部战士全部低着头。我们就问雷锋在哪里？回答说在西部医院抢救。我们挤过人群，直奔医院。

西部医院的医生们正在进行最后的抢救。他们把床拽了过来。

这时，雷锋10多分钟抽一次，最后达到五六分钟抽一次，之后就中断了呼吸。又经过20多分钟的急救，院长拿起听诊器在雷锋胸前做了最后诊断。他惋惜地摇了摇头，不行了，你们料理后事吧！

霎时间，我们在场的同志悲痛欲绝，失声痛哭。

79岁的罗叔岳，在雷锋所在部队担任军医。

他目睹了雷锋的最后瞬间。

那天临近中午，团部来了命令，让卫生队立即派军医到抚顺望花区西部医院待命，我们一行四人顾不上吃午饭，立刻乘车火速奔往医院。

救护车快速地向医院驶去。道路坑洼不平加上车速太快，我晕车吐了，救护车不到一个小时就驶进了西部医院的大院。

我们几个跑步来到抢救室，看到沈阳军区总医院的段国升教授正在给雷锋会诊，看到雷锋的第一眼，我就被吓坏了，我不相信那就是雷锋。

他左前额骨头塌陷，左眼突出，鼻孔耳朵都往外冒血。

抚顺街头，司机拼了命地驾车冲向沈阳军区。

他们要让专家来拯救命悬一线、危在旦夕的雷锋。

汽车一路狂奔，红灯也不停，警察不知怎么回事，军车这么野蛮?!

副连长伸出头哑着嗓子大喊："我们去救人！我们去救人！"

抢救室外面，乔安山看着医生护士进进出出忙忙碌碌。

他眼前只是白花花的一片。

直到那时，我依然认为，雷锋只是暂时昏过去了而已。他一定会醒过来的，一定会康复的，一定会和我继续开那辆13号车的。

雷锋咽下最后一口气。

心脏停止跳动，是在连长虞仁昌的怀里。

我难受极了，这么好的一个战士，还不到22岁，怎么说走就走了呢？

张峻也到达了，雷锋的脸事实上已经面目全非。

他强忍着悲伤拍摄了三张。

为什么不能发表，实在太不好看了，伤势太严重了，整个脸都变形了。

12时05分，雷锋的遗体被蒙上白布单。

后来一个医生走出来，对我们说，不行了，回去准备后事吧。我一下子站不住了，准备后事？给谁准备后事？是雷锋吗？怎么可能呢？

两位护士用白布单把雷锋的遗体覆盖上的那一瞬间，乔安山觉得天塌了，他扑上去哭喊："班长你不能走啊！我对不起你呀！"

他被几个战士强行拉开。

医生的诊断结论是，雷锋因头部右侧太阳穴受木杆重击，造成颅骨骨折，颅内大量出血而致死。护士用白布单把雷锋盖上，推着他的床向前走。乔安山也本能地拖着两条软绵绵的腿跟着在后面走，一直走到太平间。

我们把遗体抬到了太平间。我全身都没有力气，一直倚靠在雷锋的床边上，呆呆地看着那片白布单。

虞仁昌把雷锋的衣服解开，开始给他擦洗身体。

我把他的衣服解开，给他擦洗身体。

我用脸贴在他的肚子上，感到温暖柔和，我顿时来了希望，急匆匆地去找医生说，他身体的温度好好的，请你们再去抢救一下吧。大夫，你是要血还是要肉我都给你，他胸口还热乎呢，他还活着你再救救他吧。只要雷锋能活，要什么都行。医生非常诚恳又带有一种内疚的心情说，他是脑挫伤内部出血，血和肉都是没有用的，他确实是不行了。

这时我们彻底失望了，大家放声大哭。

时间凝固在了12时05分。雷锋没有能够等到专家的到来。

13时脑外科教授赶到抚顺西部医院，雷锋已经停止了呼吸。

教授痛惜地说：

我来晚了，没有完成任务。如果能及时赶来的话可以保住雷锋的生命，但雷锋也要成植物人。

副连长号啕大哭，雷锋啊，你别死，你死不如我死了。

14时多，团政委和连指导员从工地上赶来。

高士祥和韩政委到了西部医院，远远地就望见一群白衣大夫。

我们问，雷锋在哪里？回答很简洁，在太平间。

我们登时大哭，我们边哭边赶到太平间，虞连长正领着人给雷锋擦身子，整容，全部换上新鞋袜帽和衣服，他们边擦边大声地哭喊，太平间里的战士们个个泪人似的，手抚着雷锋的遗体，我和政委泣不成声。雷锋生前帮助我们做了许多事，我们只是在他死后才做了一件事，即为他穿上了一套崭新的军装。只能惭愧地说算是还雷锋一个人情吧！

我望向那木杆。

那木杆，仅有6厘米×6厘米规格，却轻取了一个那样美丽的生命。

没有如果，这个世界上没有这两个字的存在，如果有，我会在现场去为雷锋与死神拼力搏斗，我要质问他，为何，为何要将这样的美丽的生命夺走?! 一粒灵魂纯正的种子，就这样消失了吗?

雷锋在他的文字里，很早就写到死亡。

他的家人，在3年间一家五口人的离去，不可能不给他印上死亡的阴影。他在后来的岁月里在日记里，断断续续地若干次提到了死。

但他一定没有想到，他会这么早地在他所热爱的世界上消失。

一个下巴上刚露出青春期胡须的大男孩，生命的画卷，刚刚打开，他本可以还在人世间，继续过幸福的生活，他灿烂的笑容就此定格于22岁。

一根晒衣服的木杆能把雷锋的命带走，没有人相信。

但，那确实是事实，没有战场上的浓烟，没有枪声里那种强韧的血腥，也没有硝烟过后弥漫的余烬，他是死在最和平的时间和场地，但他还是被称为牺牲。他在之后的一年里都被称为雷锋烈士。

悲怆是什么? 悲怆是嫣红的心脏开出的一纸白色小花。

他死得如此惨烈，如此意外，迅疾无声。

我始终难忘小时候在电影院里看到的这一幕: 雷锋倒下了。他的战友们在慌乱地喊着，雷锋! 那一刻，我泪流满面，那一幕，我永生难忘。

我第一次知道，雷锋原来是这样死去的。

这个时间，陈广生正在伏案奋笔疾书。

当时我正在营口我部留守处修改雷锋事迹的报告文学《向阳坡上长劲苗》。这时候，桌子上的电话响了。我拿起话筒，我僵在那里。

我回头看我桌上的稿子，我僵在那里。雷锋牺牲了! 电话啪地掉到地上，我茫然地看着纸张凌乱的桌子，不对啊，我正在写这个人啊，他正生气勃勃地做着他愿意做的事，你们说的是我在写的这个人吗?

电话那端的声音还在继续，请你马上赶回来，办理丧事。

　　泪水模糊中，陈广生赶到抚顺，在医院里他深深地为雷锋鞠了一躬。副连长不断哭着大喊："雷锋啊！你死了不如我死了，你死了不如我死了！"这话，正是陈广生想对雷锋说的。

　　这个时候，团副政委刘家乐失魂落魄地站在雷锋出事的地方发呆。
　　昨天晚上雨中的路上他还和雷锋说了几句话。
　　转瞬间，这个人就不在人世了，他站在那里，泪流满面。
　　若是在战争年代战友牺牲，复仇的火焰当即就会燃烧。报仇的劲头就会大起来，狠狠打击敌人也算出口恶气。可是现在，说他是因公殉职，我说不出是什么滋味，我光掉眼泪，心情已沉重到不能控制的地步。

　　乔安山还在太平间里哭。
　　后来一个老头走过来说，你出去不？我要锁门了。
　　我摇头，不出去你锁吧！

　　他不想走，他只想跟班长在一起。太平间里冷飕飕的，他不知道害怕，脑袋里一片空白。
　　过了大概半个小时，陈排长走进太平间，把我带回连里，把我单独关在一个屋子里。我直接坐在地上，坐了一会儿还想去看看雷锋。
　　我扶着墙慢慢站起来走到门边，一推门没推开，门已经被锁上了。
　　外面还有两个哨兵在门口把守着，这时我才意识到，我失去自由了。

　　虞仁昌关了乔安山的禁闭。
　　我关他禁闭，一是因为雷锋的死，我心情太痛苦，无处发泄。

　　这些，乔安山能够理解。
　　我把班长撞死了犯大错了，他们应该把我关起来。最好让我去陪班长好了，班长不在了，我还活着干什么呢？雷锋那么年轻那么好，他是团里的先进典型，这下团里肯定不会轻饶我的。我原来是农民的儿子不种地了，当上了炉前工成了工人，后来又穿上军装成了战士，被分配到运输连开汽车，我们村里的乡亲谁都羡慕我，我又遇上了这么好的班长，雷锋鼎鼎大名，我妈都说我是傻人有傻福！就这几个钟头，我就从天上摔到了地底下。

这时韩政委问乔安山在哪里？

高士祥回答说被禁闭起来了，政委说："不能死了一个人再死第二个了。"高士祥马上来到乔安山被关禁闭的地方。

我见两个战士持枪而立，为解除乔安山的紧张感，我故意大声说，你们还站在这干什么？政委让你们回去，乔安山没有事了。乔安山见到我就大哭，指导员我有罪啊！这么好的班长让我给撞死了，让我跟班长一起去死吧！他还对我说，雷锋让我给撞死了我也活不成了，最低也是无期徒刑，真没想到领导还把我放出来了，我只有感谢党感谢领导，我要用我的全部力量和实际行动弥补我的罪行，完成雷锋没有完成的任务。

下午，雷锋因公殉职的噩耗传到了下石碑村，乡亲们惊呆了。

大家怎么也不相信早上还跟乡亲们热情打招呼的雷锋就这样走了，没有人组织，人们放下手里的活计，老人拄着拐棍、妇女抱着孩子在村口张望，期盼着雷锋和那辆熟悉的丁7-24-13号苏式嘎斯车能够再次出现在村口。

第二天，上级的工作组来了。

他们让我开着13号车重新把那个场景演示一遍。

我只好僵呆地听着指挥上车演示，他们让我做什么我就做什么。

经过细致的现场勘查，有个人说了句，因公殉职意外事故。

指导员对我说，事故已经调查清楚了，完全属于意外事故，没有你的责任，雷锋已经牺牲了，你要化悲痛为力量不要背思想包袱。听了指导员的话我心里没有一点轻松，没有我的责任？怎么可能没有我的责任？他是倒在我驾驶的汽车旁边哪，最重要的是雷锋没有了啊！没想到，他们还允许我回四班。还让我跟其他同志一样，我这才放声大哭起来。

乔安山拉着高士祥的手一直地哭。

他再三要求我让他去看看雷锋的遗容，我带他去了。乔安山在雷锋遗体前，趴在地上一个劲儿地哭，经再三劝说他才离去。

那几天，运输连全连也都在哭。

干部战士几天几宿没有吃好睡好，人人都在为雷锋牺牲而痛苦，为失去一位亲密战友而悲哀。为了表示对雷锋的尊重，连队决定由正、副排长以上的干部为雷锋遗体站双岗，全副武装给雷锋守灵，半个小时一换班。

张兴吉睡不着觉，他半夜里望着雷锋的空床铺发呆。

一看到那张床，他的脑子里就会轰地一下。

那个可爱的战士推门进来了，对张兴吉说："班长我回来了，你怎么还不睡啊？"可爱的孩子，他每天都笑呵呵的，他湖南口音很重，大家就笑他："哎，雷锋，你说啥玩意儿，给咱们说个普通话。"他就说，"不要逗我了，湖南口音不是说改就能改的。"这个叫雷锋的青年人就这样死去了吗？

他就这样死去了吗？

多少年后，于泉洋的印象不是雷锋那笑微微的样子。

而是躺在那里的最后一瞥，他这辈子，无法忘记那张脸。

雷锋的追悼大会是在他牺牲的第三天举行的。

那几天我们班的战友一直守在雷锋身边，为他守灵。

雷锋脸上干干净净的，包裹着纱布，仿佛仅是受了点轻伤而在安睡。他躺在那里，就像睡着了一样，是的，他就像是睡着了似的。

我们班给雷锋守灵，我们的眼泪都哭干了。

都说男儿有泪不轻弹，但雷锋，让我们都哭成了泪人。我不是爱记仇的，可很长时间，我都对开车的同志有看法，不是不肯原谅，是有心结。

雷锋，是雷家，那个苦难家庭唯一延续的生命。

在他死去之后，这个家庭便彻底地不复存在，甚至，在他的身后，没有一个至亲为他披麻戴孝。

雷锋的丧事料理由团政治处主任崔东基负责。

他与有关同志商量后，认为雷锋是抚顺市人民代表，因此应该将此事向市委汇报一下，于是他先来到抚顺市委办公室，一位副秘书长接待了他。之后他又马不停蹄地来到抚顺市民政局。

有关同志听了雷锋牺牲的事情后十分重视，问他有什么困难，他说没有棺木，没有冷冻冰，民政局的同志当即表示，棺木明早送去，冰马上派车到水库去拉。崔东基回到连里时雷锋的遗体已从西部医院拉回到营部，放在乒乓球台上。冷冻的冰也拉回来了。

8月16日清晨，抚顺市广播电台广播了雷锋同志以身殉职的消息。

全市人民都知道了这个消息，雷锋的公祭大会也由部队扩大到了地方。不幸的消息也迅速地传到摄影师季增施工的地方。

听说是雷锋死了，我们大伙都不相信，特别是我，我说半个月前我还给他照相，他怎么就死了呢？不可能，那小伙子不可能。

我心里老想着雷锋不会死的，他那么上进那么好学那么团结同志，他怎么能一下子就死了呢？不相信他那么好的人一下就死了。后来和团长们挤在一个车上回去了，到那儿一看真是那样的，眼泪就止不住了。

不远的小学校里，陈雅娟在焦急地等候着辅导员的到来。

在开学前三天我和几个同学到部队找雷锋。

雷锋到铁岭出差，赶巧他回来了，我们向辅导员汇报了我们暑期的学习情况，辅导员说你们就要升入小学六年级了，应该做好榜样。我们说后天8月15号，辅导员一定要来参加我们的开学典礼，辅导员说放心吧，我一定争取赶回来。辅导员从来都是说话算数的。

8月15日下午1时，小伙伴们都集合队伍了。

学校开学典礼大会马上就要开始了，还不见辅导员的影子。

大家东张西望，辅导员答应参加我们的开学典礼，为什么没有来？这时候我们班的一个同学走到我跟前说，陈雅娟，咱们辅导员受重伤了。

我说不可能你再说一遍，他就又说一遍。

我顿时心里像十五个吊桶七上八下的，会一结束我们就往部队跑。

往常一走进部队营房，尽管不是雷锋班的，战士也一个传一个地喊："雷锋雷锋，小朋友找你来了。"话音刚落，雷锋就会快速热情地迎出来。

这时我在盼望，还有解放军这么大声地笑嘻嘻地喊。

接着雷锋叔叔的笑脸闪了出来。他会说哎呀同学们真对不起啊，刚才我受了点伤，没能参加你们的典礼，现在没事了，我现在去还来得及吧？一定是这个样子的。最好我装出生气的样子，辅导员你说话也有不算数的时候啊！我在心里就这么幻想着，等着辅导员的出现。

最终，他没有出现。

走进营房，小姑娘们看到部队的战士三三两两地或站着或蹲在大树下、房檐下，他们面部表情都很悲伤。

我们赶紧三步并成两步，跑到雷锋班。

推开房门一看，雷锋班的战士都在那儿抱头大哭。

我们转过头来，跑到指导员办公室。

迎面碰到高士祥指导员，我说高叔叔，我们来找雷锋叔叔，听说雷锋叔叔受重伤了，是真的吗？高指导员说，孩子们，雷锋，你们的好辅导员，他牺牲了。我和我的同学们哇的一声，号啕起来。

在吕学广家里，不好的预感早就开始了。

我哥雷锋是隔三岔五地就给家寄信。可后来，家里就收不到雷锋的信了。那些天，我爹都做着噩梦，我爹还给我叨咕过他的梦。

吕长太那几天做的梦是一样的，他被一只手推下了悬崖，他飞快地跌进万丈深渊，一直在没完没了地往下跌。他甚至能听见耳边呼呼的剧烈抖动的风声。不，还有他自己绝望的呼救声，直到他挣扎着醒来。

我爹的确做这样的梦了，我看见他那几天早上，天天都是大汗淋漓地坐在炕上，不是严冬，8月的时候能出这么多的冷汗，实属罕见。

我爹瞅着我说咱家是要出事了吗？是你爷爷要见我吗？那梦里带着雷锋干吗？我看看爹，又看看家和家里的人。一切都正常啊。奶奶在炕上纳鞋底，我娘在院子里喂猪，我弟我姐我妹都在屋里屋外疯跑着玩，一切都很正常。我爹就问那这个梦正常吗？我回答不上来了。

我哥牺牲的第二天，部队就来人到姑嫂城大队，了解有没有一个叫吕长太的人，大队说有，还谈了什么，我也说不清楚了，这次部队没到我家。

那天，部队又来人了，这次径直来到了吕家。

这是第一次部队的人来到这个破烂的家里。

老奶奶说这是要有大事了，是不好的大事。

父亲正在山上放羊，是我上山找回来的，他们站在院子里不说话，我爹就纳闷了，我爹就问他们，你们这是什么意思啊？雷锋他怎么不回来？你们几个人到我这儿来干啥？我爹一问，一个教导员告诉我父亲。大爷我告诉你，你可别激动啊！你儿子雷锋他牺牲了，他不幸牺牲了，今天特意来接你们去抚顺，让你们去抚顺看他最后一眼。

我爹当时就坐地下了，我妈就不明白了，傻了。

我爹坐在地上哭了好半天才说一句话，这也没打仗，牺牲什么啊？

但他们还是反复说"牺牲"二字，那时我11岁了，知道牺牲就是死的意思。可我还是不相信，我哥会和这个字眼连在一起，那个总是笑着的总是快快乐乐的人，怎么会和这个字眼连在一起呢？

这一天，小易起床、做饭、打扫房间。

这个时候，她没有任何工作，剩下的时间就是看报纸听收音机。小易这样对我说，那个时间，看报纸听收音机是她的主要工作，一切都忙碌完了，小易解下围裙，疲惫地坐下。下面的动作，就是扭开收音机。

这时，你听到了什么？为什么，你会僵成木雕？

我从收音机里听到了这个噩耗。

当时，我既震惊又悲痛，我无法控制地大哭。

我问小易："雷锋牺牲的消息，你是在哪里知道的?"

收音机，但，这个重要吗？需要知道这个将小易击倒的石头是从哪里飞来的吗？小易只记得，那天，周围所有的东西都在打着旋涡，令人晕眩。

你没想过这是重名重姓的人吗？我问。

没想，我知道一定是他，不会是别人，没有谁会做出这样的成就。

只有他只有他啊，只有他才会这样的出色才会这样的优秀，才会被世世代代的人敬仰，那天傍晚我心里觉得憋得难受，就像要爆炸似的，总想在没有人的地方放声大哭一场。我独自走在姑嫂城河畔，无目的地走着走着。

1962年8月17日下午1时，公祭雷锋大会在望花区委人民大礼堂举行。大礼堂内一片肃穆，雷锋的灵柩放在礼堂台上，两名战士站在灵柩后。棺椁下竖立着披着黑纱的雷锋遗像。

主席台挂着大幅横额"公祭雷锋同志大会"。

参加公祭大会的单位有沈阳部队工程兵部队的领导，各营连的代表，抚顺市和望花区的党政领导，各学校的学生代表，还有佩戴着白花和黑纱自发参加追悼会的群众，实际来参加追悼会的人数远远超过了预期。

望花区委的礼堂容纳不下，干脆在院子临时安上扩音喇叭。

会场内外大院内外全是人，送来的花圈数不清有多少，往葛布公墓拉花圈就用了好几台大解放车，沈阳部队送的花圈最大，两米多高直径1米半，上面的彩蝶要飞起来似的，花圈从灵堂一直摆到了会场外面。

盛入雷锋的棺枢是抚顺市的一位领导干部捐赠的。

他原本是为家中80多岁的老母亲准备的，听说雷锋牺牲后当即送来，那棺枢的原料是黄花松，又大又沉，四条汉子根本抬不动，棺壁十三四厘米的样子，1964年对雷锋进行迁葬时棺枢没有一点腐烂。

入棺时，史宝光抱着雷锋的头，和班里的战士、连里干部一起把雷锋裹在洁白的布中平稳放进棺木里。

乔安山也被安排和班里的战友一起给雷锋守灵。

我的泪水一直不停地往下流，我模模糊糊地看到，会场里已经挤满了人，可是人流还是不断地涌进来，外面更是排起长队，4位军官和6位战士登上灵车，守候在雷锋灵枢两旁。灵车开出大门时，我发现路上自发参加雷锋追悼会的有数万人，无数刚刚听到噩耗的人们还在向这里急切地赶来。雷锋的灵枢经和平大街、葛布大桥，送往烈士公墓。

送葬的队伍浩浩荡荡，我从来没见过这么大的送葬场面。

葬礼举行那天，小孩子陈雅娟早早到了会场。

她怔怔地望着，还是觉得这一切不是真的。

到处都是人，从望花区人民大礼堂到葛布公墓十几里的路，两边全是人。那是真正的人山人海啊，那天，整座城市都在为雷锋的死掉泪。

那天，陈雅娟一直跟在运雷锋遗体的车子后面跑。

车开得快了跟不上了，她坐在马路边上，大哭。

举行葬礼这天，小易在家里躺了一天。

许多年后陈雅娟说，小易阿姨，雷锋葬礼这天，你为什么不去？

我听了真是悲愤，那时没有人通知我啊，我也没有办法去啊。如果可能，你认为我不会去吗？我就是爬也要爬去啊！

　　雷锋最早下葬在葛布公墓。雷锋死后没有火化，那时国家未提倡。当时只称是烈士，墓也比较简单。无边无际的人群，浩浩荡荡的送葬队伍奔向了葛布公墓。到了葛布公墓，把雷锋的灵柩从车上抬了下来，抬得非常平稳，如稍歪一点，马上就有人喊，非常平稳地将棺放进了墓穴里，墓前摆放着一张桌子，有点燃的香、馒头和各种供果、筷子摆在供桌上，墓穴里扔了不少铜钱红布，下葬的形式完全是按照抚顺地方的风俗进行的，抚顺人民用这种方式表达了对雷锋的爱戴，几个战士把手中的土撒下，绕着坟堆转了几圈。然后齐齐地跪在墓前，久久地望着那个木制墓碑上的几行大字：

毛主席的好战士
中国共产党党员
抚顺市人民代表
中国人民解放军工程兵工程第十团班长
雷锋烈士之墓
一九六二年八月十七日　立

　　工程兵主任王良太将军，这位身经百战的将军，那天泣不成声。
　　他与雷锋的感情太深了，雷锋是他发现的好苗子。
　　如果早几天给雷锋下令任职，他就不会出这样的意外，就不会离我们而去。

　　吕学广和父亲一起去了抚顺。
　　我和我爹坐上部队的车去了抚顺，去祭扫雷锋墓。
　　部队事先告诉我们不要哭，也不要对外说什么。
　　我爹一见到雷锋的墓就控制不住了，哭天抢地的啊，动静吓人！部队就让我爹和我在雷锋墓前看了多说两分钟，就把我们给拽走了，我爹不走啊，就哭喊啊：我失去了一个多好的儿子啊，这个儿子世上少有啊，我这辈子就这么点福气，现在又没有了。我的大儿子啊，你别走啊，爹跟你说句话啊!

部队的人就生拉硬拽地把我们俩给拽走了。

那时我爹就一个原则,就是要把雷锋的尸体拉回姑嫂城来。

我爹那意思就是非要弄辆马车把雷锋的遗体弄回家来不行,连哭带喊地说啥也不行。后来领导干部做工作,做工作也不行。

我爹就一句话,要把我大儿子拉回家去,不拉回家我就不回去。

抚顺部队的团长不让我爹这么做,就在那里待了一个星期。后来我跟我爹说就让我哥留下吧,人家部队能给安个烈士墓。俺们拉回家就只能埋个土堆也不能立这么像样的碑,我们也没这个条件。

我爹就斜眼瞅我,他眼睛都红了,我从来没见过我爹那样凶狠的眼神。

你小子是怎么回事?你还是老吕家的人不?你怎么还向着他们部队说话?你哥才死你就忘了你哥对你的好了吗?我说不是向着他们,我也没忘我哥的好,要是部队让咱拉回去,我马上雇个大马车说死也要把我哥拉回去葬在咱姑嫂城,问题是人家部队不让啊!我爹说你们不让我拉回去,以后我怎么来看他?我这么大的岁数我又没有钱,我怎么来?

部队就说大爷这样吧,我们给你开个字条,你就拿着这个字条坐火车坐汽车,他们都不会跟你要钱了,你老什么时候想雷锋了就来。

我爹还是大哭,好好一个孩子送到部队来了怎么你们就没给照顾好?他亲爹娘要是活着得哭成什么样?

这么好的孩子啊,老天怎么就不长眼啊?

我在想,人们透过泪水会看见雷锋也在哭吗?

是的,雷锋也在哭,我要去见毛主席。

雷锋边哭边说,我还有许多个愿望没实现啊,让我坐起来。

第十三章

嘹 亮

一个耳熟能详的名字　一位品格高尚的军人
一代代传承不变的精神

1962年8月15日。

他被一根倒下来的木杆击中，就此别了这个世界。

之前他短暂的人生，之后他漫天的光荣，都与他无关。

按常态，他本应该结婚生子养家糊口，直至两眼昏花满头白发。

但命运让雷锋走上了一条异路。

雷正球泪流满面，我凝神望着他，他的泪不是做作的，是真诚的液体。

我哥哥办葬礼的时候部队都没通知我们。死的消息我们是两个月后才知道，两个月后部队才通知我们。我们家里穷啊，一直到今天我都没能去给我哥坟上磕个头，我们家太穷。我一直没有路费去趟抚顺。

他边讲边抽烟，在弥漫的烟雾里我看见雷正球的眼泪汹涌地流下来。

他边抽边讲边讲边哭，他的哭声被门外的雪传得很远。

屋子里，还有雷正球的朋友和家人，我们沉默着。

吕学广的眼泪也在一滴滴掉在衣襟上。

他显然不是爱掉泪的人，他是个硬汉型的耿直之人。

从抚顺回来的那天晚上，我爹买了8角钱的黄纸，在姑嫂城的山根下烧。他边烧边哭，直到现在我还能听见我那老父亲的哭声。

他说我的大儿子啊，你回来吧，爹永世不会忘了你的孝顺啊！

那真是我一生最悲伤的日子，我该怎么回忆那些天呢，母亲痴呆呆的，奶奶眼睛瞎了，老爹不吃不喝就那么每日每夜地哭着。

这一切，都是因为我哥雷锋的突然离去。

他牺牲时，余新元并不知道。

三天以后，我看见《前进报》了，报道他了，我老伴那天最先看到的报纸，她先看到的，看完就像傻了似的，半天没缓过劲来，哭着把报纸递给我。你们都知道的，雷锋和我老伴的感情最好。

她掉着眼泪对我说，老头咱那儿子走了。

拿过来报纸一看是雷锋，我也傻了。我一直在嘟囔怎么会呢？可白纸黑字就放在那儿啊！我们全家连中午饭都没吃都在哭，好几天我闷头不说话，难受得不行。心里头直埋怨，你乔安山倒车怎么就不好好往后看看呢？

我可怜雷锋啊，那么年轻轻的好孩子就这么没了，我接受不了这个事实啊！几个月后我去了抚顺，站在他的墓前我还是不相信，那个永远都笑着的孩子已经不在人世了。我就说了一句，孩子你太可怜了。

你走得太早了，我还能说啥？

消息传到弓矿焦化厂、传到工厂、传到学校、传到全国各地。

只要认识他的人都为他落泪。

在雷锋牺牲的日子里，小易不敢放声大哭。

我们那个楼都是独身宿舍改的，我哭，害怕别人知道。

人家会问我，你哭啥啊？当时你都没有等着人家。

自己哭够了，没有办法我就偷偷照了一张相，那张相被你们也看着了，我身披白纱照了一张相。算是着丧服吧，为他送行。

已为人妻的她悄悄到照相馆，身着素衣，披着白纱照了一张照片。

照片上的易秀珍围着一条白色围巾，一脸忧伤。

这些年，只要她一闭上眼睛，就能看见一池微微战栗的水。

这水里，会渐渐浮上一把闪着青光的刀子，在岁月的水中漂浮，无人的时候，那刀子，就会狠狠地在她心里游弋。拍完这张照片，易秀珍将这段经历连同照片一起收藏起来，轻易不肯拿出来与人分享。

这张照片，被悄悄保存了50年。

那段时间，小易天天在忙碌。

那点家务活都干完了，小易还在忙碌。

她必须干点活计，不能让自己闲下来，她受不了静止，因为停顿会让她没完没了地想起雷锋坐着无言的样子，她走到院子外面，走到姑嫂城下，呆站在那里就不动了。天还很冷，小易连头巾也没戴，头发让风吹得乱蓬蓬的，她的目光就在乱蓬蓬的头发下四顾张望。茫然，没有着落。

她慢慢在路边蹲下，浑身无力。

正是下班时间，车流人流喧嚣着欢腾着从她身边淌过。

一切都很正常有秩序，唯有她不是，她的生活全部混乱了。

在她的口袋里，雷锋的信正烫着她烧着她啃咬着她，他的笑容在小易的心中，化作一道木桥以及正在过桥的轻柔的雾，那一河的波纹，你能锁住小易的泪水吗？那一天，小易感到生命深处什么东西震碎了，是的，被震得粉碎，迸裂在空气里四处飘散，她看见自己的眼泪滴在衣襟上，竟有血的颜色。走过身边的人，会问："你的泪，是关于谁的呢？"

她又站在这里了。就像一年前那个春天，他们就并肩站在这里。

但此时，那个让她哭让她笑的人呢，在哪里啊？她站在那里，茫然地打量这里，她现在似乎正站在一条奔腾的大河岸边，那汹涌的气势已让她站立不住。

夜色中，她看不见那个熟悉的身影，但那声音，她听见了。

我发现有个人在烧纸。我以为村里又死了什么人。

走到跟前一看，是牧羊老人吕大爷蹲在那儿烧纸。

那天风很大，大爷跪坐在那里，脊梁僵硬，他的手就像树叶一样，抖得不行。那天晚上，大爷一个人在姑嫂城的山根下烧。

他一边烧一边哭，哭声随着火星四处飘落，我问吕大爷，你是给谁烧纸啊？老人抬头发现是我，神情黯然地说傻姑娘，咱们的雷锋没有了啊！

我的眼泪再也止不住了，放声大哭起来。

我接过老人手中的木棍，学着老人的样子拨散黄纸燃烧的火星。

我哭泣着听老人说话，他说我永远忘不了雷锋对我家的好啊，那年冬天，他送来的衣物救了我们一家人，不然出不了门啊，今天我特意为他买8角钱的黄纸给他烧了，他在九泉之下会知道的。吕大爷对雷锋这片至诚的心意，像一股暖流流进了我冰冷的心，我感谢他的心意。

雷锋去世以后，老人家像变了一个人，基本上没话。

放羊回来就躺在炕上睡觉，要么就抽他的老旱烟袋，一管接一管地抽，直抽得两眼炙热，要么就喝闷酒，喝完就呜呜地哭。

我哥牺牲的第二年，部队曾派人来问过我爹，问我们家有没有谁能当兵，意思是想让我接过雷锋的枪。那会儿我年龄还小，我爹我妈也年老体弱了，我是几个孩子里的老大，怎么能扔下一大家子七口人离家去当兵呢？

头三年，我和我爹清明时都去给我哥扫墓。后两年我们自己花钱，我毕竟小，过些日子该干啥干啥，我爹不行，心情还是阴沉，一到过年节比如三十晚上他除了给雷锋烧纸，还要给雷锋留副碗筷，他会说你哥今天指定会回来跟咱们吃年夜饭，他这个习惯一直保持到他死，部队也够意思，连续三年慰问和看望我家。

那年我爹不行了，临闭眼前他嘱咐我也嘱咐我弟我妹，到了过年清明啥的别忘了给雷锋烧纸。

1962年秋天，谢迪安考入中国人民大学经济系。开学不久，他到学校阅览室看报纸，刚拿起报纸就看到了雷锋牺牲的消息。

当时我脑壳就像是挨了一闷棍，眼前阵阵发黑，我忘了是怎样走出阅览室的。一个人来到教学楼后的小湖边，一屁股坐在地上，呜呜地哭。

雷锋去世的消息，张建文是从《人民日报》知道的，他号啕大哭。

而这个时候，我不得不提到雷锋的老乡王佩玲，她在1997年回忆道：

雷锋走后，我顿时像水中的浮萍，落不下根。

那些日子，我拒绝了一个个追求者谢绝了一个个媒人，我在盼望在等待。

1963年3月6日，王佩玲无意中在《湖南日报》看见了雷锋照片。

我顿时愣住了。

这个伟大的雷锋，不就是我朝思暮想的雷正兴吗？我的心怦怦直跳，看完雷锋的生平事迹和牺牲的经过，泪水止不住流下来。

当天，王佩玲痛苦地写下了纪念日记，扯下这一页面对着墙上镜框里雷锋的像鞠了三个躬，把这页日记烧化在他的面前，之后病了一场。

病好后，我在心里打定主意，为雷锋守孝3年。

在当时，这些念头是没法对别人说的，但我一直默默坚持着，把雷锋埋在心底，一遍遍重温我们曾经共同度过的短暂岁月。1965年，我28岁了，才经人介绍与我丈夫丰振全结婚。28岁的未婚姑娘在当时算是大龄青年了。

婚后，他们生了一男一女。

对于妻子挂在墙上的那张照片，丈夫心里一直很别扭。特别是妻子与陌生青年的那张合影，一次借清扫的机会他把那张合影悄悄撤了下来撕了换上自己与王佩玲的合影，后来得知妻子与雷锋的往事懊悔不已。

　　这天，雷锋的战友在热烈讨论中写了这份申请书。

党支部：

　　雷锋生前是我们亲密的战友。他虽然牺牲了，但他那种先进思想和光荣事迹将永远活在我们心中。【略】我们四班为纪念和发扬雷锋烈士的光荣事迹，经过热烈的讨论大家一致表示决心继承雷锋烈士的革命精神，把雷锋烈士的事迹一代一代地传下去，为此全班同志特请求上级党委和首长批准我们为雷锋班的光荣称号。

　　四班全体：张兴吉　王继学　陈庆林　田生棉　韩玉臣　乔安山　庞春学　蔡永海　于泉洋

1962年10月12日于抚顺市

　　这份申请书立即上报沈阳军区政治部。

　　国防部于1963年1月7日批准命名雷锋生前所在的四班为雷锋班。

　　1963年3月5日，毛泽东发出了向雷锋同志学习的号召。

　　因为毛泽东的题词，它在后来的时间里是被人们像对待圣物一样珍惜的磷火，人们将之纳藏于心捧捂于胸，在寒酷长夜里层层包裹程程传递，大口呼吸它的芳香，以它的热量及光焰充盈自己，这个天使，没有在人间白白走过。

　　《人民日报》发表毛主席题词那天，战友们拿着报纸上的毛主席手迹，高兴得手舞足蹈，激动得流出了喜悦的泪水。

　　但乔安山别有一番滋味在心头。

　　我拿起报纸，仔细地端详着老人家的题词。

　　两只手不由自主地剧烈抖动起来，任凭我如何控制都控制不住。看着毛主席的题词我有种巨大的恐惧和压力，我感觉毛主席一定知道雷锋牺牲的原因了，他也一定知道乔安山这个名字了，他老人家能原谅我吗？

3月6日，全班战士从营口赶到沈阳，接受沈阳军区司令员陈锡联上将把毛泽东、刘少奇、周恩来、朱德、邓小平等党和国家领导人的题词复制品转赠雷锋班，并受到沈阳军区首长和团中央领导接见。回到营口后，全班战士进行了热烈的发言。只有乔安山躲在一旁悄悄流眼泪。

班长张兴吉对我说，乔安山哪！毛主席都给雷锋班长题词了，这是多大的喜事啊！你怎么还不高兴呢？我敢说现在全国知道这个消息的人中可能就你一个人在哭，我对班长说，我这是喜泪，我是在替雷锋高兴啊！

雷锋辅导过的孩子们派代表到部队边哭边说："我们见不到雷锋叔叔，就让我们看看他用过的东西吧！"韩政委当场答应："一定要满足孩子们的愿望。"遂把这项任务交给了陈广生，他领十几个人粉刷一间空房子，雷锋的遗物大到皮箱，小到鞋带，用过的武器，读过的《毛泽东选集》，日记本和笔，一件件展出来。陈广生还在胶合板上书写了说明词。

展览一下子轰动了学校，附近工厂纷纷组织人来参观。

抚顺市委建议立即把展览搬到市里，增加图片在更宽敞的环境里展出，让更多的人从雷锋身上汲取精神力量。紧接着沈阳市也复制了一套在市文化宫展出。中国人民革命军事博物馆也来了人，说雷锋是军人，他的全部遗物原件要由军博收藏，遂将全部展品搬到北京展出，照原样复制了一套留给了抚顺。

1964年4月3日，清明节前夕，雷锋的墓从抚顺葛布公墓迁往望花区雷锋公园，乔安山也在抬棺椁的行列里。

棺椁里渗出来的血水流在我的棉衣上。

我感到我的血肉好像和班长连在了一起，我又和班长在一起了。望着新墓我说，班长，你在这好好安息吧！雷锋牺牲后，我成了撞死雷锋的人。虽然组织上对雷锋之死下了结论，认为我没有直接责任也不给予任何处分，但我一直无法从自责中解脱出来。其他战友对雷锋感情是单一的，只是觉得他牺牲得太可惜了。而我不同，除了对雷锋想念之外更多的是自责愧疚，外界的压力就更不用说了，我的精神几乎崩溃，已经有些支持不住了。

乔安山说那些日子，一闭上眼睛，雷锋的牺牲画面就出现在眼前。

他倒在地上，闭着眼睛，急促地喘息，鼻子在往外喷血，身体在痛苦地抽动，护士将白布单盖在雷锋身上，送进了太平间，送葬时的大红棺材，雷锋坟墓。

他常常被噩梦惊得大声喊叫，他感觉被绳索捆绑着。只要一有人提到雷锋的名字他就心里堵得慌，眼泪就会不住地流。晚上在营房对着雷锋照片痛恨自己，忏悔不已。

不仅仅是乔安山，王佩玲也是这样。

这一年王佩玲66岁，她让老伴陪同去辽宁抚顺给雷锋扫墓。

她终于有机会如愿以偿到达抚顺。那天，抚顺下着鹅毛大雪，王佩玲伸手扒开雷锋墓上厚厚的雪，坐在雷锋的墓前，没人知道那刻她心里在想些什么，她的泪水汹涌而出。

她在临走时的回头一望，神情更加悲伤。

这么多年过去，小易的伤感没有减轻反而更加剧烈。

她的悲伤似乎注定要远远大于任何人，1995年她也才有机会走出家门一个人前往抚顺，这是她这么多年第一次去给雷锋扫墓，那天她什么都没买，她以为自己会找不到雷锋墓，她似乎不知道在抚顺雷锋早已是妇孺皆知的标识。她站在雷锋墓前，积蓄了33年的眼泪顿时奔涌而出。

她几乎要扑倒在地。

从那年起我就年年去给他扫墓。

他是孤儿，没有亲人为他扫墓，我就当是给哥哥扫墓吧。

我总是清明节提前一两天去，我怕遇到别人，只有我女儿跟我去了一次，剩下的都是我自己去的。我给他买花，他喜欢花。

每年的清明我都要去看他，这已经成为我每年必做的一件事。

小易站在他的墓前，通常没人，一片寂静。
她总会听见他在说，小易啊，这是他特有的称呼易秀珍的方式。
她会迅速回应，哎，是我。
我给他行三个礼，我说我来看你了，说完转身就走。

在讲述这些往事的时候，我的泪水一次次模糊我的眼睛。
讲述这些，不是猎奇，不是闲来无事去八卦。
我要告诉人们的是，它们的存在不是要被后来人拿来验证他是否也有正常人一样的私生活，而是因为这种情感的发生，让人们知道在这个人间曾经拥有天使飞翔的证据，证明这个有爱的好人如何在最残酷的时间里磨炼出干净端肃的内心。他是一个爱者梦者，他给世界留下了什么呢？
他留下了磷火。
这是后来人在日后的很长时光里才认识到的微弱的磷火。

第十四章
苍 茫

人的生命是有限的　可是为人民服务是无限的
我要把有限的生命投入到无限的为人民服务之中去

　　2015 年的秋天和 1959 年的秋天无异。吕学广带我去山上那个曾经的家，一片废墟，我们站在阳光下的废墟前，无言，那斑驳的乌黑的废弃的墙壁及炕砖，在雨后带着潮湿的气味。这些旧物，能照见往日的岁月吗？记忆已经和这些断壁残垣都已支离破碎，最后都如过眼烟云般散去，谁的岁月最终不是这个结局呢？什么都不会剩下，剩下的只能是记忆以及眼眶里奔腾而出的冰冷的泪水与无人关注的哀伤，我常常想，年老的他应该是什么样子呢？

　　他的那张带着青春色彩与浅草颜色的气息的脸，会布满和他战友同样的皱纹吗？乔安山也是老人了，这些年了他还在悔恨，非常悔恨。

　　当时如果是雷锋开车该多好，如果不去那里洗车该多好，如果车再往右边一点该多好，如果方木杆子上没有铁丝该多好，如果方木杆子飞起的方向再错一点点角度该多好。只要有任何一个如果变成现实，悲剧就不会发生了，雷锋也就不会死了，他今年也该 75 岁了，也该儿孙满堂了吧！他那么优秀，说不定现在已经成了大领导了呢。那样过年过节的时候，我们也可以相互打个电话问候问候，说不定还能见见面，一起聊聊当年在部队里的生活呢！

做报告的时候，他不会讲雷锋出事故的那一幕。虽然时间过去了很久，乔安山的生活也改变了很多，但他还是不愿意说起那段往事，他还是在意人家说，他是撞死雷锋的那个人。

对于别人来说，雷锋可能是一张照片、一幅油画、一本书或一尊雕塑，但是对于余新元来说，雷锋是一个聪明的、调皮的孩子。1998 年，他去了雷锋的家。1998 年的时候，雷锋的故居还没有我在 2002 年见到的样子，一切很是凌乱。但，余新元要看的不是这些。他在门前站立。老泪再次纵横："雷锋，我到你的家来了。"他站在门前的心情一定是复杂的。

那个孩子，迎了出来，他 18 岁，刚刚从望城县委回来收拾东西，他马上就要去码头、去东北的鞍钢。他不认识门外站着的这位老者。

"雷锋，你在这里啊？"老人激动得语无伦次。

"您认识我？我叫雷正兴，雷锋是谁？"

"就是你啊，雷锋是你后来的名字，我是你余叔叔啊！"

"可是，我并不认识您啊？老爷爷，我马上要走，我已经和人家说好，早晨 8 点一定坐船出发去东北，东北很远啊，我要走好多天啊，你知道我去那里做什么吗？我要……"

"你要做炼钢工人，之后你还要当兵，手握钢枪保卫毛主席。"

"对呀，这是我的愿望，老爷爷，您是怎么知道的？"

"雷锋，我，我这里有你的照片，有当工人的，还有当兵的。"

"我的照片？当工人？当兵？这不可能。老爷爷，您到底是谁？"

"你等等，我拿给你看，我有你的全套照片。都是你牺牲后我一点点收集的。""我牺牲？""正兴，快点走啊，都等你呢！"有送行的人在远处喊他。"老爷爷，对不起，我得赶路了，以后有时间我们再见吧！"青年灿烂地笑着，这笑容，余新元太熟悉了。"雷锋啊！"

那孩子回过头来："还有事吗？老爷爷。"

"不要去东北了，不要去。"

那孩子笑得更加灿烂，"老爷爷，再见。"

余新元的泪流得更加汹涌："孩子，好孩子啊，我宁可不要你成为英雄，我要你活着，为了雷家，我只盼着你好好活着。"

这自然又是我的幻象。

我站在时间场地的远处，望着，我不希望这画面消失。

陪同的人向纪念馆的工作人员介绍了余新元。

工作人员听说眼前的老人就是送雷锋当兵的人，兴奋至极，他们陪着老人在屋子里转悠着讲解着，世间的事情多么奇妙。

他那会儿在我家，边吃饭边哭，边哭边给我讲述他的家史。

我怎么也没想到，有一天我会来到他的家，寻找他的痕迹。

老人说着，长长地叹了口气。

1997年4月10日，王佩玲在《扬子晚报》以"雷锋，请听我说"为标题，解释了她为什么隐姓埋名这么多年。

戴明章一连给我写了10封信。每一封信都沉甸甸的，入情入理，令我不能自已。戴明章在第八封信里写到，我们这些雷锋成长的见证人年近七旬，来日不多，找不到黄丽，何以告慰雷锋的亡灵？这封信看得我如蚁啃心，泪如泉涌。我再也控制不住自己了，是的，我就是黄丽。

1965年，戴明章转业到地方工作，他是在离开雷锋的日子真正地为雷锋默默传递光和热的人。戴明章着手编著《回忆雷锋》这部书，行程1.2万公里，走访省内外和雷锋生前有过接触的首长、战友、工厂领导等142人，在掌握了大量第一手材料后，用了4年多的时间完成了80万字《回忆雷锋》的书稿。戴明章在世时常说的一句话是，历史不容篡改也不容假设。

他借了几万元钱才得以出书，但是卖得并不好。

那天，我找到2006年关于戴明章的最后一则新闻。

戴明章同志因病医治无效，于2006年2月26日8时27分不幸逝世，享年76岁。

他的手里握着钢笔，嘴里含着一粒救心丹。

他带着遗憾而去，他还有5场回忆雷锋的报告没做。

还有两部关于雷锋精神研究的书稿等待出版。他还有近30万元的债务，他还有体弱多病的老伴需要照顾。

我又找到了更多的关于戴明章的描述。这些描述，让我泪流满面。

在戴明章的家里，几件老式家具，屋子里最先进的是一台486老式电脑，两面墙书柜里堆满了书籍，老式写字台上老人给五十中学写的报告材料还没有写完，老式的钢笔还放在本子上。

儿子戴强患肝癌后，家里为了给儿子治疗，老人拿出全部积蓄依然不够，只好向亲属朋友们借钱，老人的妹妹劝他向组织上提出家里的困难，求组织帮助解决，老人依然没有开口。直到2004年12月戴强去世，老人为了给他治病欠下了20余万元的债务，这笔债务直到老人逝世依然没有还清。加上老人为出版雷锋系列书籍的借款，戴老身后，留下了近30万元的债务。

我看到这里，站了起来，向照片里的戴明章参谋，深深鞠躬。

戴明章，谢谢您，谢谢您为雷锋所做的一切。

我向他和他的身边真正有爱的人们，深深地鞠躬致谢。

50年后，又一出人间喜剧因雷锋而上演。

2012年，快到雷锋72岁生日的时候，在雷锋读过书的小学校里，锣鼓喧天，歌声飞扬，掌声及被训练好的欢呼声如海浪一波高似一波。

雷锋小学喜聘王佩玲、易秀珍、冯健三位女士为荣誉校长。

12月8日，雷锋小学喜迎了几位珍贵的客人。

2012年12月8日，是一个平常的日子，但对于王佩玲、易秀珍和冯健三位老人来说，却有着非同一般的意义。校长介绍说，王佩玲女士，雷锋在团山湖工作时的革命伙伴。易秀珍女士，雷锋在鞍钢工作时最纯真的伙伴。冯健女士，雷锋最尊敬的姐姐。

这有着非同一般的意义的团聚因何而来呢？
坐在我对面的小易禁不住地苦笑。
一切又是因为我，我总是在不经意间激起一片涟漪。
2012年的12月，我的远在湖南的侄子结婚，我回去给家人祝贺，一切忙碌过后，我还有一天的时间就要返回东北了，还有一天的时间。

小易在早晨醒来，她问自己，你已经73岁了，你还会再回来故乡几次呢？这些年她回湖南几次了，可从未去过他的家乡。
她一直在逃避，但这一次，她必须回去了。

那天是星期天，小易和妹妹一起去的。
踏在那条路上她的心就开始激烈地跳动。
小易一再告诉自己平静，已经50年过去了你一定要平静。

到达他的家门口，小易站在那里停顿了片刻。
因为是星期天，雷锋故居不开放，也没有游人来参观，小易不甘心就这么又擦肩而过，这一生的喜与悲与这个人深深牵连，最终擦肩而过。
而现在，在迟疑或蹉跎50年后，自己终于站在他的家门口。
还要再次重复50年前的含蓄，最终因为含蓄而惆怅一生吗？

小易敲门，有人来开门，那一瞬间听着脚步声，恍惚间小易以为是他来应门。有人来开门，是雷锋故居纪念馆的工作人员。
对方告诉小易今天是休息日不开馆，所以抱歉不能开门。
小易开始解释，说自己明天就要飞回北方，来这里一次不容易，能否和领导说说破例一次，对方犹豫一下，"好吧，不过你需要出示一下身份证，我们需要登记。"小易出示了。对方拿在手里看了一下，之后又看了一下，等他再凑近看第三下时，他大叫起来，易秀珍？

他看着小易，你是从辽宁来的？小易点点头。

你是湖南人？小易又点点头。

那个工作人员顿时激动地大叫，撒腿就往里面跑，"易秀珍啊，是易秀珍回来了啊！"他们早就知道小易，知道小易的存在，但他们没想到小易会在这个时候回来，他们似乎等待了很久。

我走进了雷锋的家。

在我与他的 50 年后的悲伤与思念的纠缠后，我走进了他的出生地。

我在院子里站了一会儿，在厨房站了一会儿，而卧室，就是雷锋母亲自尽的那个屋子，我没有进去，我只是站在卧室的窗外，朝屋里望了半天。那会儿，我真的无法走进去，我怕我一推开门就会听见那个孩子撕心裂肺的哭声，妈妈你怎么啦？你到底是怎么啦？！我不能进去。

我仰起头控制着眼里的泪。

雷锋，你在天上是不是能看见我回到了你的家，你高兴我的到来吗？如果没有这一切，我们是不是可能会一起站在这儿听你给我讲，喏，这是我小时候爬过的树，喏，这是我游过水的塘，喏，这是我砍柴的竹林。

雷锋，我回来了，你在天上，看见了吗？

之后的一系列的事情就太戏剧了。

先是馆里的人通知了当地的媒体。媒体赶来，小易的飞机票退了。接着就有了雷锋小学喜聘王佩玲、易秀珍、冯健三位女士为荣誉校长的事情。

小易对那一天一起出现的三个人，无比惊异。

我到现在也不明白。

那天，我们三个人怎么会不约而同地全部穿上红衣服呢？

是的，这是多么奇怪的巧合。三个 50 年前就知道对方存在的女人，在 50 年后才在与之相连一生的那个人就读过的小学校被团聚了，是的，她们是被团聚。三人衣着相同、发式相同、年龄相同甚至笑容也相同。

她们并肩站在一起如同失散多年的三胞胎，在一群少不更事的孩童面前尴尬而陌生地笑着。这是不是雷锋最想看到的事情呢？

他一定不会猜到，富有联想的中国人在他死后的50年能将这三个人召集到一起，在他幼年读书的学校里见面，并且聘她们为荣誉校长，对雷锋来说，这算是喜剧还是悲剧呢？

雷锋一定会说，悲喜交加。

报道还在热情洋溢地介绍着：

在校师生和客人们欢聚一堂。

座谈会上，三位老人和少先队员代表讲起了雷锋的故事。王佩玲奶奶谈到了雷锋是怎样关心她的学习的，嘱咐队员们要像雷锋一样好好学习。冯健奶奶在回忆中深情地对队员们说，我活着一天就学雷锋一天。

易秀珍奶奶讲起了雷锋用自己的棉被救水泥的事迹。

报道最后总结说：

听了三位老人的肺腑之言，在座的师生受益匪浅，感动不已。

会上，校长盛情聘请三位老人为校荣誉校长，老人们都激动不已。我们坚信，有了三位荣誉校长的积极引领，雷锋小学全体师生将沿着雷锋英雄的足迹更坚实地走下去，雷锋精神之花在师生心中开得更美更艳更香。

从灯火通明的平和堂商厦南侧拐进一条灰旧的小巷，令人有瞬间的眩晕。从1997年起，王佩玲一家就居住于此。似乎从一开始，王佩玲就习惯于将自己隐藏在繁华与喧闹背后。患中耳炎多年，王佩玲左耳仅剩下微弱的听力，右耳听力几乎为零。她和外界的交流得借助纸笔。

"您想念雷锋吗?"记者在纸上小心翼翼写下这句话，王佩玲摘下老花镜搁在茶几上，抹了抹眼睛，仿佛有雾气从那里升上来。

"怎么能不想呢?"她一字不差背诵雷锋写给她的那段话。

你是党的忠实儿女，你的青春像鲜花一样在祖国土地上散发芳香，伟大的理想产生伟大的意义，请你记住这句话，在平凡工作中成为真正的战士！

2012年，辽阳弓长岭雷锋纪念馆建成。
小易终于下了决心把她珍藏了大半生的被子捐给纪念馆。
女儿说，你捐了吧。我不愿意亲手抱着被子送出去。
我原来是打算一直保存到我永远闭上眼睛那一天。

一个女人的情感，停在那年的8月。
是的，这是一种痛彻心扉的忍。
要忍住想念，忍住无望的悲伤，忍住不动声色的疼和泪水，忍住这清白又坚固的爱情，执拗与天真这两种特质，麻花一样地纠结在小易的身上。
50年前，那个眼眸清澈的年轻人捧着热热的米饭站在她的宿舍门前，他就停留在她的心里了，固执地停留在她一生都不曾改变的心里了。
除非我死了，眼睛闭上了，就什么都没有了。
不然，就不能忘记他。

那天我看见这样一篇报道。
2013年3月27日，雷锋小学雷锋中队的孩子们开展了"给雷锋父母扫墓　做雷锋精神传人"的中队活动。队员们高举飘扬的队旗，手拿自制的白花，排着整齐的队伍，来到雷锋故居前开展主题队会活动。
活动仪式上，队员们认真聆听了雷锋的堂弟雷正球爷爷讲雷锋小时候的故事，雷锋叔叔苦难的童年，让在场的队员们潸然泪下。

我没有看见孩子们潸然的泪水，倒是看见了孩子们笑逐颜开的喜悦。
大概是因为不坐在教室里的喜悦吧，孩子们一定是把这天能置身于阳光下的出行当成了郊游，所以他们没有悲伤，更没有沉重。

第十五章
星 空

雷锋只走过了短短22年的历程　但他的思考　他的追求　都被他用
诚挚的心写进了日记　他的精神　他的力量　被代代相传永不褪色

2012年4月5日，国内一家电视台拍摄了小易去抚顺扫墓的情景。

那天，小易特意穿上红色的衣服。她拎着很沉的花篮，穿过熙熙攘攘的街道，在熙熙攘攘的售票大厅买票。

那天天色阴沉，接着飘下雪花，在雷锋的墓前，小易在摆供果摆花。然后，小易不自然地站在那里，不知所措。下一个镜头，小易在雷锋墓前喃喃自语。这更不是小易喜欢做的事，尤其她不会愿意在镜头前表演自己的悲伤，那么她为什么还会去？除了因为导演的恳求外，小易想去的原因一定是，为了能再见到雷锋一次，小易啊，你这挚爱了雷锋一生的人啊！

2012年12月18日雷锋诞辰纪念日。

易秀珍写了一首诗：《梦》

抹去你的印迹，还是在心里，不再想你盼你，还是惦记你，

没有你的日子，总是哭泣，失去你，还是在梦里。

2012.12.17

我说："你为什么不写12月18日呢？那天是雷锋的生日啊！"

小易迟疑了一下："我想写那天来的，我怕别人说。"

我大叫："阿姨，这都什么年月了，50年过去了，你还在在意那些没有意义的事情吗?"小易看着我："对，你说得对，我这就改过来。"

1995年的秋天，我买到了一本薄薄的小册子。

那是刚刚翻译过来的小说《廊桥遗梦》。

我熬了通宵看完，哭得眼睛红肿两天，罗伯特，像豹子一样敏捷的强有力的男人，他紧紧盯着女人的眼睛，他说，我现在明白了，我一直是从高处的边缘跌落下来，而这么多年来我一直在向你跌落。我只有一件事要说，就这一件事以后再不会对任何人说，我要你记住，在这个充满混沌不清的宇宙中，这样明确的爱只会出现一次，不论你活几生几世，以后再也不会再现。我在此时来到这个星球上，就是为了这个弗朗西丝卡，我来到这个星球不是为旅行及摄影，而是为爱你。

现在我要说的是：

雷锋，他来到这个世上，来到中国的人群里，就是为了告诉我们，什么是爱。这是人性中神圣的爱，他的爱比爱情更伟大，比友情更崇高。

他用他的大爱写就了一部中国的红色经典。

他白衣深裤，燃烧着火苗，渐行渐远，留给众人远眺的是难以追随的快乐影子，他在中国的土地上行走，踩着子夜的露珠跳舞，唱着心灵赞美诗疾步行走，这么多年，他仍然会把我们带入一个结实而辽阔的境界。

纯粹宁静诗意，充满单纯气息。

我在断断续续地寻找着，找寻他消失了几十年的脚印和他激动人心的倾诉。我一次又一次地潜回半个世纪前的南方和北方，潜回那些燃烧着激情的农场钢铁工厂，开满野花的姑嫂城墙，分离的车站，这沸腾的难忘的时间场地啊，我像熟悉手指一样熟悉那里的每一张脸每一段岁月。

我坐在小易面前，握着她的手，我只有流泪的感觉。

阿姨目光安详、神态自若，我抓住她布满青筋的手，那手是温暖的热的，我用力抓住它，在最后的日历被岁月的风吹落之前，一定有什么东西是可以让人记住并把人打动的，现在我抓住了它，采访结束，我走近小易。

此时，阿姨小易，在我的眼里已经复原回20岁的那个女孩儿。

那个站在姑嫂城上的小易。

那个低头给雷锋戴大红花的20岁的小易。

"现在，我替雷锋抱抱你。"我将她搂在怀里。

那一刻，小易泪流满面，我更是。

余新元端坐在窗前看他的报纸。大大的玻璃窗上，深秋的阳光照进来，像金子那样的阳光落在他旁边大大的雷锋像上，落在雷锋那可爱的眼睛上，你凝神望去会发现，他的眼眸就像婴儿一样的纯真。

什么时候端详它，那目光都是崭新的。

余新元望着他，恍惚间那个大孩子正站在那里。

我总是能梦见他。

梦见我站在门口看见那个战士迈着大步甩着两臂朝我走来。

他一遍遍地告诉我说他还在当兵，他说他当兵挺好，说我现在一切挺好。梦都是因为想念啊，所以每次我到抚顺去啊，给他献个花篮，弄点花放在他的墓上，都是表现我这个老年人对他的爱情。

他好啊，不能说别的，他好。

他人品好思想好作风好，他忠于党、忠于人民、忠于祖国、热爱毛主席，少见，确实少见。现在咱们这么说，像他这样的人不能说很少，我们各条战线上的劳动模范很多，他们都是这个时代的，但是像他这样的人，在中华民族几千年的历史上少见，确实少见。

我站在雷锋的大照片前。摄制组的人都在我身后不远的地方边说笑着边拍着镜头，他们在谈论着今天的堵车和股票，还有和丈母娘有关的话题，没人注意到站在阴影里的我。

我在仔细端详着雷锋，忽然，我有一种麻脊刺心的惊悚。

在雷锋的眼睛里，我分明看见了悲伤，还有泪水。

是的，是泪水，那双眼睛正慢慢盈满了泪水，雷锋，你要告诉我什么？

2013年3月5日，我和鞍山干休所的王威政委坐在军区政治部宴会大厅，我们正在谈论刚刚出版的一本关于雷锋的书，这时过来两位英姿勃发的年轻人，他们很有礼貌地立正敬礼，政委给我介绍："这是雷锋班的第二十二任班长和第二十三任班长。"我一下子瞪大眼睛，问："雷锋的床铺，真的每天晚上打开早上叠上吗？"班长看我一眼朗声道："那是必须的。"

我还有一个问题，想了想没问，我猜若发问后，恐怕我在对方的眼里就不是智商归零的事儿，而是有病的范畴。

我要问的问题是，你们说，雷锋每天晚上会回来吗？

那天，我在网上看到这样一段轻飘飘的话：

很多雷锋的故事，是当时为了宣传，包括个别人和领导为了邀功编造的。雷锋就是一个没文化的傻大兵，没上过学，但是手比较巧，性格也内向，像大姑娘，所以平时喜欢给战友缝缝袜子补补衣裳，出门帮助老百姓拉大车扛大包什么的。后来站岗时不幸被电线杆子砸死，然后就出名了。

我看了，之后努力删除，那会儿，我非常想暴粗口。

这是一个有雨的秋天的下午。

我临窗眺望，凝视着我所能看见的美丽与生机，凝视着在时间背后的一切。

那夜我梦见了他。他的脸色红润润的，独自坐在有兰花的溪边，天是蓝的，他的眼睛也是蓝的，他的瞳孔闪烁着光芒，他的嘴唇颤动着声息，他还像22岁时那样漂亮。

2013年的11月初冬的暗夜里，已经是午夜的1时，我和小易还没有半点睡意。小易提到她的丈夫去世那年，她只有49岁。

我在黑暗里坐了起来："那么，这些年，有人给你介绍过老伴吗？"

"当然有，但是，"小易沉默了一会儿，"我心里的那个人就在那里，我还会容下别的人吗？不可能了，我心里只有他。"

"阿姨，"我小心翼翼地问，"如果，要是他还活着，他的老伴也去世了，你还会，你还愿意，和他在一起吗？"

"我愿意，我当然愿意啊！"我听见小易的声音在颤抖。

"那天，我听到一首歌，那首歌好像就是给我唱的。"

"哪一首？""《传奇》。"

我的泪，哗地涌了上来。

那天，我又去了抚顺。

这次去是拍摄吕学广祭扫雷锋墓。

秋天，清晨，在闪着鸟啼的薄雾中，我踩着青草，这是大地最新鲜的皮肤，她蘸着露珠，像受惊的伤口在微微发颤。我的心猛然揪紧。

这下面埋葬着我仰慕的人，你好，寂静的天使。

秋天的风掠地而过，离离衰草唏嘘有声。

这样一个活着时生龙活虎的人埋骨于此沉寂地下，其生前身后动与静的反差之大不可思议，我的目光移向天空，时间的场地，日光倾泻在墓地，天空多像一个大大的钟面啊，日头不过是一根针，在这巨大钟面上无休止地转来转去。那墓地的大门，是天堂的大门吗？

我给雷锋写了悼词。

我在无人的时候站在雷锋的墓前读给他听。

我在这里哀悼我们的兄弟和朋友雷锋。

父亲太阳神，眼见着悲惨的景象，褪去头上的神光陷于忧愁。

据说在那一天正午的黑暗里，全世界都没有阳光。只有大火照亮了广阔的田野，你的此生是不幸的，曲折坎坷智慧伟岸，你痛苦不堪热血沸腾地走完了这一生，那种淋漓尽致唯有你自己才能体会，但你的此生是非凡的，你璀璨的思想激荡的心魂，你在极端困难的情况下用坚韧不拔的意志耐心和毅力放开歌喉，让自己的歌声愈加地悦耳嘹亮。

我相信，随着时间的推移，会有更多的人望见你的天空。

看见你的海洋，领受你的思想，聆听你的歌唱。

雷锋，天堂的大门已经敞开，天堂的热浪滚滚而来，走吧，走在天堂的路程上喜气洋洋，回忆的歌声已经洒满了金光闪闪的车轮，阳光已经铺在你的脚下，在庄严和圣洁中为你的新生命开路，用尽天空和海水。

无论是今生还是来世，无论是此岸还是彼岸。无论遥远的远方有多么遥远，爱你的人和你爱的人，都会彼此真诚地想念，愿你不朽。

我高声读完，然后，鞠躬三次。

我不知道，这是不是雷锋想听到的声音。

吕学广捧着一大束金闪闪的菊花在前面走，我在后面跟着。

可能是因为天热，吕学广一直面无表情汗流浃背地边走边东张西望。这漫不经心的样子让我很不舒服。摄像记者老李大哥汗流浃背地寸步不离跟拍。墓地静悄悄的，只有两个路人站在那里聊着天，还有个老太太在树荫下锻炼着身体。见我们来，两个聊天的人开始拍照。

就在我们走近雷锋墓地的瞬间，一件不可思议的事情陡然出现。

雷锋墓前的一个大花篮倒了。我四下张望了一下，没有一丝的风，那天阳光静穆，而它，居然倒了。紧接着，另一个大花篮也倒了。

我同去的记者刘晓强也看到了这惊人的一幕。

他惊愕地看看我，我也以同样的表情望望他。

两个路人也愣怔在那里。

吕学广和摄像大哥没看到，他们还在专心做着他们的事情。

一个摆放着手里的花，另一个专心地跟拍，我飞快地跑过去，那巨大花篮很沉重，我一只手拿着拍摄的带子，另一只手根本不能扶起。

记者刘晓强跟着跑过来，我们俩合力把花篮扶了起来。

"哥啊！"我听见吕学广这样说。

"是我，你弟，吕学广，我来看你来了。"

一切拍摄完成，我们收拾东西，我把刚才的事情讲给摄像大哥听。

我反复问他："刚才的花篮倒下的那一幕你拍到了没有？"

他不信，也不清楚拍没拍到："没有电了，回单位看带子吧！"

他反复地说，他认为这样诡异的事情不可能发生，他认为我走火入魔出现了幻象，我恨恨地闭紧嘴巴，不再与他做无意义的争辩，只是觉得倘若没有拍到，实在是件天大的遗憾。

嘴上说不信，摄像大哥回台的第一件事，便打开机器接上电源。

一遍遍寻找我说的那个画面，他终于看到了。

画面上，我们走近的时候，那两个硕大的花篮，在缓缓地，一一倒下。那倒下的动作，就像他，在那一天，缓缓倒下。

摄像大哥给我打来电话，他的声音透着激动。

"你说得没错，真的是这样的，奇迹的确发生了。"

此时，我只有一个解释，雷锋，他知道我们来了。

这个镜头，被我用在片子结尾的最后。

2012年11月16日，那天，有雪。

电影《雷锋在1959》剧组邀请余新元、易秀珍同去弓长岭拍摄其中的一组镜头。那里面有两个镜头需要余新元本人来饰演。

场景是雷锋从这里走向军营的群雕像，有十几个人物，最前面的就是雷锋和余新元。

余新元手里拿着当年雷锋给他的发黄了的照片，导演要求他看看照片，再看看雷锋，然后说几句话。"说几句什么话呢？"

"没有台词，您可以自由发挥。"

余新元迅速地入戏，他是在一瞬间忘掉了周围的一切。

他迅速掉进了时间的隧道，在乱糟糟的鼎沸的人群里，他望见了那个孩子，正笑着朝他跑来。"雷锋，雷锋啊，我又看你来了，你离开我50年了，可我一天也没忘了你，你的形象永远没离开我们，你的精神永远鼓励着我们。"掌声哗地响起，镜头，一次通过。

小易也站在他的身边，小易只有一句话："雷锋，我们都老了，你，还是那么年轻。"她的声音很低，低到如同风。

我问小易："电影你感觉如何？"小易笑笑："雷锋慈眉笑脸，大人孩子见了都喜欢，他笑得很甜，他有自己的独特气质，而这里面的演员给我的感觉太现代、太精明，不像他，绝对不像。"

2013年5月，因为采访任务我又去了弓长岭。

那日的傍晚，我路过雷锋纪念馆的广场，望见纪念馆的超大屏幕正播放着我拍摄的《雷锋在弓长岭的142天》的纪录片。

正是暮色时分，霓虹初上，散步的人们都在驻足观望。

但更多的人在兴致勃勃地跳着广场舞，散步的，聊天的，谈情说爱的情侣。没人会更多地遥想这个南方青年是怎么穿越那暗夜在黎明时分怀揣着热烈的情怀走过高山江海到达这里，并从这里走向他痴迷执着的远方军营。他仅仅在东北的辽宁停留了1000多天，但那无疑是他一生中最璀璨的日子。被后人称赞的雷锋精神也就在东北专有犀利的风吹雨打的日子里铸造而成。

2014年，我又去了几次鞍山，不是为了拍片而是为了看望余新元和小易。余新元看上去羸弱多了，尽管还是高大，衰老与病魔不能阻扰他，老人头脑清晰，每天都在看报看书，国家最新方针政策他比任何人都诠释得明白。余新元号召组建的雷锋车队已经成为鞍山学雷锋的一道亮丽风景。

雷锋车队为困难户送温暖，无偿献血，照顾残疾人，义务接送考生，这些举动影响着鞍山的每一个人，老人还是一如既往地做着关于雷锋的报告。

他为这个孩子做了太多的事，但他还是觉得少。

屋子里还是到处挂着雷锋的像，他似乎活着就是为讲述雷锋。

而一讲起雷锋，他瞬间激情万丈，整个房间都回荡着他澎湃的声音。

我去了，他也毫无例外地送给我一个雷锋像章。

这是老人自己设计自费制作的，只要外出或有人来访，老人就挨个分发，如今已赠送出去8000多个。他用颤巍巍的手把纪念章别在记者胸前。"让我们都爱他学他，做雷锋那样的人。"余新元说。

2015年9月3日，余新元参加纪念中国人民抗日战争暨世界反法西斯战争胜利70周年阅兵式，他是第一个出现在镜头里的敬礼老兵。

弓长岭，这座只有10万人口的小城，目前有1.6万名学雷锋志愿者。

姑嫂城，吕学广2001年退休。他买了台三轮车搞营运，他有个原则，有困难的老年人、残疾人不收一分钱。之后他在姑嫂村道口摆摊修车，修车还是有个原则，生活条件不好的过往行人、一时手头吃紧没钱的，吕学广免费义务修车。他们无疑都是因雷锋而改变了自己的生活轨迹。

湖南的雷正球多年来因为自己的生活不如意而想改姓，他很怕因为自己影响哥哥雷锋的名誉，2018年雷正球去世。而辽宁弓长岭的吕学广也是每做一件事都要想是否符合哥哥雷锋的心愿，不好，就绝不做。

这两个不是一个姓氏的弟弟在2015年有过一次见面。

他们紧紧拥抱，眼里，是说不出的喜悦。

2018年，吕学广为父亲吕长太实现了他离世前的夙愿。

他在山上立了三个墓碑，父亲母亲，还有，雷锋。

就在他准备立碑的前几天他做了梦，父亲吕长太在梦里泪水涟涟。

我不迷信，不相信有托梦之说，但这个梦是真的。

　　我爹还是那个样子，他跟我说，儿啊，我知道你要给我和你妈立碑，到时可千万千万别忘了给你哥也立个碑，哪怕就是个小不点儿的碑呢，你哥在咱家做了那么多的好事，可说什么也不能忘了。

　　这个梦太真了，我醒了以后就一直合计这个梦。我爹说话的样子就和他活着一样，你说雷锋和我爹走了多少年了，这个梦就像是刚发生一样，我爹啊，真是念念不忘他啊，到死都还记得他的大儿啊。

　　我就开始立碑了，给我爹我妈我哥，立碑了。就在我家原来住的山上，雷锋的碑就在我爹旁边，是花岗岩做的，上面刻了1000多字，就讲他是怎么认识我爹认识我的，后来又怎么帮我家干这干那，他对我们家也就是老吕家有什么恩情。

　　我看到那充满了深情厚谊的碑了。

　　矮且宽的墓碑伫立在那里，如同当年的他站在吕老汉身边。

　　此时我深信这世间存在灵魂，我相信，那就是永恒的爱。

　　2018年9月28日，这天是习近平总书记在东北之行的第四天。

　　上午，他去了抚顺。此时的抚顺，不仅是新中国工业重镇，还是雷锋的第二故乡，更是雷锋精神的发祥地。在那个寻常又不寻常的上午，习近平总书记向雷锋墓敬献花篮，接着参观了雷锋纪念馆，他认真地看着一件件实物和一幅幅照片。讲解员为他讲述他已经非常熟悉的雷锋的不平凡的短暂一生。习近平总书记开始讲话，他说话的语气温和亲切。

　　雷锋是一个时代的楷模，雷锋精神是永恒的。

　　实现中华民族伟大复兴，要不断闯关夺隘，也需要更多的时代楷模。积小善为大善，善莫大焉，这和我们党"为人民服务""做人民勤务员"是一脉相承的。我们要见贤思齐，把雷锋精神代代传承下去。

　　下午，习近平总书记在沈阳主持召开了一个不同寻常的会议，深入推进东北振兴座谈会。

在接下来的国庆节，抚顺市雷锋纪念馆爆满。

还没到开馆时间，大门口就已经排起了长长的队伍。

纪念馆工作人员说黄金周来参观的人数是平日里的几倍。

在雷锋日记展墙前，小学生正拿着笔记本一笔一画摘抄雷锋日记。

人群里有许多外省区游客，他们大都是因为习近平总书记在东北三省考察时来到雷锋纪念馆，趁着国庆长假专程来看看。在新闻报道里我看见众多的游客在持续出镜发声表示，雷锋离开已经半个多世纪了，但他的精神始终熠熠生辉。这次在雷锋第二故乡近距离感知雷锋精神，不虚此行。据统计，10月1日至4日，抚顺市雷锋纪念馆共接待国内外游客4万余人次，作为全国爱国主义教育示范基地，抚顺市雷锋纪念馆自1965年开馆以来，已接待国内外观众7000多万人次。

2019年4月3日，抚顺市委宣传部、抚顺市雷锋纪念馆、抚顺学雷锋典型在雷锋墓前联合举行"清明时节寄哀思，缅怀英雄传精神"主题活动，表达传承雷锋精神、誓做雷锋传人、永举雷锋旗帜的决心，助力辽宁打造全国学雷锋高地。

2019年4月4日，我和小易阿姨一同去给雷锋扫墓。

算算时间，我又3年没见到她。

奇怪的是，她不但没有苍老，反而愈加年轻。离清明还有一天，我知道那天会有大批的人群涌入，所以和阿姨商量提前。

那天我起了大早，从沈阳赶往鞍山。

本来天气预报是晴，但眼看着灰蒙蒙的沙尘暴渐渐浓厚，有呼啸的风声掠过，天空里浮尘越发浓黑，刚才还旭日东升吟唱春天的鸟鸣瞬间消失得无影无踪，视线所及，浑浑噩噩，我想，是不是冥冥中在昭示什么？

在抚顺，我搂着小易。

身后是一群群正在源源不断朝这边走来集体扫墓的中学生，他们或沉默或嬉笑，表情各异地站在广场等候祭扫雷锋墓。他们无论如何也不会知道墓中的人和我身边的这个人的悲欢离合。

我们并肩站在雷锋墓前，手挽着手并肩站立着，不说话。

黄菊在摇曳着，那是小易和我买的，我更喜欢紫色的勿忘我，但还是买了一大捆黄白菊花，风掀起我们的衣襟，我在凌乱的头发下望见雷锋那沉睡的墓。我和小易抚摸着大理石冰冷的墓，似乎触摸到他冰冷的身体。

那冰冷，是因为你赤脚和水泥、因为你在3月渡过寒冷的河流去背对面需要帮助的那一老一少，还是因为你为了救别人陷进泥潭的车呢？你已孤独地躺在这里57年了。你被时间的雨水冲刷了57年，雷锋，你冷吗？此时，我和小易阿姨正站在你的面前，这大捆大捆的花的颜色，是你喜欢的吗？

那天，我走进了小易自己的家。

阿姨说这是媒体人第一次进她的家，事实上她已经不再将我当成记者而是当成了女儿，之所以提到媒体是我身后的一群同事。

毕竟我们的拍摄还要继续。

我走进了小易的家，她很少住在这里，平日都是在女儿那里。

这个房间在某种意义上是她隐秘的世界，但那天，她对我敞开了秘密的大门。客厅的角落里，站立着用煤精雕刻成的雷锋像。

小易说："还记得雷锋给我的那张照片吧？就是以那张照片为原型雕刻的。"我定睛望去，雷锋正站在那里神采飞扬地拉着手风琴。

他的脚下，是很像雷锋的团山湖农场赠送给他的那只皮箱。

当然不可能是那只皮箱，就算抚顺雷锋纪念馆的也不是原件，那些真正的雷锋用过的物品都已被中国人民革命军事博物馆收藏，墙角，是和照片一模一样的手风琴。当然也不是原件，但一模一样，是小易历尽艰辛淘来的。桌子上是一堆和雷锋有关的书，小易自己也正在写书，她有太多的话要写了，在这些年的所谓的雷锋说书人里，不乏说谎之人，他们不惜为自己的利益而尽力为自己涂脂抹粉。小易说，我这样做，是为雷锋负责。

她忽然拉住我，声音中透着无限的欣喜："清丽，我告诉你一个好消息，我入党啦，并且也和雷锋一样，是11月8日那天转正的。"

她的眸子亮晶晶的，少女般的小易。

那夜，入党转正的近80岁的小易在灯下带着老花镜开始写信。

她是写给雷锋的，不不，这不荒唐，她知道雷锋早已死去。

但此时，他又复活了，所以，她必须写。

雷锋：

你好！

好久好久没有给你写信了。

我知道你收不到我这封信，但我还要写封信给你！

因为我要告诉你，今天我光荣地加入了中国共产党，实现了我多年来梦寐以求的夙愿了，雷锋啊，我万分激动，我想你也一定会为我入党而高兴的，我要把我心中的快乐与你分享，想对你说说我的心里话。

我深知与你相比相差甚远，还远远达不到党的要求。但今天我要说在思想上又离你近了一步，我要像你那样地为党和人民服务，像你那样把有限的晚年余生，全部投入到无限的为党和人民服务中去。如今我已到了垂暮之年，早已不是你记忆中的那个小姑娘了。

现在我就居住在离原化工宿舍不远的地方。这里变化太大了，已不是咱们原来那时候的样子了。工厂空地盖起了现代化的居住小区，人们和谐幸福地生活在这里。

雷锋啊，人生没有如果，更不存在假设，如果有，我还想回到当年的那个时代，还想在你身边与你一起工作学习。尽管岁月流逝，尽管春秋交替，尽管生活坎坷，但在我生命中的每个角落处处都有你那张微笑的脸。

今天我入了党，我要把党当作我的母亲，我的所有一切都属于母亲属于党，雷锋请你放心，我要永远听党的话跟党走，做合格的党的女儿！

雷锋啊，此时已是深夜，鞍山城一片灯火辉煌。

街路上不时传来汽车行走的声音，我走到窗前，看到那一辆辆奔跑的汽车，我仿佛看到了你正驾驶汽车行走在街路上，你这又是去执行任务吗？天冷了，多穿一点，多保重。

易秀珍

2017年10月于鞍山

当年的望花公园，如今的雷锋公园。

雷锋墓园已经成为一个世界级的公园。

小易坐在抚顺的街心花园，一个刚会走路的孩子在跟跟跄跄地捉风筝。

小易一定又听见了多年前鞍山公园里秋千上清脆的笑声。

那笑声在风里久久地响着。

那个漂亮的大孩子在风中喊着：我输啦！输啦！输啦！输啦！

此时她笑了，笑得极其动人而美好。

后　记

每年如此。

那个3月5日宛若清明之夜圆圆的月亮。

一年间它只闪烁一次，但仅这样的一次，就足够了。

就在这清爽的一天，当你拉开封冻已久的窗帘，当你推开尘埃落寞的窗，你看见奇迹了吗？不妨就把这一天称为天使之日吧。到处都是温暖的手，到处都是与你相似的脸，到处都是文明礼貌文雅谦让，到处都是浩浩荡荡的爱的洪流。

他的笑容，在提醒我们生存的这个被污染了的星球还有热度。

他比美的更美，比高贵的更高贵，他水一样深深的透明，他是山野的无名小菊，在每个春天都会在峭壁石崖上绽放。就算是半个多世纪过后，他那沉默的清澈的笑容依然会照亮这纷繁的世界。

我敲着键盘，很多次停了下来。

发呆，手指僵硬、肩胛僵硬、头脑更是僵硬，我会几个小时地这样僵坐着，看着时间从我的键盘上消失。是的，很多次我想放弃这样的写作。

我问自己，雷锋需要我做这件事吗？

他并不需要《雷锋传》或什么《你的样子》，他在圣坛上也好在俗世间也罢，他已经不再有呼吸笑容和泪水，这一切对于他，意义何在？他已经转化为我们心里从未相见的记忆，他是我们最熟悉的陌生人，那么我为什么还要做这件事？

因为我需要，活着的人需要。

我们需要这样的启示和昭示，美是什么？善是什么？

我们需要在他那发黄了的记忆里复活，他使我们确信纯真就在我们身边，这个人有着让我们永远无法丈量的长度和宽度，他深深影响着中国人，在这个无限的时间的场地上，相信他的影响还会继续无极限地持续下去。我对自己说，这美好的时光不可能再来。

需要感谢这时间的场地，在这个时间的场地回头张望。

再次回到过去是多么喜悦的一件事。

有歌声传来，水真美啊，稻花香啊，闪过一片灿烂的阳光。

那个人间少有的小伙子啊，笑成弯月的眼睛，走起路来风一样快，两臂摆动如蝶飞舞的翅膀。我们就将这些影像，当成一个绚丽的青春之梦珍藏起来。不要抛弃这些记忆，这是我们内心最美的声音。

我最想表达的是我的感谢，这种谢意不是轻飘飘的声音。

他们的确是我最大的帮助者，帮助我完成了不可能完成的任务。

把雷锋领进军营的戴明章老人，他已在2006年去世，但是他的书《回忆雷锋》为我提供了众多的真实细节，余新元、小易阿姨也是我要感谢的人。他们一次次耐心重复着他们心中的那个人，小易每次都是和着泪水，这种重复叙述，无异于撕开伤口重新体验尖锐痛楚。

在这里，还要感谢的更多。

深深鞠躬，再次深深鞠躬。

向这些活着的和逝去的人们致谢。

2019年4月春天沈阳